U0091171

小宅門 下

文創風
051

陶蘇 著

目錄

第二十五章　淮安大雨

海運利潤大，這個金秀玉是知道的；但是到底有多大，她卻沒什麼概念。只記得從前聽說過有人因一次海運生意就暴富的，從此立下基業，福延後代。

李承之倒是耐心跟她解釋，不過金秀玉素來同數字一道難以達成共鳴，不過囫圇聽著罷了。總之中心意思是領會了，那就是，這次的海運是長寧王牽線，由淮安商人同京裡的幾個大人物集資，為的是開拓海運航線。雖然並不是全無風險，但其中的利潤也是特別誘人的。

原先金秀玉只是聽著，李承之說著說著，臉上笑容便斂了下去，似乎有些欲言又止，她這才轉過彎來，問道：「既是海運，莫不是、莫不是你要出海？」

李承之點點頭。金秀玉腦子一懵，瞪大了眼睛，目光愣愣地發直。

李承之心頓時提了起來，忙抱住她，柔聲道：「豆兒莫怕，並無大風險的。」

金秀玉噎了半晌，眨了眨眼睛，好不容易才緩過氣來，一把抓住了他的手道：「非要你去不可嗎？不是說有京裡的大人物的股本，他們權大勢大，底下能人眾多，定有航海的好手；況且，不是還有其他集資的商家，不必非得要你去的，是不是？」

李承之見小妻子緊緊捏著他的手，抖著嘴唇，目露祈盼，料著她是擔心。誰說不是呢，這會兒的海運航線並不成熟，本朝伊始，不過是沿海各地的貨物運送會走海路，這次他們商量的卻是出海去尋那些海外島國做生意。海上行船總是有風險的，即使做了萬全的準備，也難以保證萬全。

他摸了摸金秀玉的頭髮，抱緊了她，並沒有言語。

金秀玉是曉得他脾氣的，這麼說他是去定了的。她心裡頭雖然十分不捨，卻只能嘆口氣，道：「出發的事宜可都定了？啟程的日子呢？」

「倒沒有這麼快，這次不只有一艘船，而是建了一個船隊，因著耗費資金龐大，這才召集了幾個商家合股。茲事體大，千頭萬緒，如今還沒拿出完全的章程來，起碼也得過了年才能成行。」

金秀玉鬆了口氣，船隊總比單船要安全許多，況且人多力量大，她也能放心一些。

「那，同行的要帶誰？」她又想起該安排什麼人跟著，數著往常跟著李承之的人，從前覺得大致都還算盡心，辦事也是本分可靠的，這會兒想起來，卻覺著個個都不滿意，不是年紀輕就是見識淺，或者有膽子小的、行事莽撞的，又或者沒個武藝傍身、自個兒身子比李承之還不如的。

李承之見她絮絮叨叨碎碎唸著，不由對她的轉變之快感到好笑，習慣性地擰了擰她的鼻子道：「還早得很呢，人只管慢慢挑，不急在一時。」

金秀玉不以為然。「若是年後就走，那可沒多少時日。你想啊，年前要算總帳、分紅、籌備年貨，到了正月又要四處拜年，能有多少空閒日子？況且我如今想來，你身邊竟沒一個完全的妥當人，這可要不得，趁著還有些工夫，聘一些武功高強又有見識的護院，請個博學善交際的先生，再將那些貼身伺候的仔細調教，這都不是一時半刻就能辦成的，哪裡能不立刻就籌辦起來？」她越想越覺著時間緊迫，人才不好找，眉頭皺得越來越深。

李承之忍不住緊了緊手臂，在她臉上親了一口，貼著她耳根道：「這些事兒我都會安排，妳呀就別操心了，仔細待會兒頭痛。」

一聽他說頭痛，金秀玉下意識地就抬手去揉太陽穴。她自從懷孕以後，因害喜厲害，有時候也會犯頭痛，也請大夫看過，並不是大病，無非是因孕吐吃不進東西，身子虛弱，影響到了神思。

「真的頭疼了？」

李承之忙按住了她的兩邊太陽穴，金秀玉心裡一甜，轉頭仰著臉笑道：「沒有的，別擔心。」

她記起老太太的吩咐，便將派人給李婉婷送東西的事情給說了，李承之聽了只是點點頭，讓她安排人去就好。

躺在他懷裡說了這半日話，金秀玉的睏意又犯了，眼皮開始沈重，說話也是有一搭沒一搭，終於還是睡過去了。李承之抱了她，輕輕放到床上，自個兒又另外去了書房籌謀出海之事。

第二日一早，金秀玉便安排人套了馬車，將一些個衣服被褥、吃食藥材都整理好了，讓送去家廟莊子李婉婷處。

因著籌謀出海一事，李承之今兒一早便已出門去了長寧王府；老太太那頭又是早就免了晨昏定省的；李越之自有課上，不必她操心；家務上，有真兒和柳弱雲管著，並無大事回稟。

她如今是無事一身輕，正想著回房去瞇個回籠覺，就聽下人報說，四房的李勳少爺來了，頓時傻了眼。

春雲正扶著她，驚詫道：「他不是給打成重傷在床上躺著嗎？怎麼這會兒又來了？」

真兒捏著手指算了算，說道：「又不是什麼大傷，有這麼幾日養著，大約早就好了。」她哼了一聲。「還真是好了傷疤忘了疼，才被打了一頓，竟然還敢巴巴地上門來！」

金秀玉對李勳這個人也算是無語了，這府裡頭人人不喜他，他竟是半分都沒察覺出來？上回真兒才給他撂了話的，今日居然又上門來，到底是存著什麼心呢？

「少奶奶，他不是好人，如今妳可是金貴身子，乾脆叫人攆出去，不見吧！」

金秀玉剛想答應，想起鐸大奶奶的德行，還是擺手道：「到底是親戚，請他進來吧。」

真兒道：「請他進來也使得，咱們只管招待他喝茶吃點心，晾著他就是，等他無趣了，自然就會走，難道還能一輩子賴在咱們府裡頭不成？」

春雲問道：「他若要見主人怎麼辦？」

「咱們只消回說少奶奶害喜，身子不爽，不便見客。他若是想給長輩請安的，就帶去老太太那園子裡，老太太面前，他總不敢造次。」

春雲拍手道：「這主意好，上回打了阿平嚇唬阿喜，老太太她們都曉得是因他而起，知道他最不是個東西，青玉姊姊的嘴巴是最厲害的，定能好好批他一頓。」

金秀玉也是真不想見這人，便允了兩個丫頭的建議。

兩丫頭先扶她回房，服侍著歇下了，然後才派人去二門上傳話，請勳少爺往前廳去喝茶。

李勳確實是身子好利索了，金秀玉懷孕是李府的大喜事，其餘三房因同在淮安城中，也是當日就接到喜訊，想到這樣一個嬌滴滴的小婦人將變成挺著大肚子、腫著頭臉手腳的孕婦，李勳就覺得可惜，原本那些旖旎的心思也消下去一半。

然而他回頭想起，心裡反而愈加牽掛起來。要說金秀玉也不算頂美的，淮安城裡不說南市那些花紅柳綠，就是一般人家裡，比她漂亮的小娘子也多得很。但是李勳一想起她那彎彎的一對月牙眼兒，還有嘴邊那一對深深的梨渦，就覺著心裡頭有幾百隻貓爪子在撓，恨不得將那一雙眼睛和一對梨渦都包了揣在心窩子裡，寵著疼著才好。

越想那屁股便越坐不住，又打聽到那位大忙人堂兄最近確實比往常忙碌，早出晚歸，兩頭不見太陽。他因身子好了，明日就要去當差，今兒是唯一有空的一天，便打定了主意跟老娘鐸大奶奶說了個回謝人家送禮的藉口，兩手空空就上門來了，這會子正在前廳裡坐著，好茶喝著，好點心吃著，就是不見有人來招呼。

他坐了半日，開始心裡頭胡思亂想的，沒注意，等回過神來才叫起來。「來人吶！」

有個小丫頭進來一福道：「勳少爺有何吩咐？可是茶涼了，奴婢去換熱的來？」

李勳擺手道：「不是叫妳換茶。我問妳，我今兒來是見我嫂子，就是你們少奶奶的，方才可有人去通報？」

小丫頭茫然道：「方才並不是奴婢當差，既然勳少爺說了，想必已經去通報了。」

李勳皺眉道：「都頓飯工夫了，怎麼還不見回話！妳再去通報一遍。」

小丫頭很是為難，猶猶豫豫地不肯去，這若是個貌美嬌嫩的小丫頭，李勳說不定想著調戲一把，只是眼前這個完全就是個豆芽菜，半點興趣也無。見她如此扭捏，他把眼睛一瞪道：「怎麼著！本少爺不是這府裡頭的主子，還使喚不動妳這個小丫頭了？」

小丫頭嚇了一跳，忙說了聲「奴婢不敢」，匆匆忙忙轉身去了。

這一去，又是半天不見人影，李勳只覺著茶也涼了，點心也軟了，這廳裡廳外什麼人也沒有，就他自個兒坐著，外頭還有風呼呼吹過。

「怎麼回事?!這些奴才都死光了不成？」他不耐煩了，一拍桌子站了起來。

半天沒有人來搭理，他焦躁地想著乾脆自個兒上明志院去，管他什麼大門二門的規矩。主意一定，正要舉步往外走，錯眼看見桌上半杯涼茶，拂袖一揮，將那茶杯掃翻，茶水頓時沿著桌面滑下來，滴滴答答墜到地上。

李勳沈著臉，憋著氣，一路往內院而去，路上竟是半個人影兒都沒見著，眼見二門在前頭，遠遠便聽到嘻嘻哈哈的聲音，進去一瞧，咱們這位勳少爺登時大怒了！

原來門裡是一院子的小廝、丫頭，甚至還有幾個僕婦，正拿了幾個彩球東扔西擲地作耍，成群結隊地跑著跳著叫著，那叫一個歡聲笑語的熱鬧勁兒。

好啊，放著他這位客人在外頭喝涼水，這幫子奴才倒是聚眾嬉戲，在這院子裡頭玩得不亦樂乎。他眼睛瞪得老大，胸中憋了一股氣，往前一邁步，正待氣蓋山河大喝一聲，不料腳下一緊，撲通一聲摔了個大馬趴。

旁邊頓時傳來年輕女子嘻嘻笑聲，李勳一抬頭，見幾個小丫頭拿帕子遮了臉扭身跑開，顯見就是方才發笑的那幾個。

膝蓋和手掌都傳來陣陣痛楚，兩個小廝尖聲叫起來：「哎呀，這是怎麼搞的？定是那幾個小子算計咱們，怎的把勳少爺給絆了，快來人快來人！」

他們一面叫著一面跑來將李勳扶了起來，頓時呼啦啦一群小廝、丫頭圍上來，一個個都給李勳告罪，又是忙著察看他的傷勢，七手八腳往他身上招呼。

李勳只覺前後左右都叫人給擠著，不知多少雙手在他身上又摸又掐，哪裡是察看他的傷勢？分明是替他傷上加傷來著。他正手忙腳亂地擋著，不提防屁股上重重地一擰，頓時，哦吼吼一聲尖叫起來，不像是人發出的聲兒，倒像是馬嘶。

眾人彷彿都被這一聲給嚇了一跳，潮水一般紛紛退開，瞬間離他有三丈遠。李勳捂了屁股，臉上五官都是扭曲的，回頭看去，人人都側目望他，哪裡認得出來是誰下的手？

「你們這些……」他正大喝一聲，準備好生教訓這群奴才一番，就見一身紅衣的青玉不知從哪裡站了出來。

「都杵在這兒做什麼？還不快各自當差去！若有耽誤差事的，扣月錢那是小事，仔細你們的皮！」她翹著尖尖的食指衝眾人指了一圈，眾人頓時作鳥獸散，東一堆西一堆，眨眼散了個清潔溜溜。

李勳張大了嘴，目瞪口呆地望著眼前的變故。

青玉板著臉喝散了這幫子下人，才微笑著對李勳福了一福，說道：「勳少爺，都是咱們府裡的奴才們不懂事，衝撞了您。原是今兒老太太一時高興，說是叫府裡頭的奴才們都找些耍子樂呵樂呵，許了他們半個時辰的嬉鬧。不料這幫子奴才得意忘形，連勳少爺都給怠慢了，您放心，回頭我一個一個處置他們。」

李勳掌心劇痛，屁股上又依舊隱隱作痛的，不由氣哼哼道：「你們府裡頭這些奴才是該好好管教，哪裡有半分做奴才的樣子！」

青玉應了是，又見他掌心破了皮，滲了些血絲，身上的衣裳也沾了些塵土，衣冠不整的。「啊呀，勳少爺的手傷了，這可怎麼得了！若是叫老太太知道，非打奴婢的耳刮子不可，勳少爺，您快隨奴婢來，先換身衣裳，再將身上的傷都處置處置。」

李勳正想著帶這一身傷去見金秀玉，正好叫嫂子給搽藥包紮，到時候難免肌膚相親，卻是多麼銷魂的事兒。青玉一問，他趕忙擺手道：「不必不必，我思量著，這府裡也就堂兄的衣裳可穿得，倒不如去明志院裡問嫂子借一件吧。」

青玉挑眉看他一眼，心中冷笑，面上卻十分惶恐道：「這卻怎麼好，少奶奶如今是雙身子，近日正害喜得厲害，今兒也是身子不爽，正在裡頭歇著呢。老太太吩咐下來，誰也不許去打擾，若是叫少奶奶勞累，傷著了肚子裡的孫少爺一星半點，都要我們的小命兒呢！如今勳少爺若是這麼一身進去，豈不是誠心叫少奶奶受驚？況且少奶奶最是敬愛親戚們的，見您在咱們府裡頭出了這樣的意外，定是以為我們這些奴才有意為難，若是一時氣憤動了胎氣，奴婢們的罪過可就大了。」

青玉越說越是擔心，十分地為難。

「不如奴婢去問少奶奶身邊的真兒要一身大少爺的衣裳，勳少爺暫且換了，再叫小丫頭們拿藥來替您處理了傷口。今兒怕是見不著大少爺和少奶奶了，勳少爺改日再來吧。」

李勳只覺一口氣堵在嗓子眼裡，差點緩不過來。他再怎麼不通世故，也不是個傻子，什麼青玉、什麼奴才們嬉鬧、什麼意外，分明就是故意演的一齣戲，就是故意來出他的醜罷了。如今說的什麼金秀玉害喜，怕動胎氣云云，都是藉口，他今兒分明就是自討沒趣來著。

他手指著青玉，因著心裡有氣，指尖都有些發抖。

「好！好一個青玉！好一個大房！這就是你們府裡的待客之道，我今兒是見識了，哪裡還敢叨擾，這就告辭！」

他一轉身就朝外走，青玉在後頭喊道：「這卻怎麼使得，少爺這一身狼狽若是叫外人瞧見了，豈不是笑話？」

李勳這會兒正怒中火燒，哪裡耐煩聽她的話。他心裡想的，可是正好拿這一身出去，叫外頭人都看看，李氏大房是怎麼對待親朋客人的，也叫大房好好出一出醜！

他這邊灰溜溜走，明志院裡頭卻是嘻嘻哈哈一片歡樂。金秀玉指著青玉笑道：「妳呀！果然老太太說的沒錯，府裡頭頂壞的就數妳！怪不得當初叫妳當家呢，真兒她們哪裡有妳這樣大的膽子，連自家正經的堂少爺都敢這麼明目張膽地欺負！」

青玉只是抿嘴笑，春雲哼了一聲道：「要我說，這不過是小小的懲戒，他下回再敢來，咱們就再想個法子，再狠狠教訓他一頓。」

金秀玉哭笑不得地搖頭，這時屋內光線昏暗，有人便挑了簾子推開窗戶，見外頭天上不知何時聚起了烏壓壓的黑雲，陰沈陰沈的，似乎要有一場大雨的樣子。

青玉正在說話。「我瞧不起的是這位勳少爺沒有半分做主子的樣兒，今日不過是咱們一群奴才，已經將他治得灰頭土臉，這會子我倒是知道為什麼大少爺要讓他入貨棧當差了，他那模樣做派，到了那些掌櫃或管事眼裡，不遭人白眼才怪呢！就是咱們貨棧的夥計們，那也個個是人精，瞧著吧，有他吃苦頭的時候呢！這若是在貨棧裡待不下去，往後四房也沒臉再來求大少爺了，這呀，就叫一勞永逸。」

大家都深以為然，紛紛贊同。

突然，一片慘白撕破了外頭黑沈沈的天空，眾人只覺眼前一花，緊跟著哐啷啷一聲炸雷，屋子彷彿都跟著抖了一下，眾人都嚇了一跳。

金秀玉驚詫道：「這天倒也奇怪了，好端端地便陰沈起來，還響雷了。」

她剛說完話，外頭又是一道閃電一聲炸雷。

眾人驚魂未定，都撫著胸口，這天色反常，便無心談話，挑簾子的挑簾子，開窗戶的開窗戶，丫頭們扶了金秀玉走到窗前。

原本烏壓壓的天上此時銀蛇翻舞，滾雷聲聲，眾人只覺眼前一片白花花閃耀，耳邊聲聲巨響，地面彷彿都跟著震動怒吼。

入夏以來雖然下過幾場大雨，天色卻從沒有今日這般可怕，一時人人都愣愣地張著嘴，說不出話來，沒多會兒，就見雨線唰唰地射下來，密集迅速如同箭簇一般，因著有風，雨線都是傾斜的，劈頭蓋臉就往窗子裡射進來，站在最前頭的金秀玉忙抬手去擋。

「快將窗子關了。」

真兒叫起來，一面已經扶了金秀玉離開；春雲一步上前就將窗戶給關上了，頓時窗紗上響起密集的叩擊聲。

金秀玉皺眉道：「夏天那會兒倒是下了幾場大雨，如今都快入冬了，這樣的天兒怎麼就下起雨來，反常得很。」

青玉皺眉道：「老太太常說，反常為妖。我瞧著這場雨來得蹊蹺，怕是有什麼凶兆。」

「這能有什麼凶兆，不過一場雨罷了。」春雲十分地不以為然。

然而，這場雨卻從上午下到中午，又從中午下到傍晚，才慢慢淅淅瀝瀝小下去。

等雨停的時候，金秀玉已經睡了老長一個午覺。她本就嗜睡，今日外頭風大雨大，屋子裡頭便越發顯得沈靜，睡得也就特別死沈一些。

這一覺醒來，恍如隔世，連著呼吸到的空氣都與之前大不相同了。

真兒和春雲正開了窗戶，扒著窗臺朝外頭看，聽到動靜，回頭見她坐起，忙都圍過來服侍她起床。

她今日一早原本穿的是件橙色的外衫，這會子真兒卻另外翻了一件淺紅色外衫出來，比原先那件要厚了一些。

「這一場雨下來，立馬就冷了幾分，估摸著夜裡還要再冷，少奶奶如今是雙身子，還是得穿暖和些。」她一面替金秀玉穿衣，一面說道。

主僕三個走到窗前，見外頭雖然雨已經停了，天空卻顯出一種慘澹的灰白色，依然有一些烏雲高高地聚著。

「怕是夜裡還有一場雨呢。」金秀玉感嘆了一聲。

她說的果然不錯，府裡頭剛用過晚飯，因著天色陰暗，燈燭都是早早就點起來的，晚飯畢不過頓飯工夫，天上便又是烏壓壓一片，轉眼又開始下起來，恰好趕上李承之回來，即使坐了馬車，進門時也已經成了落湯雞。

真兒和春雲兩個，忙著替他更衣、擦頭髮、煮薑湯，因金秀玉懷著孕，怕過了寒氣，她只好遠遠看著。

李承之剛換了乾淨衣裳，坐在圓凳上，春雲拿了塊乾毛巾挽了他濕漉漉的頭髮擦拭，窗子敞了半扇，他望著外頭的瓢潑大雨，皺眉道：「這雨瞧著竟是越下越大了。」

金秀玉點點頭。可不是麼，就像老天爺發了怒，使著勁要把一整年的雨都給下完似的，這雨勢大得，那雨線層層往下倒，沒有半點消退的跡象。

小夫妻兩個忍不住都擔心起來，這麼大的雨，會不會出事兒？

第一天的雨勢之大已經十分驚人，沒想到，老天爺這回真的就跟卯足了勁要倒乾那銀河的水一般，這樣大的雨竟是連續下了三天。

淮安城街上已經空無一人，家家戶戶都縮在屋裡頭望著外頭的雨發呆，什麼生意都做不了，大大小小的店面都下了門板歇業。唯一還開著門經營的，大約就只有傘店了。

今兒已經是第四天。

入冬時節這般大雨，不說一年之中少見，就是十年裡頭也是不怎麼遇得見的。老一輩的人經歷的事情多，已經開始擔憂起來，淮安城就挨著淮水這條大河呢，這麼連日大雨，河水定然高漲，也不知那河堤是否夠高夠堅固，萬一河面漲過河堤，那可就要演變成洪水了。

有這樣擔心的人不在少數，李府裡頭，老太太、李承之、金秀玉，甚至包括青玉等幾個有見識的丫頭，還有府裡一些上了年紀的家丁婆子，都隱隱有著這樣的憂慮。

金秀玉擔心的不只是淮水河堤，還有李家在鄉下的那幾個莊子。此前柳弱雲就已經跟她報過，靠著淮水的幾個莊子因著夏秋兩季的大雨，已經造成一些房屋和田地出產的損失。如今又是這麼連日大雨，若是淮水沒漫倒也罷了，若是真的漫成洪水，淮安城到底地勢高還不怕，那幾個莊子只怕真的就要被淹了。

不過萬幸的是，此前莊子裡報上來的損失正是受下雨影響，柳弱雲就提出要做預防措施，已經支了一筆銀子去，經過一段時日，那銀子應該已經落到實處了。她這麼想著，心裡頭便鬆了一些。

「豆兒。」

「嗯？」她聽得丈夫熟悉的聲音，回過頭去。

因著連日來雨勢過大，李承之也不怎麼出門，正好在家陪陪老太太和妻子金秀玉。

他往金秀玉身邊坐下，伸手攬住了她，習慣性地先撫了撫她的肚子，然後才說道：「妳呀也是個無事忙，這會兒不是沒事嗎，怎麼就皺起眉來？又在操什麼心呢？」

金秀玉便將擔心的事給說了，又說了柳弱雲跟她支銀子做預防的事。

李承之點頭道：「既然已有預防，莊子上那幾個管事都是忠心勤懇的，想來已有妥當的措施。妳就少操些心吧，莫要累著咱們的小寶貝兒。」

他一面說著，一面就在她肚子上摩挲起來。金秀玉白他一眼道：「如今你心心念念可都是孩子了！」

不知為何，懷孕以後，她的身子便越發嬌軟起來，李承之這會兒抱在懷裡，只覺柔若無骨，兼著她這麼一瞟，沒半點威懾，倒是帶著十足的嬌嗔風情，李承之心中便是一熱。

仔細算算，從大夫說有喜到現在，他可是快一個月沒碰她了，正是年輕氣盛的時候，如今佳人在懷，哪裡還能不起綺念。金秀玉正懶懶靠在他懷裡，只覺他的身子越來越熱，搭在她胳膊和肚子上的手也越來越不老實了。

李承之緊了緊手臂，俯在她肩窩裡，低聲道：「豆兒，咱們的小寶貝兒還老實嗎？」

金秀玉嗓子有些發緊，輕聲道：「他很老實，只是他爹有些不老實了。」

身後傳來胸腔的震動，李承之悶悶地笑了兩聲，湊到她耳朵邊上低聲說了一句，金秀玉頓時紅了臉，咬著嘴唇，說了幾個字。若不是李承之耳力好，又靠得近，差點就聽不清了。

她說的是「會傷著孩子」。

李承之暗笑，又在她耳朵邊說了兩句，金秀玉頓時哭笑不得，這男人，怎麼連這樣的事兒都拿去問大夫？原來古時候，大夫們就已經知道，懷孕期間夫妻還是可以行房的。

她在李承之手背上一擰，斜瞟著他，咬著嘴唇低聲道：「原來你早就不安好……」

沒容她說完，唇上已經被一片火熱覆蓋，身子也完全貼在了丈夫滾燙的胸膛上。

李承之的手，慢慢地沿著她的衣襟滑了進去，正是柔情似水之時，入手一片滑膩，李承之正感嘆著，自個兒的小妻子自從懷孕，身子越發柔軟如綿，門外突然響起急促的叩門聲。

金秀玉回過神來，一把扣住了丈夫的手。

「大少爺！少奶奶！出事兒了！」春雲一面張惶地高聲呼叫，一面將門拍得大響。

李承之扶額呻吟。「天爺爺的！」

金秀玉沒好氣地拍他一下。「怕是出了什麼大事，還不快去瞧瞧？」

她衣襟還開著呢，胸脯將抹胸撐得緊繃繃的，胸頸肩均露出雪白的肌膚，李承之望著這羊脂白玉，洩氣地嘆了一聲。

小夫妻兩個各自整理好衣裳，這才叫春雲進來。

門剛打開，春雲便一頭撲了進來，她後面還跟著真兒，也是一般地慌張。

「大少爺，少奶奶！出大事兒了！」

兩個丫頭都絞著帕子，咬著嘴唇，滿臉焦急。

李承之皺眉道：「慌什麼！天大的事兒有我在呢！」他看了兩個丫頭一眼，點了真兒道：「妳來說，出什麼事兒了？」

真兒大約是剛剛跑得急，氣兒還沒喘勻。「淮水沖垮河堤，咱們的莊子遭了災，房屋倒塌，還淹死了人！」

一句話，石破天驚，金秀玉頓時心一緊，李承之立時將身子給繃直了。

「哪裡來的消息？」

「是淮水邊兩個莊子的管事一起來報的信。」

「叫他們進來！」

李承之咬緊了牙關，下顎肌肉一陣收縮。

真兒已經將兩個中年男人給帶了進來。

「李旺（李福）請大少爺、大少奶奶安。」

李承之對他們倆很熟悉，因急著瞭解情況，不過點頭罷了。

李旺管的是大王莊，李福管的是小李莊。這兩個莊子都是以姓氏命名的，王和李都是淮安地方的大姓，大王莊多數人姓王，小李莊多數人姓李，這兩個莊子，都緊緊地挨著淮水。

事態緊急，李旺、李福一開口就將事情一五一十地說了，連日大雨，果然應了眾多人的擔憂，淮水河面日漸高漲，河堤到底是沒防住，今兒一大早被大水沖出了一個缺口，淮安城地勢高，並不受影響，因此城內暫時還沒聽到消息，但是下游挨在淮水邊的莊子都遭了殃。

據李旺、李福所說，截至到他們動身進城之時，大王莊和小李莊加起來一共有二十多家佃戶的房屋被沖垮，輕重不一。大王莊還好一些，離淮水稍遠，地勢也高一點，受災情況略微輕些；小李莊卻非常不樂觀，攏共沖垮的二十多家房子裡面有三分之二是小李莊的，最糟糕的是還有一對祖孫被大水沖走，至今下落不明。

李承之立時感到事態嚴重，同時心裡也起了很大的疑惑。「日前府裡頭不是已經撥了銀子給你們修繕河堤嗎？為何河堤依然會被沖垮？」

李旺、李福相視一眼，臉上都露出了苦澀。

按說修河堤是官府的分內事兒，平頭老百姓既沒這個義務，也沒那個能力去修繕河堤。李承之這麼問顯然不合常理，但這事的的確確是事出有因。

淮安城因靠近淮水的緣故，河堤是一項重要工事，歷任的知府、知縣都經歷過修河堤的重任。說到這裡，就不得不感嘆一句，每朝每代修河堤都與官員貪墨有密不可分的聯繫，歷來修河堤，緊要的幾段工事自然不能馬虎，其他在當官者眼裡不算要緊的河段，自然就偷工減料，大家分甜頭了。

這一任的知府、知縣也並不是清官，河堤雖然年年修，但到底有多少真材實料，怕是只有河底的魚兒才清楚。這種事情，有的人懵懵懂懂，有的人卻心照不宣。

李旺、李福管著兩個莊子已經都有近十年了，對於河堤是否牢固，心裡都是有數的。官府不在乎河堤是否能擋住大水，李家卻是不能不在乎的，這兩個莊子每年每月的產出都不算小數目，況且這種事兒雖然是萬一的概率，卻可大可小，到底還是未雨綢繆的好。

這事兒指望不上官府，只能自個兒預防，而且還不能明目張膽，否則就是打官府的臉。今年夏秋兩季雨水就不少，兩人已經有些擔心河面上漲的問題，因此早給報了上來。那會兒正是柳弱雲剛剛接手的時候，當月的預算裡面，她也是向金秀玉提報了的。

金秀玉前世就見識過洪災，今生也不是沒聽父親提過，對這樣的預防措施自然是十分支持，二話不說就撥了銀子，就是柳弱雲當初從明志院抱走的那一箱銀元寶，攏共三千兩。

這事兒，先前她才跟李承之又提起過，也正是因為她撥了銀子，李旺、李福又是妥當人，李承之覺得河堤必是已經加固過了，雖然連日大雨，卻並沒有太擔心。

可是如今大水竟然沖垮了河堤，甚至房子倒了、還死了人，怎能不叫他震驚？

「奴才們不敢胡言亂語，只是那修河堤並不是奴才們親自經手，實在不敢說什麼。」

李承之挑起眉。「這話卻是什麼意思？」

李旺、李福支支吾吾，到底是忠僕，想著就算主子們不喜底下人互相算計攻訐，該說的還是得說，否則萬一叫小人蒙蔽了視聽，反陷主子於不義，那就是他們的罪過了。

原來那三千兩銀子，他們兩個是半點子銀毫都沒瞧見。柳弱雲領的錢，府裡頭叫來順的管事經的手，請工匠、買料子、修河堤，樣樣都是分派好的，沒有叫李旺和李福操一點心，原本兩人還想著，到底如今少奶奶當家，事事都有專人負責，就是修河堤也不叫莊子上出力，府上派人過來就弄妥當了，真正感念主家們的恩德。如今河堤一垮，兩人便不得不犯起了嘀咕，究竟那三千兩銀子都修到哪裡去了？

這話一出來，李承之臉色頓時沈下，金秀玉的心卻提了起來。

難道官府修河堤貪墨，他們自家修河堤竟然也有貪墨的不成？到底是哪裡出了岔子？金秀玉忍不住懷疑起一個人來。

「相公……」

李承之抬手阻止了她，微微搖頭。

「如今不是追究的時候，當務之急是先安排那二十幾房沒了屋子的佃戶，還有尋找被洪水捲走的人。」

李旺、李福忙激動道：「大少爺說的是。」

李承之看著外頭的天，雨還一直下著呢，從莊子裡快馬進城也要將近一個時辰，李旺、李福來了這麼久，誰知道莊子裡又有什麼新的變故，人命關天，他坐不住了。

「李旺、李福，咱們走！」李承之長身一起。

金秀玉吃驚道：「你上哪兒去？」

李承之下顎一緊，咬牙道：「我要親自去莊子裡。」

金秀玉本擔心他的安全，但是一看見李旺、李福兩個人激動的神情，卻不由得將話都收回了肚子裡。她起身道：「去吧！叫那些人都安心，咱們李府不會不管自己的佃戶們。」

真兒是最聰明和善解人意的，已經取了一件外衣，這會兒春雲也機靈了，早早地去找了蓑衣和斗笠出來。

金秀玉將外衣替他披上，又將蓑衣和斗笠塞在他手裡。李承之緊緊捏了一下她的手，轉身便大步而去，李旺、李福都緊緊跟上。

目送著三人的身影消失在雨幕中，金秀玉只覺心頭如同壓了一塊大石頭。

「少奶奶！」真兒和春雲忙扶了她坐下。「少奶奶莫急，有大少爺在，妳只管放寬心就是。」

金秀玉雖然點頭，心裡卻飛快地盤算起來。

按理說，修河堤為的是兩個莊子，莊子上的青壯年是肯定會參與工程的，為什麼李旺、李福說沒有動用莊子上半分力氣？

她越想越覺得不對勁，柳弱雲領的銀子、來順經的手，那麼工匠是誰請的？料子又是誰採買的？修河堤的工事是誰監管的？

來順？那就是來順家的男人了。

來順家的，正是管大廚房的那位媳婦子。

金秀玉不由自主地想起上回府裡頭傳她剋親的謠言，那回來順家的雖然沒跟她這個少奶奶作對，卻是明顯袒護縱容大廚房的人，只是當時眾人都被那王婆子吸引了心神，事後各處參與傳謠的都領了罰，大廚房被摘了乾淨，也就沒有特別追究。

越想，越覺得這裡頭有什麼她不知道的關係。

真兒和春雲都站在旁邊，見她神色變幻不定，沒敢吭聲，只是靜靜候著。

「真兒，派人去請柳姑娘過來。」

真兒應了，正要去，金秀玉又把她叫住了。

「真兒，妳一面派人去請柳姑娘過來，一面另叫小廝去尋來順，帶他到前面那三間抱廈去候著。春雲，妳去大廚房跟來順家的說我要喝雞湯，其他人不放心，叫她親自做，妳盯著，做好了再送過來。記住，一定要緊緊盯著她，不可離了視線一步。」

這是她頭一回這樣鄭重其事地吩咐，真兒和春雲相視一眼，都認真地束手應了，各自分頭行事。

第二十六章　老太太的危言

柳弱雲邁進明志院的院門時，雨已經開始變小了，淅淅瀝瀝，卻像是沒有盡頭，蓮芯在她身後替她打著傘，大約是這樣陰沈的天氣令人心情也沈悶起來，主僕兩個都是一個字也不想說。

邁進了門檻，抬眼望去，只見那一條青石板路一路延伸到上房門口，門上懸著萬年青的簾子。

眼皮又跳了起來。

今兒已經跳了一天的眼皮了，打從早上起床開始就沒停過，柳弱雲不得不驚疑，莫非要出什麼事兒？

「姑娘，雨天地滑，小心腳下。」

蓮芯的提醒讓她回過神，深吸一口氣，打起精神，主僕兩個沿著青石路往上房走去。小丫頭正站在廊下，見柳弱雲和蓮芯過來，高聲笑道：「柳姑娘來啦，少奶奶正等著呢。」

她一面說，一面打起了簾子。

柳弱雲一進門，只覺屋內燈火通明，溫暖如春。正前方，金秀玉正坐在榻上，微微低著頭，燈光被劉海一擋，在臉上打下一片淡淡的陰影。

「賤妾見過少奶奶。」

金秀玉抬起眼來，微微一笑道：「這大雨的天，累妳過來，先坐吧。」

心突然一跳，一種說不清道不明的感覺從心底湧上來，柳弱雲只覺今日的大少奶奶笑得特別高深莫測。

她走到椅邊，挨了半邊屁股坐了。屋內沒其他人，不過是金秀玉、真兒、柳弱雲和蓮芯四人而已。

「今日叫妳來，是有件事兒要問妳。」

柳弱雲忙俯首道：「少奶奶請問便是，賤妾不敢不答。」

金秀玉抿了抿嘴唇。「如今連日大雨，我瞧著一時三刻的怕是還停不了。淮水的水位，這幾日必定漲了不少，咱們有幾個莊子都是挨著淮水的，若是萬一大水沖垮了河堤，莊子裡的田地房產可都得遭殃。」

一提到河堤，柳弱雲的心就提到了嗓子眼裡。

「好在前些日子妳提醒了我，說是大王莊和小李莊的河堤都得修繕，我也撥了銀子的。如今既擔心起來，就請妳過來說說，那兩個莊子的河堤可都已經修好了？」

回答之前，柳弱雲先抬頭看了金秀玉一眼，見她臉色平靜，似乎只是順勢一問，並無深意。

「賤妾當日領了銀子，想著修繕河堤是大事兒，得託有經驗的人去辦，又因著咱們是越過官府的，若是知縣或知府衙門來追究，還得有個能說會道的管事應對。賤妾想著，這兩件事兒若是不先考慮，動工之後怕有阻礙，想來想去，咱們府裡頭的來順倒是個妥當人，便吩咐了他全權處置，銀子也都派給了他。少奶奶如今問起來，倒是賤妾的疏忽，那河堤修好已經有四、五日，來順也是早就回報後交了差的，賤妾原本想稟報少奶奶，只因想著少奶奶如今是雙身子，老太太吩咐萬萬不可操勞，這事兒既然已經辦了，便也不急，因此尚未叫少奶奶知曉。」

「倒是妳想得周全。」金秀玉點頭道。「這聽著，來順辦事倒也妥當，大王莊和小李莊的青壯年們可都參與了修繕的工程？」

柳弱雲暗暗心驚，大少奶奶今日問得這般鉅細靡遺，很是反常。她打起了十二分的精神，答道：「說起來，少奶奶將莊子上的事情都交給賤妾打理，賤妾實在是戰戰兢兢。那修繕河堤的工事，賤妾一介女流，不懂其中的門道，就全委託來順辦理了，因著來順素來周全妥當，其中過程賤妾倒是沒有細問。」

金秀玉點頭。「既是問清了，我也就放了心，想來這樣的大雨也是不怕了。我這些日子也懶得很，什麼事兒都管不上，那兩個莊子的佃戶都該承妳的情才是。」

柳弱雲忙起身道：「折殺賤妾了，全是少奶奶的慈悲恩典，賤妾哪裡敢居功。」

金秀玉擺手道：「妳也不必妄自菲薄，我瞧著妳還是拘束得很，打從進門到現在都是規規矩矩的，我看得都累得慌。罷了，我也不留妳，妳還是早些回清秋苑去自在。」

柳弱雲勉強笑道：「賤妾生來膽小，叫少奶奶笑話了。」

她福了一福，退下去，扶著蓮芯的手，打著油紙傘，出院門去了。

金秀玉望著她的背影，若有所思。

「少奶奶，柳姑娘言語之間多有閃爍，那河堤分明已經被沖垮，所謂修繕云云，實在叫人難以相信。」

金秀玉點頭道：「其中必有蹊蹺。再叫來順問話，兩相對照，自然就能看出誰是誰非了。」

真兒猶豫道：「不若叫來順再候一會兒？我瞧著，少奶奶早起到現在都還沒歇一下呢，可要先瞇上一會子？」

她素來是貼心的，金秀玉笑起來，擺手道：「不必了，心裡頭裝著疑問，睡也睡不下，況且也得防著夜長夢多，咱們府裡頭嚼舌根的可不少，錯眼不見，事兒便傳開了，還是早早問清楚的好。」

真兒不好違拗，點了頭，打起簾子出去，命人傳來順過來。

來順一直都是二門以外的管事，平時可不怎麼進內院來，金秀玉嫁過來到現在也沒跟他打過交道，他媳婦因管著大廚房，倒是常常見的。

大少奶奶突然傳召，在抱廈裡頭就等了快半個時辰，也沒人招呼他，來順已經覺得心中忐忑，這會子明志院來人傳他，他越發猜疑起來。

金秀玉剛喝了一盞參茶，真兒特意沖來與她提神的。

來順進了門，頭一件事自然是行禮請安。

金秀玉抬眼打量他，見他身材瘦小，貌不驚人，眼窩比常人要深一些，襯得一雙眼睛透出一股子精明來。

來順是二門外的大管事，他媳婦是大廚房的管事娘子，這夫妻倆在府裡倒是十分體面。

金秀玉開口道：「你是咱們府裡頭的大管事，我叫你來不過是問些事情，不必拘束，只管坐吧。」

來順虛應一聲，弓著身子，低眉順眼道：「少奶奶體恤奴才，只是主子在上，哪有奴才坐的道理。」

金秀玉一笑，道：「你同你媳婦都是客套人，果然最講規矩。得，你要站便站著。」

來順打個哈哈，依舊站著。

「這連日大雨，我原本還擔心著莊子上會不會遭了水災，才聽柳姑娘提起，說你前些日子已經到大王莊和小李莊去修了河堤。那會子不顯，這會兒碰上這樣的大雨天，倒是大功一件了。」

來順身子越發弓得厲害，嘴裡道：「奴才不過是跟著主子的吩咐行事，這都是少奶奶的恩典。」

金秀玉暗想，這來順姑且不論辦事能力，拍馬屁的功夫倒是一流，哪裡像個尋常富商家的下人，分明像是官府衙門的老油子。

來順低著頭，卻一直用眼角餘光注意著金秀玉，見她神色不明，眼中透出探究，不由暗暗心驚。

「雖說是主子，不過也是在家裡坐著，辛苦的都是你們。只是這回修繕河堤，說是沒有動用半分莊子裡的人力，都是請了工匠，我原想著，既是為莊子裡謀福利，叫莊子裡的青壯年們做工也是理所應當的。若是都請工匠，那工錢定然要多出一筆，這帳就有些不划算了。」

來順心頭一跳，因低著頭，臉上的變化就沒有叫金秀玉和真兒瞧見。他恭敬地道：「少奶奶不知，修河堤那幾日正好趕上秋收，青壯年們都是主要的勞力。奴才想著，秋收是緊要的事兒，不能耽誤，不敢拉了勞力過去；但是修河堤也不能拖拉，夏秋兩季已經有好幾場大雨，顯見今年是多雨多水的，不怕一萬就怕萬一，得早日修完河堤才好安心。因此奴才斗膽想著，寧願多花銀子，也得早日完工。如今少奶奶見問，奴才也不敢隱瞞，的的確確奴才也有那麼一點子私心。」

「哦？什麼私心？」

來順不好意思地笑了笑。「那修河堤歷來都是重任，奴才頭一回經手，實在戰戰兢兢，就存了那樣的心思，想著早日完工，奴才也好早日交差。要說起來，也是奴才膽小不經事，沒出息。」

金秀玉拿手指了指他，對真兒笑道：「妳瞧瞧，這麼個兢兢業業的，還說自個兒沒出息呢。」

真兒也附和道：「來順大管事不僅能幹，素來也是最謙遜的，哪像那些個毛頭小子，但凡有一丁點本事就咋咋呼呼，恨不得叫全天下都知道。」

來順低著身子，果然笑得十分謙遜，像是對真兒的誇讚感到十分地不好意思。

金秀玉也笑起來，卻又故作不通道：「真兒是誇你能幹的，我卻得考較考較你。我問你，那河堤，可是你親眼盯著工匠們修的？那材料，可是你親自去採買的？」

來順忙正色道：「主子既然交給奴才這個重任，奴才自然要盡心盡力辦事。河堤修繕一事，奴才不敢居功，卻實實是親自經辦的，一件都不敢馬虎。」

金秀玉點著頭，盯著他說道：「甚好，甚好。這麼說來，那河堤定然修得十分牢固，就是再來幾場大雨也不怕。」

來順笑道：「少奶奶是菩薩心腸，總是替那些個佃戶擔著心。若是真箇再連下幾天大雨，河堤堅固與否且不論，實實在在就是老天爺不開眼了。」

金秀玉面上笑著，手上卻將那帕子捏得死緊死緊。

瞧著來順退出去，金秀玉抿了抿唇，問真兒道：「妳瞧著如何？」

真兒臉色有些難看，說道：「這來順，言語之間也多有漏洞且奇怪處，關於修繕河堤一事，他同柳姑娘的言辭如出一轍，都說河堤已經修好，可如今河堤明明被沖垮，可見修繕加固云云，不足取信。若真在這工事上做了貪墨，必是雙方事先串通了說辭。」

金秀玉臉色有些發冷。「河堤沖垮，大王莊和小李莊都有佃戶流離失所，甚至有人捲入洪水中，死生不明。這樣人命關天的大事，若真是因有人貪墨、偷工減料所致，就其心可誅了。」

為著幾兩銀子葬送了幾條人命，想到此處，真兒身上也有些發冷。

金秀玉皺眉道：「咱們派去莊子上察看的那幾個人呢？洪水已進莊，李旺、李福都趕來報信，怎麼他們還不見回來？」

真兒剛想回話，門外頭花兒小跑進來。

「少奶奶，去莊子上送東西的那幾個人回來覆命了。」

金秀玉和真兒相視一眼，果然說曹操，曹操到。

「叫他們進來吧。」

花兒退出去，將幾人都叫了進來，幾人進來之後先給金秀玉行禮請安。

金秀玉點點頭，先問了一句給李婉婷送東西的事，其中一個瘦高個兒站出來回了話。「回少奶奶，所有衣裳藥材吃食都已經送到莊子裡，交給張嬤嬤收了。」

「可見到了三小姐？她情形如何？可說過要回來的話？」

「三小姐不過見了奴才們片刻，瞧著身形略有些消瘦，精神倒還好，似乎比在府裡時沈靜些，想來是兩位王府嬤嬤細心調教的緣故。三小姐問了府裡的近況，奴才們遵著少奶奶的吩咐，只說老太太、大少爺、少奶奶和二少爺都平安康健。提及回府，三小姐只說過年時請大少爺去接她。」

金秀玉點點頭，過年接阿喜回來，是送她去之前就跟她說好的。小丫頭還是想家了呀，還有這麼些日子就盼著回來，在家廟修身斂性的日子，必是清苦得很。

「原吩咐你們送完東西就到各個莊子上察看，如今大王莊和小李莊都遭了洪水，這樣的大事該火速回來稟報才是，怎的眼下才回還？」

瘦高個兒並未惶恐，鎮定地答道：「回少奶奶，原本河堤一垮，奴才們就該回來稟報的，不過奴才們又想到少奶奶吩咐咱們去辦差，必得查明實情才好回稟。李旺、李福兩位管事進城稟事，奴才們都是知道的，既有他們二位來，也就不必咱們再贅述，奴才們就留在大王莊和小李莊，一面是幫著莊子裡的人避災救人，一面奴才帶著一個夥伴上河堤去看了看。」

金秀玉頓時緊張起來，問道：「堤上如何？為何會被沖垮？」

說到這裡，瘦高個兒臉上便顯出不平來，說道：「少奶奶不知，奴才們上河堤一瞧，都是氣憤不已。那河堤，哪裡是正經修出來的！以次充好、偷工減料，外表瞧著結實，內裡如蜂巢一般既虛且空，這樣豆腐渣一樣的河堤哪裡能防得住洪水？難怪那水浪一沖就沖出一個大缺口來，年年修河堤，修出來的就是這麼個東西，實在叫人寒心。」

說到這裡，他臉上已經十分憤怒，見金秀玉正看著他，才意識到自己踰矩了，忙住了嘴，低頭退了幾步。

金秀玉的臉已經完全沈了下來。真兒見了她的神情就知道，這回是真的動怒了，她衝他們幾人擺了擺手，幾人都會意，默默地退了出去。

一個茶杯突然飛出來砸在地上，「啪！」一聲大響，頓時四分五裂。春雲正端著一盅雞湯邁進來，一塊碎瓷片飛過來差點刮到她的腳，幸而她眼尖，往旁邊一跳，好險沒把雞湯給灑了。

「把人命當兒戲，可惡至極！」

金秀玉咬著牙，氣得嘴唇都在發抖，砸茶杯的那隻手正握著拳頭，尖利的指甲深深地刺進肉裡留下青白的印痕。

「少奶奶！」真兒撲上去握住了她的手，盯著她的臉。「莫氣壞了身子，您如今可是雙身子呢。」

金秀玉當然知道生氣會影響到腹中胎兒，只是胸中氣血翻湧，一股怒火憋在嗓子眼裡，額角也跟著傳來一陣尖銳的疼痛。她一抬手摁住了太陽穴，指尖都在顫抖。

「少奶奶！」

春雲也嚇到了，將那托盤往桌子上一放，伸手按住她的兩邊太陽穴，不輕不重地揉起來。

真兒伸手在她胸口撫著，放柔了聲音道：「消消氣兒，消消氣兒。」

兩個丫頭一個揉捏、一個勸慰，金秀玉咬緊了牙關，胸脯高高起伏好幾下，總算是將那怒火給壓了下去。

兒。

春雲方才在大廚房盯著來順家的燉雞湯，沒在上房，自然就不知道事情的前後，只是看著真兒。

真兒見金秀玉心情平復了，便問道：「少奶奶，這事兒已經再清楚不過了，定是有人起了貪心，在河工上偷工減料，這才將大王莊和小李莊置於險地，柳姑娘和來順都脫不了干係。」

金秀玉鄭重道：「這事兒牽涉不小，咱們都是府中內眷，若要追究起來，有諸多不便，等大少爺回來我再同他商量，眼下，咱們先辦其他事兒。」

真兒和春雲都疑惑地看著她，金秀玉咬了咬嘴唇，她自覺一直秉持的是與人方便、與己方便，只是這件事兒關係到人命，那犯下過錯的人實在叫人痛恨。

況且，一直以來她心頭都有根刺，如今，也到該拔去的時候了。

今兒注定是出大事兒的日子。外頭的天氣已經是陰雨連綿，淮安首富李府之內，上上下下都籠罩在一種沈重的氣氛中。

上午莊子上兩位管事才來報信，淮水沖垮河堤，大王莊和小李莊都遭了洪災，幾十間房屋倒塌，數人下落不明。大少爺李承之親自趕赴洪災現場，至今未歸。

到了中午，清秋苑大門緊閉，外頭有家丁婆子看守，既不許人出，也不許人進。二門外大管事來順被剝了所有差事，被幾個粗壯的家丁扭起來綁了關起來，外頭亦有人把守。

明眼人一瞧就知道這是軟禁。

這些，都是大少奶奶親自下的命令。

柳姑娘犯了什麼事？來順又犯了什麼事？為何兩人同時被軟禁？大少奶奶不說，誰也不敢胡亂打聽，但是底下早已紛紛紜紜猜測開來。

有說柳姑娘一直遭受冷落，耐不住寂寞，與來順做了醜事，叫大少奶奶抓到把柄的；有說來順辦事不力，連累了柳姑娘的；也有人瞧得明白，說是與大王莊和小李莊的災事有關的。

總之是眾說紛紜，謠言四起。

明志院中靜悄悄，長壽園中的李老夫人卻坐不住了。

老太太原想叫人將金秀玉請到長壽園來，一想到孫媳婦肚子裡頭懷著李家的曾孫，下雨天，地上又濕滑，保不齊有什麼閃失，還是自個兒帶了人，浩浩蕩蕩來了明志院，如今正在上房裡頭坐著呢。

「孫媳婦兒，老婆子知道妳是個明白人，做事兒必定都是有理有據的。只是今兒這事情透著蹊蹺，那起子奴才都胡亂猜測呢。到底是怎麼一回事，妳倒是叫我老婆子得個明白。」

金秀玉眼下著實有些疲累，原本懷了孕，正是害喜得厲害的時候，往日上午下午都得睡上一覺才有精神，今日卻是一刻沒歇。因存著心事，午飯沒怎麼吃，撐到現在，實實在在有些吃不消了，這會兒只覺得後腰痠疼得厲害，腦袋也跟著一陣一陣發脹。

可是這樣的天，老太太親自來了，又是這麼問她，她哪裡能夠不回答呢？

她只得強打起精神說道：「奶奶，這事兒一時半會兒倒還說不清楚。簡言之，大王莊和小李莊遭到水災一事，並非天災，乃是人禍。」

老太太瞪大眼睛。「這是怎麼說？」

「雖說連日大雨，淮水水位上漲，本就有沖破河堤的危險，但是大王莊和小李莊的河堤卻是不應該垮的。」

老太太覺得這話有些聽不懂。「原先城裡頭還未得到消息，咱們只曉得自家莊子邊上那段河堤垮了。如今卻已經有各處的消息傳來，除了那一段，淮水另有多處河堤沖垮，下游一帶的莊子多數都淹了水。既然並非個例，孫媳婦兒為何說大王莊和小李莊的河堤不該垮？」

金秀玉捏緊了帕子，沈聲道：「因為大王莊和小李莊沿岸的河堤，咱們家是砸了銀子修繕過的。」

修繕河堤的事情，金秀玉沒跟老太太提過，這會兒才將事情從頭到尾說了，先說當初柳弱雲報預算，她給撥了三千兩銀子。

剛說到這裡，老太太就欣慰地說道：「到底是個會當家的，這事事都想到了頭裡。這銀子是該撥，妳做得對極了，那柳氏也算有見識，這才叫未雨綢繆呢。」

金秀玉沒接這個話茬，繼續說柳弱雲將差事派給了來順，來順請了工匠、買了材料，帶人去大王莊和小李莊修河堤，卻沒有動用莊子裡的一分勞力。

老太太聽到這裡，就已經奇怪起來。「這事兒透著些蹊蹺，既是為莊子修河堤，為何不用咱們自個兒的佃戶上工，既有力氣又省工錢。這來順素來是妥當的，這回做事怎的糊塗起來？」

青玉一直在旁邊聽著，冷笑道：「只怕他不是糊塗，而是另有心機，否則怎麼那段河堤仍被沖垮，兩個莊子還遭了水災！」

老太太得了提醒，也覺著這事情的確有些不對勁。

金秀玉於是又說，她派去莊子上察看的人是如何上了河堤，如何發現這段工事敗絮其裡、不堪一擊。

老太太聽得吃驚。「這樣說起來，妳是懷疑來順偷工減料，貪了那筆銀子？」

金秀玉正要點頭，突然外頭隱隱傳來一聲鑼響。

第一聲鑼響還輕，除了她，不過幾個耳尖的聽見了。然而接下來那鑼，卻是一聲接一聲地響起來，由遠及近，哐哐哐砸得人心驚肉跳。

大家都變了臉色，驚疑不定，金秀玉立時叫人出去察看。

屋內眾人一時歇了談話的心思，只聽著外頭除了鑼聲，還有高聲的呼喝叫罵，馬蹄子踐踏石板路面，踩得水聲嘩嘩亂響。

老太太面容肅然道：「這動靜，有些不對。」

果然，出去察看的人回來報，說方才是一隊巡邏的官兵，飛馬急行軍，方才響的就是開道鑼聲。

「在城內急行軍？」其他人還沒什麼反應，老太太卻變了臉色。「要出事兒了！」

金秀玉和青玉、真兒等人既驚疑又有些茫然。

老太太突然指著回來稟事的下人，厲聲道：「快，再去打探！不論外頭有什麼風聲，但凡有一絲不同尋常的，都給我問清楚了回話！快去！快去！」

她一連幾聲「快去」，瞪著眼睛，臉色顯得有些猙獰。那下人心神緊張，忙應了一聲，轉身跑了出去。

眾人都不明白老太太為何突然就變了臉色，卻被她的神態語氣給嚇到，一時都惴惴起來。

金秀玉探究地叫了一聲。「奶奶……」

老太太忽然轉過頭來，直直地瞪著她問道：「咱們糧庫裡還有多少糧食？」

金秀玉猝不及防，愣怔道：「糧食？」

老太太一點兒也不像平時一般慈藹，見她反應遲鈍，立刻便皺起眉來。「我問妳呢，咱們府裡還有多少糧食？」

真兒立刻上前一步道：「咱們府裡頭存糧充足，足夠全府吃一個月呢。」

老太太本是直著身子，聽到她的回答，頓時鬆了一口氣，腰背也軟了下去。

金秀玉此時也覺事情不對，老太太這樣發問必有緣故，便肅著臉問道：「奶奶，您想到了什麼？料到了什麼？」

老太太眼睛有些發直，握住了她的手，氣息粗重道：「孫媳婦兒，妳知道奶奶有多大歲數了？」

金秀玉不知，卻不敢隨意答話，只是搖了搖頭。

「五十九了，五十九了……」老太太顫抖著用手比了一個九。

金秀玉反握住老太太的手，輕聲道：「奶奶長命百歲，身子骨還這麼硬朗呢。」

老太太似乎沒聽見，眼睛不知望向哪裡，神思也恍惚起來。

「老婆子活了五十九歲，見過多少富貴榮華，就見過多少大災小難。今年，只怕真不是個好年頭，咱們淮安要遭大難了！」

眾人都心頭一跳。

「奶奶！」金秀玉臉色有些發白。

老太太這會兒似乎緩過氣來，眼神反而清明了，拍了拍金秀玉的手，看了看眾人，其中有個中年僕婦，總有四十左右了。老太太伸手點了點，那僕婦站了出來。

「我問妳，妳可記得二十五年前淮安發生過什麼大事？」

那僕婦蒼白著臉道：「那年雨水之後，淮安連日大雨，淮水河面上漲，沖垮河堤，淹了半座城，死了上萬人。」

眾人頓時臉色一變，老太太詫異道：「妳竟記得這樣清楚。」

那僕婦眼圈有些發紅。「奴婢的母親與弟弟，就是在那場洪水中沒了的，奴婢哪裡能不記得！」

金秀玉咬住了嘴唇，其餘各人也都面面相覷。在場的多數人都年輕，二十五年前還沒來到這個人世，哪裡知道身邊竟然會有劫後餘生之人。

老太太擺了擺手，將那僕婦揮退了。

「二十五年前淮安大水，淹了半座城，死了一萬三千多人，那會兒我老婆子正當壯年，你們的兩位爺都還在；五十年前，也是淮安大水，死了七千多人，那會兒我老婆子才是個未及笄的小姑娘。」

時人信奉天道循環，認為天災人禍都有其循環往復的過程，每過一定期間定會發生一次。

「淮安，因著靠近淮水，每過二十五年就要遭一次洪災。今年，又到了災年！」老太太慢慢地說著，最後一個字拖得幽幽長長。

眾人之間，並非只有方才那個僕婦經歷過洪災，但凡有些年紀的，如今都記起了當年那天地變色哀鴻遍野的場面，恍如隔世。

金秀玉白著臉道：「淮安是風水寶地，哪裡就會這般多災多難，雖說眼下淮水沖垮多處河堤，但都是在下游田莊處，城裡地勢高，必定不會受到影響。」

老太太搖頭道：「孩子，妳沒經歷過大災大難，不曉得造化之不可抵擋。眼下沖垮的幾處河堤，乃是因為河工腐敗、不堪抵擋，先破處均是最弱處，如今雨勢未停，洪峰未至，真正的大水，還沒到呢！」

「奶奶……」

金秀玉臉色已經非常難看，緊緊地握著老太太的手。青玉也俯身過去，握住了老太太的另一隻手，一雙眼睛裡頭，似要說出話來。

「老太太糊塗了，當年的事兒豈可拿到眼前胡說。」她一面說，一面緊緊地捏了一下老太太的手，眼珠子左右一滾。

老太太似有所悟，抬眼一看，見屋內眾人已經紛紛變了臉色，個個都顯得焦躁不安。

她扯了扯嘴角，突然笑道：「老婆子果然糊塗了，這當年的事兒還提它做什麼。」

青玉笑道：「這回卻是由不得您不服老呢，瞧方才那些話說的，東拉西扯，都是哪跟哪兒！」

老太太只是笑著，並不說話。

青玉站起來，環視眾人道：「老太太如今年紀大了，說話難免有些顛三倒四，你們不必放在心上，都各自回去當差吧，不必在這兒伺候了。」

眾人面面相覷，暗想這老太太和青玉怎麼都沒頭沒腦的，到底是主子糊塗，還是丫頭糊塗？

金秀玉見眾人驚疑觀望，便開口道：「都退下吧，這裡不需你們伺候了。」

正經當家少奶奶發話，眾人才應了一聲，魚貫退了出去，一出門便紛紛絮說起來。真兒快步走上去，將兩扇門一拉，「啪」一關！

金秀玉和青玉都轉身圍在老太太跟前，神色嚴肅沈重。

春雲從剛剛瞧到現在，一直都糊裡糊塗，此時終於忍不住問道：「方才，都說了什麼？」

沒人回應她的話，就連真兒也沈著臉，站在金秀玉身後望著老太太。

青玉低著頭道：「老太太，奴婢踰矩了。」

老太太摸摸她的手道：「妳做得極好，是我糊塗了，這話若只在府裡，便是府裡人心惶惶；若是傳到外頭，便是全城人心惶惶。」

春雲沒聽明白，看看這個，又看看那個。

金秀玉道：「奶奶，當真會有大洪災嗎？」

老太太長嘆一口氣，望著四人道：「老婆子經歷了兩場淮安洪災，往事歷歷在目。方才妳們都聽見了，外頭官兵急行軍，若我所料不差，官府定然已經派人去淮水上游察看，幾處破堤只是前兆，等洪峰下來了，那才是真正的災難。」

四人聽了都是面如死灰，金秀玉突然瞪大眼睛大叫一聲：「老天爺！相公、相公還在莊子裡！」

淮安城地勢高，即便淮水決堤，傾洪而下，城中也相對安全。但城外的莊子卻不然，沒有堅固的城牆，在洪水面前，一切都只有毀滅的下場。大王莊和小李莊都在下游地勢低處，若是真箇洪水來臨，全莊上下都將成為汪洋一片。

老太太此時反倒是最鎮定的一個。

「派人快馬出城，無論如何要在洪峰來臨前將承之帶回來！」

金秀玉回頭對真兒厲聲道：「快去！」

不等她話音落下，真兒扭身就跑，破門而出，未及奔到院子裡，口中已經大聲呼叫起不同人的名字來。

老太太捏住了金秀玉的手，扶著她的胳膊，祖孫兩個都抬頭望著外面陰沈沈的天。

這一整日，天就沒放晴過，雨一直下著，忽大忽小，到了下午越來越大，最後便成了暴風驟雨。

春雲端著一碟子素餃和一碗南瓜粥打廊下經過。

午間老太太在的時候，金秀玉已經是勉強撐著精神，老太太一走，她立刻便軟了身子，真兒和春雲都被嚇了一跳，忙忙地將她扶到床上歇了，這會子已經睡了有將近一個時辰，春雲想著，少奶奶午飯便沒吃什麼，到了這會兒約莫是要醒了，便到大廚房蒸了一籠素餃、熬了一小鍋南瓜粥。

她端著這兩樣吃食進了門，真兒正坐在床頭守著少奶奶金秀玉，見她進來，便轉過屏風，走到了外室，瞧著桌上的粥和素餃，點點頭。

屋裡點著燈燭，春雲掀起燈罩，拿小剪子挑了燈花，望著外頭的天色嘆道：「這會兒還不到酉時呢，天就這般陰暗。」

兩個丫頭站在外室門口，打起了簾子，頓時雨打瓦片的聲音便撲了進來，陰沈的雲層裡不時劃過一道銀蛇，雨勢極大，嘈嘈雜雜猶如千軍萬馬，壓得院子裡的樹都彎了腰，放眼望去，白茫茫一片，十步之外便看不清人的臉。

真兒穿得單薄些，只覺冷意襲身，抬手搓了搓胳膊，皺著眉頭擔心道：「若再這般下去，只怕真要應了老太太的話。」

洪澇！

在這個人力有時盡的時代，山崩地裂、乾旱洪澇，幾乎是毀滅性的災難，對百姓和國家造成的損失都是無可估量的。

真兒和春雲的心情都變得沈重起來，春雲忽然抬起手臂指著對面，驚叫道：「看！那天！」

一皺眉，真兒正想提醒她小聲，一抬頭卻見對面天際隱隱發白，不像是烏雲退散的模樣，因為那一抹白色，就像是天被擦去了一塊，還泛著一種深深的暗紅色。腳底下似乎有些晃蕩，兩人同時覺得一陣暈眩，忙扶住了旁邊的門框。

遠處傳來悶悶的轟鳴聲，像是地面下一頭巨獸從沈睡中甦醒，發出沈重的怒吼，又像是萬馬奔騰，從千里之外傳來了雄渾的震動。

真兒和春雲面面相覷，都從對方眼中看到了驚恐。突然一道銀蛇撕破夜空，兩人都齊齊嚇得跳了起來，眼見著那一道疋練射下來，因隔著濃重的雨幕瞧不真切，彷彿是打中了一棵大樹，立時騰起一片火焰，竟連如此暴雨都澆不滅。

兩個丫頭都傻了眼，眼前的場景實在詭異，明明是傾盆大雨，卻有一片火海，濃煙滾滾。

「哐哐哐！」，銅鑼刺耳的敲擊聲再次急促地響了起來，遠遠地聽到有人高喊「走水了」。

金秀玉早在地面震動的時候便已經醒了，因精神恍惚，直到聽見銅鑼聲和高叫走水的喊聲才清醒過來。

「真兒！春雲！」她一面喚著名字，一面掀開被子下了床。

真兒和春雲慌慌張張從外頭跑進來。

「少奶奶醒了！」

兩人趕緊給她披上衣裳，整理頭髮。

「外頭出了什麼事？」

「像是哪家的樹被雷給劈中，著了火。」

金秀玉點點頭，雷雨天，樹木被劈中是常有的事，所以老人們常跟小孩兒說，下雨時絕不可往樹底下躲，尤其是空曠處。

「少奶奶，奴婢做了點素餃和粥，您午飯都沒怎麼用，眼下好歹得吃一些。」

金秀玉並沒什麼胃口，也不覺著餓，只是想到肚子裡還有個寶貝，還是點了頭，決定吃一些。

真兒、春雲扶著她在桌邊坐了。

她拿起調羹，剛舀了一口粥放進嘴裡，一個人影從門外衝了進來，將三人都嚇了一跳。

來人是從雨裡衝進來的，竟沒有打傘，滿身都濕透了，站在屋子裡，滴滴答答往下淌水，瞬間地面濕了一大片。

「花兒！妳這是做什麼？」

真兒認出這個劉海貼在臉上、只露出一隻眼睛和半張臉的人，正是花兒。金秀玉和春雲都張大眼看著她。

花兒不知是冷還是怕，渾身都在發抖，嘴唇沒有半分血色，連牙齒都在咯咯咯打顫。

「洪……洪峰……下來了……」

噹！是調羹掉下來、砸在碗裡的聲音。

真兒一把抓住了花兒。「妳說什麼？」

花兒緊緊閉著眼，深吸一口氣，猛然張開眼睛。「洪峰下來了，淮水決堤了。」

真兒眼神一凜，回頭一看，金秀玉和春雲已經完全驚呆了。

第二十七章 城門衝突

「奶奶！奶奶！」

金秀玉人還沒進院子，聲音已經清清楚楚傳進來。她腳下之快，差點將春雲都給甩到了後面，一邁進門檻，老太太便一把將她抱住了。

「我的親祖宗！這樣兒的大雨天，妳過來做什麼？若是滑了摔了，妳要疼死哪個！」

金秀玉一把握住了老太太的手，急道：「奶奶，我聽說洪峰已經下來了，淮水決堤，城外已經淹了幾個莊子！」

老太太也是剛剛得到的消息，淮水決堤、洪澇嚴重，說是知縣衙門已經全體出動，出城去視察洪水，疏散百姓。

這回官府的動作倒是快，若是往常這樣有危險的事情，官家都恨不得縮在衙門後院裡不出來，今兒竟是難得地往前衝。

「莫慌莫慌！官府已經派人去疏散百姓了，咱們城裡地勢高，不會有事的。」老太太拍著她的手背安慰道。

金秀玉跺腳道：「奶奶，相公還在莊子上呢！派出去的人呢？可將他接回來了？」

眾人都為了難，人派出去才一個多時辰，就是太平日子也是剛夠到莊子上，何況是眼下這樣大雨難行的天氣？

金秀玉的心頓時沈了下去。

洪水爆發，據報，城外下游幾個莊子已經被淹沒，大王莊和小李莊的地勢更低，遭到洪災是必然的，李承之若是沒趕得及在淮水決堤前回城，此刻必定已經深陷汪洋之中。

李承之是李家的家主，更是李老夫人的長孫，作為祖母，老太太的擔心不在身為妻子的金秀玉之下。然而，到底是經歷了數十年風霜雨雪的老人，又是府裡最高長輩，此時理所當然地就成了全府的主心骨。

金秀玉已經蒼白了臉色，六神無主。老太太將她拉到榻上坐了，攬在自己懷裡。

「好豆兒，莫怕莫怕，妳相公從小就算了命，是福祿雙全、長命百歲的命格。咱們李家世代為善，佛祖菩薩定會保佑他！」老太太一面安慰著，一面拿手一下一下拍著她的後背。

眾丫鬟們團團圍在周圍，整個屋子裡滿滿當當，卻沒有一個人高聲，只能聽見此起彼伏的呼吸聲，還有一小群一小群的竊竊私語。

「奶奶！」

一個人影從門外跑進來，正是李越之。

他一路小跑到老太太和金秀玉面前。「奶奶，我聽見他們說了，淮安洪澇了，要死很多人了，是不是？」

金秀玉鼻子一酸，幾乎落下淚來。

老太太這會子哪有心情同他多說，不過輕輕撫摸了幾下他的臉。李越之本就聰明，又是懂事的，此時也不糾纏，只是乖乖地站著，一手拉著老太太，一手拉住了嫂嫂。

「老太太！老太太！」

青玉轉頭衝著門外高聲道：「誰在外頭喧譁？」

小丫頭上前一打簾子，一個人影撲進來，一頭跪在地上。

金秀玉定睛看去，來人正是前頭派去接李承之的幾個家丁之一。

「大少爺呢？不是讓你們去接人嗎，怎麼就你一人回來？」老太太此時方表現出焦急來，劈頭就是一陣喝問。

跪著的家丁渾身濕透，雨水順著頭髮流下來，他抹了一把臉上的水，焦急道：「大少爺被困在大王莊裡出不來！奴才們剛到小李莊，洪峰就下來了，整個莊子都被淹了，奴才們打聽到大少爺已經去了大王莊，又立馬趕過去。大王莊也已經成為一片汪洋，大少爺被困在一戶人家的屋頂上。奴才們商議了要撐船進去救人，但此舉必定費時，怕老太太和大少奶奶在家等得急了，便兵分兩路，其他幾人去找船，奴才則回來報信。」

金秀玉一聽李承之被困，心裡就是一沈，及至聽完全言才稍稍鬆了口氣，她不等家丁說完話便急問道：「大少爺是一個人，還是跟別人一起的？」

「奴才們並沒有親眼見著大少爺，是多方打聽才曉得，大少爺一行人原有馬，理應跑得比別人快，只是為了救人才耽誤了。照奴才們的估計，大少爺身邊應該帶著小泉和李旺管事，這樣兒的情形，小泉和李旺管事一定是緊緊跟著大少爺的。」

老太太接在金秀玉後頭又問了當時的水勢和災情，家丁說他回來時，水位大約到他腰部，水勢也沒有洪峰剛下來時那麼急。眾人先鬆了一口氣，料想此時應該還未遇險，若那幾個家丁能夠找到船撐進去，將人接出來，那就謝天謝地了。

人人都合了掌禱告上天，猶自跪在地上的家丁卻滿臉焦急。

「老太太、少奶奶，眼下最緊急的不是外頭的洪水，而是城裡！」

老太太正求著菩薩，猛地睜開眼道：「你說什麼？」

「奴才回城時聽到消息，知府大人下令關閉城門，嚴禁出入！城外已是一片汪洋，城門一關，大少爺一行便置身於大水之中，若是洪峰再來，就是滅頂之災，無處可逃！」

幾乎就是這個家丁話音剛落的同時，秀秀就挑了簾子進來，說是派去接李承之的那幾個人之中，又有人回來了。

老太太和金秀玉都緊張起來，這人一個接一個地回來，卻沒有把李承之接回來。

第二個回來的家丁進了屋，直接就撲到地上。

原來他們撐船進了大王莊，一路搜索一路呼喊，終於在一家屋頂上找到了李承之、李旺和小泉。

船本就不大，原本就坐了三個家丁，加上李承之三人，便已經是滿滿當當、晃晃悠悠，剛撐出來一小段路程，就有一道洪浪撲來，小船禁不住這麼多人，叫那浪頭一撲，竟翻掉了。

虧得其中幾人識得水性，在水裡撲騰半天，又終於攀到了另一家的屋頂上，那小船卻被浪頭沖出去老遠，找不回來了。

六人站在屋頂上，四下茫茫，人影罕見，天上又下著大雨，這水一時半刻是退不去了，若是沒有船經過，不知要困多久。此時已經入夜，風狂雨驟，眾人又冷又餓，若是硬挨著，這漫漫長夜可不要凍死個人。最後商議定了，才讓水性最好的人游出來求援。

游出來的家丁雖然脫了困，但附近幾個莊子都被淹了，倖存者都逃到了遠處的高坡或山上，他哪裡找得到人來救援，沒奈何，只好回城求救。

「老太太、少奶奶，奴才路上已經耽擱了有將近兩個時辰，大少爺等人情形如何實在難以預料，如今雨一直不停，後頭只怕還有洪浪，莊子裡的房屋低小，若是叫水給淹沒了，大少爺一行便再沒有立足之地，還是趕緊帶人去救吧！」

老太太一迭聲道：「救！當然得救！」她搓了搓手道。「咱們李家貨棧不是有大船嗎，青玉，妳趕緊領著人去三房府上找慎哥兒，問他要船！」

青玉應了一聲，剛提起腳來，那家丁就慌道：「只怕不成！咱們李家的船都在碼頭上，奴才回來的時候正好趕上關城門，如今城門已落，知府大人的命令，誰也不許進出。慎少爺出不去城，船也就派不出去了。」

金秀玉轉頭對老太太道：「奶奶，不若一面叫人去請慎哥兒，一面咱們就去城門那兒，讓慎哥兒到城門處會合，咱們一同闖出城去。」

老太太捏了她的手道：「我去就成，妳身子弱，可不能有個閃失，就在家守著吧。」

金秀玉著急道：「我這哪裡安心得下，必讓我同去才成！」

真兒、春雲等人忙扶住了她，老太太皺眉道：「這個時候妳胡鬧什麼？不為自個兒想，也得為肚裡的孩子著想，妳要是有個萬一，我老婆子怎麼跟承之交代！」

她一面說著，一面已經指揮起眾人出門。金秀玉死活拽住了她的衣角，滿臉都是淚。

「奶奶，相公死生不知，您又是這樣大的年紀，我如何安心得下？我非同去不可，誰也攔不住我！」

老太太急得差點一巴掌打過去。

「妳們兩個愣著做什麼，還不快將妳家少奶奶扯開！」

她怒目而視，真兒和春雲只好拚命去拉金秀玉。然而，她是雙身子，正是身嬌體弱，兩丫頭可下不了重手，她又是死命地拽住了老太太不放手，其餘丫鬟們上來幫忙，層層疊疊擠成一團，折騰了半天也是無濟於事，還差點將金秀玉和老太太一起掀翻了。

老太太氣得要跳腳，直說胡鬧；又不敢真的叫人對金秀玉動粗，急得團團轉，眉毛尖都要燒著了，這當口，還是秀秀下了決定。「救人要緊，老太太就應了少奶奶吧。」

老太太正想反對，秀秀低聲在她耳邊道：「等出了城，只管叫人去搜救，咱們將少奶奶攔住了，不叫她上船，何必此時糾纏，耽擱了救人的時辰。」

老太太一想也是，便應了金秀玉的請求，祖孫兩個急急忙忙點了人手便搶出府去。李越之因年紀小，雖也極力要求隨行，老太太和金秀玉卻都沒依著他，叫林嬤嬤和幾個家丁團團抱住，扔在了家裡。

這一出門，好傢伙，那叫一個浩浩蕩蕩。

原本老太太只是點了聰明強健的丫頭，還有家丁護院，也不知是誰說漏了，府裡都說是官兵關了城門，不讓咱們大少爺進城，這哪裡得了，這不是成心要讓大少爺淹死在洪水之中嗎？這會子人人都同仇敵愾起來，紛紛加入了出行大軍中。

老太太和金秀玉雖然啼笑皆非，但危急時刻，哪裡顧得上這些。因著眾人聽說是要去闖城門的，都以為少不得要同守城的官兵幹上一架，就是不幹架，也得壯起聲勢，便都帶了傢伙，家丁護院帶了棍棒倒也罷了；偏有那找不到稱手武器的人，隨手抄了傢伙什物便走，有拿掃把的、拿雞毛撣子的、拿菜刀的、拿燒火棍的，甚至還有個高大的丫鬟，手裡提了個銅壺。

這一行人浩浩蕩蕩出了李府，穿過平安大街和廣彙大街，直撲城門口。

這會子天已經黑透了，李家人都提了玻璃燈，遠遠望去，倒好像正月十五迎龍燈一般，在漆黑的雨夜裡往城門口遊去。

淮水決堤，洪災爆發，官兵們已經如臨大敵，守城門的尤其身負重任，不許任何人進出，是以李家一行人浩浩蕩蕩來臨時，守城的幾十個官兵都緊張起來。帶隊守城的是個中年軍官，個子不高，臉容黝黑，姓陸的，底下都稱呼一聲陸伍長。

「前面的，都站住！奉知府大人的命令，城門關閉，任何人不許進出！」

老太太和金秀玉正在隊伍前頭，往前一站，身後呼啦啦一群人圍上來。

陸伍長心裡一緊，手就扶到了腰上的劍把。官兵們見情勢不對，也紛紛握緊了兵器，提起十二分的精神。

雙方一對峙，城門下掛的也是兩盞大大的玻璃燈，還有十幾個松脂火把，照在人臉上，明明滅滅，影影幢幢，彼此眼睛一瞪，頓時都虎視眈眈起來。

老太太按住了金秀玉的手，朗聲道：「老身李王氏，有要事出城，煩請將軍行個方便。」

陸伍長一看他們這架勢，一聽眼前這位老婦人自稱李王氏，便知道了她的身分，是淮安首富李家的老夫人。

「老夫人，不是下官不肯與您方便，而是知府大人有令，任何人不得進出城門。眼下外頭也是洪水肆虐，就是出了城也辦不成事兒，老夫人還是請回吧。」

金秀玉一急，上前道：「這位將軍，我相公乃是李氏家主，如今正在城外大王莊，被困在洪水之中，煩請將軍行個方便，讓我等出城救援。」

陸伍長皺起了眉，李氏家主李承之，他當然是知道的，淮安城才有幾個大人物，李家就是這裡的土皇帝，李承之被困在外頭的洪水之中，難怪李家這般興師動眾，只是他奉了知府大人的命令堅守城門，土皇帝畢竟不是真的天王老子，他哪裡能夠輕易放人出城？

老太太和金秀玉原本是想好言懇求，如今見對方左右阻攔，不由也焦急起來，連帶著身後的下人們都蠢蠢欲動。官兵們瞧著形勢有些不對，紛紛握緊兵器圍到了陸伍長身後。

若是平常人，見到當兵的，首先就軟了腿腳，只是李家人素來在淮安城橫行慣了，別說一個小小的伍長，就是知府老爺，見了李家的主人也都是恭恭敬敬的，這就叫強龍不壓地頭蛇！

見這些個兵丁不懷好意，家人們深怕自家老太太和少奶奶吃虧，也紛紛圍攏。

雙方都是拿著傢伙的，頓時情勢緊張起來，這時候，馬蹄得得，飛快跑過來幾騎，正是青玉帶著李慎到了。

李慎也是才聽說李承之被困在城外大王莊，立刻帶著青玉奔赴城門。他一到，李家人越發焦急起來，這雨一直下，隔著城門都能聽到外頭洪水怒吼，大少爺的處境簡直危在旦夕。

李慎也加入爭執之中，雙方卻反而越說越激烈。金秀玉原本就不是淑女閨秀，這會兒是動真火了，挽了袖子大怒道：「我看你們是敬酒不吃吃罰酒，真當我們李家是吃素的！」

她話音一落，身後的丫鬟家丁們都往前進了一步，一個個眼睛瞪得跟銅鈴似的。

陸伍長也沈了臉，怒道：「本伍長奉命行事，有不聽勸阻強行出城的，別怪本伍長不客氣！」

他手早就按在劍把上，此時往外一抽，頓時露出一截寒光。

李慎怕金秀玉有個磨擦，忙往她身前一站。此時正是緊張著，旁邊有個小兵只當李慎要動手，端起長槍便往他身前一刺，他原本是打算用槍攔著李慎的，可李慎到底是良民百姓，從來沒被這樣的冷血鐵器近過身，一時驚嚇，往後一退，正撞到金秀玉，金秀玉登時往後倒去。

李慎立時感到不好，往後倒的一刻，金秀玉心一沈，下意識地捂住了自己的肚子，腦子浮現的卻是李承之的面容。

「孫媳婦兒！」老太太慘叫一聲。

真兒和春雲幸虧是站在金秀玉後頭，關鍵時刻往前一撲，尤其春雲直接便撲倒在地上，金秀玉正好砸在她背上，真兒只扶住了她的兩個肩膀。

「少奶奶！」

人群頓時大亂，黑幢幢的人影全往金秀玉倒下的方向撲上去，踩得泥水四濺，玻璃燈掉在地上砸得粉碎，有人被擠倒發出驚叫，更有被踩了腳的都慘叫起來。場面一時混亂不堪，金秀玉、真兒和春雲都被埋在人群底下，哪裡瞧得見。

老太太只覺心都快從嘴巴裡跳出來了，扶著青玉和秀秀的手捏得緊緊的，嘴唇卻像被黏住了，半個字也說不出來。

「賊人！混帳！」

黑暗中一聲喝斥，接著是一陣悶響，像是什麼鈍器砸在了人的腦袋上。

陸伍長捂住自己的腦袋，指著面前的人咬牙發出一聲。「妳……」

陸伍長腦袋差點被砸開花，眾人都是目瞪口呆，尤其站在他身後的幾個兵，手裡的槍握得緊緊的，愣是刺不出去。這位砸了陸伍長的人，也太、太、太缺乏攻擊力了，他們幾個大老爺們哪裡下得了手？

老太太瞪大了眼睛，結結巴巴道：「鳳、鳳來……」

鳳來板著臉，手臂還高高抬著，碩大的銅壺在夜色燈火中泛著暗沈的光。

「什麼五長六長！好賴不清、急緩不分！咱們少奶奶若是有個萬一，就是再給幾顆腦袋也不夠砸的！」

她大聲一罵，那些個兵丁都義憤填膺，喝了一聲，便欲往前，鳳來又將銅壺舉了舉，瞪起了眼睛道：「怎麼？你們也想來一下？」

她身材高大、高鼻深目的，面上一板，舉著那麼大一個銅壺，眼睛一瞪也跟銅鈴相仿，不像個丫頭，倒跟個鍾馗夜叉一般，十分駭人。

這些個都是新兵，從未上過戰場見過血的，也不過是小老百姓穿了身兵服、端了桿槍，練了幾天罷了，被鳳來這麼一喝，反倒不敢上前，還有一個甚至退了一步。

陸伍長腦袋發暈，眼前一陣一陣地模糊，依稀見自個兒這幾個兵都慫了，忍不住罵了一句。

「嗤！」卻是老太太身旁的青玉發出一聲恥笑。

「老太太，少奶奶暈過去了！」

人群原本擠成一團，幾乎將真兒、春雲和金秀玉都給壓在底下，春雲是已經墊在最下面了，金秀玉正好倒在她背上，真兒費了吃奶的勁兒才將擠過來的眾人都給扒拉開，只見金秀玉雙眼緊閉，人事不知，底下春雲翻著白眼，快背過氣去。

老太太腳下一顫，一把抓住了青玉的手，厲聲喝道：「還愣著做什麼，還不快將少奶奶抱起來！」

幾個健壯的僕婦忙擠過來將已經昏迷的金秀玉抱在懷裡，春雲這才能夠起身，只覺得身上幾百根骨頭都在叫囂著疼痛。

老太太心裡急得跟滾油似的，偏生腳下像長了釘子，半步上不得前，只有嘴裡一迭聲喊著：「人怎麼樣？可傷了哪裡？」

真兒將金秀玉渾身上下都看了一遍，並沒什麼外傷，僕婦當中一個有心計的，偷偷往金秀玉裙底摸了一把，見手掌上乾淨，才鬆了一口氣。只是金秀玉仍未睜開眼，怕還是驚嚇到了，身子又本就虛弱，恐還是有些不妥。

老太太跺著腳，怒視陸伍長道：「我孫媳婦兒若是有個什麼，看我老婆子怎麼鬧上你們軍營去！」

陸伍長這會兒比金秀玉也好不了多少，鳳來那一下，真是沈重如山，他這會兒沒暈過去，已經是全靠後面幾個兵扶著了，哪裡還說得出半句話來。

青玉扶住了老太太道：「這會子還爭論什麼，先叫人將少奶奶送回府叫大夫來看吧！大少爺那邊還等著人救，也不能耽誤，讓慎少爺帶人出城，開了船去。老太太您最是威望的，咱們就在這兒守著，省得他們又關了城門不讓大少爺進來。」

老太太聽得直點頭，道：「說的對極，妳來安排吧。」

青玉應了，她是做慣這些安排的人，立時將人分成了三撥，一撥由真兒、春雲帶著一幫丫鬟家丁，帶金秀玉回府去；一撥由李慎帶著，往城外碼頭去尋船；一撥就跟著她和老太太，在城門樓子這裡守著。

陸伍長和幾十個兵丁還在城門下站著呢，李家卻視若無物，直接將活計都分派好了。

真兒、春雲抱了金秀玉上了油篷馬車，領著一撥人便往西市李府而去，半路上遣人去找大夫，硬是將人從醫館裡拽了出來。

一路橫衝直撞，眼看著就要到老爺巷了，抱著金秀玉的春雲覺得腿上有些濕滑黏膩，伸手一摸，眼睛驀然放大，尖聲一叫。

真兒嚇了一跳，忙道：「妳鬼叫什麼？」

春雲白了嘴唇，伸過手去。「妳看。」

她手指上紅殷殷的，帶著腥味，竟是鮮血。

真兒立刻扯了金秀玉的裙子，果然裙底下已染出一片殷紅，頓時心頭一沈。

「這、這是小產！」

春雲驚恐地一叫，真兒撲上去捂了她的嘴。

「別亂說話。」

她自己是個大姑娘，從來沒經過這種事，一時也慌了，突然想起方才在城門口往金秀玉裙底下探手的婦人，忙掀了車簾將人叫進車裡。

這婦人長得粗壯，一見這個場面就沈了臉色。

「怕是小產。方才可沒這樣，定是路上顛簸，少奶奶身子經不住，見紅了。」她說著便責怪地看著春雲和真兒。「到底是年輕，沒個經事的，怎麼能夠叫車子走得這樣快！就是尋常人還顛得不舒服呢，何況少奶奶這是雙身子。」

真兒愧疚地低下臉，眼裡忍不住流出淚來；春雲倒是怒道：「這會子說這些有什麼用，嬤嬤倒是快想想法子！」

婦人不悅道：「我有什麼法子！這不是已經到府門了嗎，趕緊把少奶奶抱下來讓大夫診治！」

果然馬車已經停下，正是二門外，真兒和春雲驚慌之中竟還未察覺。

大夫是派人半路上去醫館拉來的，比她們到得還要早，因此一進門就趕過來診治了。一行人將金秀玉從馬車裡抱出來，一路小心翼翼地抱回明志院。

明志院上房裡頭，內室站了真兒、春雲，坐了大夫，躺了金秀玉，外室又聚了一屋子的丫鬟僕婦，人人都十分焦急不安。

花兒和林嬤嬤從外頭匆匆奔進來，原來是真兒想到這邊院子裡都是年輕丫鬟媳婦子，沒個有經驗的，粗使的僕婦又不大放心，便派了花兒去長壽園請林嬤嬤來。

林嬤嬤進了門，也不多話，直接進了內室。真兒和春雲一見她立刻露出了期盼的神色，到底是年輕女孩，碰到這樣的事兒，都六神無主了。

林嬤嬤安慰地看了她們一眼，轉身便去問大夫情況，經過大夫施針，金秀玉的血是已經止住了。

「少奶奶素體虛弱，氣血不足，飲食、勞倦傷脾，氣血化源不足，導致氣血兩虛，沖任不足，又遇驚嚇顛簸，方致如此。」

林嬤嬤小心地望了望床上尚未醒來的金秀玉，對大夫道：「那……孩子……」

大夫擺擺手道：「無大礙。」

林嬤嬤鬆口氣，後面的真兒和春雲也心神一鬆，面露喜色，眼眶卻泛了紅。

大夫給開了方子，命照方抓藥，又叮囑了飲食和作息各處注意。林嬤嬤命真兒和春雲都一一聽了，這些說辭雖然當初金秀玉剛診出有孕時，大夫就已經說過，但這會兒兩人還是擔著十二分的小心，一一牢牢記住。

送走了大夫，屋子裡頭的下人們也就都散了，各自當差去，林嬤嬤吩咐真兒和春雲好生守著，又盯著花兒去煎藥。

李越之是跟著林嬤嬤過來的，方才人多，都擔心少奶奶的情形，又當他是孩子，沒人理會他，這會兒說是金秀玉無事，大夥兒都散了，他才能夠進了內室去探視。

李越之往床前一站，見床上金秀玉沈睡，面色透著蒼白，不由露出了擔憂的神色。

「一夜之間，怎麼就這樣了呢？哥哥被困，嫂嫂病倒，奶奶又不在府裡。」李越之緊緊地皺起了眉頭。

真兒攬著他，摸摸他的頭髮道：「阿平莫擔心，少奶奶有菩薩保佑，大少爺也會平安無事。」

一時三人都默默無語。

外室原本靜悄悄，隱約有竊竊私語之聲，真兒和春雲聽了，以為是小丫鬟交談，並未在意，不想那私語卻漸漸激烈起來，像是有人起了爭執。

兩個丫頭都臉現怒容，放了李越之的手，從內室走了出去，見外室只有幾個小丫鬟候著，並無人交談，兩人又挑了簾子出門。

原來竟是花兒同一個婆子在小聲爭執什麼，前者一臉為難，後者一臉焦急。

「做什麼呢！少奶奶正病著，又是什麼事兒這般不消停，若是吵醒了少奶奶，是誰的罪過？」

那婆子見真兒和春雲出來，將她跟花兒都一起喝斥了，自然知道這院子裡誰說話更有分量，忙甩了花兒，對真兒說道：「真兒姑娘，我也曉得這會子不該來驚擾少奶奶，只是事態緊急，實在不敢擅自作主，兩位姑娘是少奶奶的得力助手，若能替咱們拿個主意，實在感激不盡！」

真兒皺了眉道：「究竟什麼事兒？」

婆子面露難色，期期艾艾道：「少奶奶吩咐咱們幾個老姊妹看管清秋苑，原本裡頭主僕都是老老實實的，哪知方才大廚房來送晚飯，開了苑門，卻發現少了一個人。」

真兒一驚，道：「少了誰？」

婆子低著頭道：「蓮芯。」

真兒倒抽一口冷氣，春雲當場就發作了。「妳們這些老潑貨，幹不成一件好事兒，看個院子都能把人看跑了？」

那婆子雖說知道自家幾個人都沒把差事當好，但被一個年輕的丫頭這樣訓斥，臉上頓時也有些下不來。真兒倒是攔住了春雲，肅容對婆子道：「妳們做事忒也糊塗！既是人不見了，合該立刻派人去找，就是領罪也等找到人再說，還怕沒個重罰！少奶奶軟禁她們主僕，為的是查兩件頂頂重要、事關人命和李家名聲的大事。蓮芯身上可擔著不小的干係，若是叫她出了府，妳們辦事不力，當初的王婆子就是個好榜樣！」

婆子原就想著這事兒不好，聽真兒這般嚴肅一說，頓時心口冰涼。春雲不由著急道：「妳還愣著做什麼？還不快去找人！」

那婆子期期艾艾。「這……這……府裡的人都隨老太太出去了，叫誰去找呢？」

春雲急得跺腳，真兒卻靈光一閃，一把扯了春雲往後，自個兒往那婆子跟前一站，瞇眼一笑道：「這位嬤嬤貴姓？」

那婆子一愣。「奴家姓陳。」繼而反應過來，忙扯了個笑臉道：「姑娘抬舉了，喚我陳婆子就使得。」

真兒冷笑道：「陳婆子，那蓮芯給了妳多少銀子？」

陳婆子臉色大變。「姑娘這是什麼話？婆子哪裡會因錢財誤了差事！」

真兒依舊冷笑著。「清秋苑可不像人人想的那麼寒酸，柳姑娘可是個有錢的主兒，陳婆子，妳說對吧？」

陳婆子似乎十分氣憤，滿臉通紅道：「姑娘說的什麼，婆子一概聽不明白，柳姑娘有錢無錢，我們做下人的怎麼知道！」她一面說一面嘴巴癟癟，倒似受了十二分的委屈，真兒都忍不住為她的表現喝彩起來。

「不是蓮芯給妳銀子，讓妳放了她？」

陳婆子頓時又驚又怒道：「姑娘可不許糟踐人，拿婆子當那見錢眼開的小人。漫說我沒拿蓮芯的銀子，就是有，又怎會巴巴地跑來給少奶奶報信，這豈不是自打嘴巴！」

真兒點頭道：「說的也是，總不成，妳拿了人家的銀子放了人，事後卻又後悔起來，反倒往少奶奶跟前來揭發，妳說對吧？」

陳婆子又是臉色一白，似是對真兒的試探十分冤枉，反倒不願再辯解，只是委屈地抿緊了嘴，咬牙道：「姑娘怎麼想，也由著姑娘。婆子要求見少奶奶，少奶奶自然會替我們作主！」

她往上踏了一臺階，真兒雙手一攔將她往下一推，喝道：「妳就算不是心裡有鬼，也是個瀆職之罪！家法免不了，妳等著便是！」

她轉頭對正聽得茫然或驚詫的花兒和春雲道：「花兒，妳將這婆子捆了扔到柴房。春雲，妳趕緊帶人在府中搜查蓮芯。」

陳婆子一聽她前半句話，拔腳便跑，真兒早防著她，一伸腿就給絆倒了，花兒立刻撲了上去，奈何陳婆子是做慣粗活的人，身子壯力氣也大，幾下一掙扎，花兒竟沒將她扭住。

真兒和春雲忙趕上去，一個按肩膀，一個扭手臂，加上花兒，好不容易才將這婆子給扭住。這會兒，院裡的小廝才趕過來，拿粗繩子將陳婆子給綁了。

陳婆子胡亂喊叫著：「殺人啦！冤枉啦！」

真兒隨手將帕子套進她嘴裡，往腦後綁了，就像給馬上了嚼子，陳婆子只能動上下顎，卻發不出聲音來。

眼見小廝將猶自扭動掙扎的陳婆子給拖下去，春雲才對真兒道：「妳怎麼知道這婆子有古怪？」

真兒冷笑道：「她說話行事錯漏百出，像她這樣的婆子，在府裡都有些年頭了，哪裡還會這般不曉事。蓮芯若真是偷跑的，何必只跑自個兒，卻不帶上柳姑娘？即便她真是偷跑的，這些婆子發現了，難道不會想到一面去找人一面再來稟報？她們都是人精一般，哪裡會犯這樣的糊塗？更兼到了這邊，我給了主意，她還唧唧歪歪不肯去，分明是在拖延時間。我原本只是懷疑，拿話一詐，她果然臉色不對，顯見的是心裡有鬼，定是收了清秋苑的賄賂，將人給放了！」

春雲和花兒忍不住點頭，卻又疑惑道：「她既是收了人家的錢，為何又來告發？」

「只怕是欲蓋彌彰之計，想著早晚要被查出來，倒不如早點來報信兒，表表忠心。」

春雲和花兒見她幾句話的工夫竟分析出這麼一堆道理來，不由都是驚嘆不已。真兒沒好氣道：「還愣著做什麼，還不快帶人去搜蓮芯！」

「這麼會兒工夫了，會不會已經出府？」

真兒搖頭道：「大門她是一定不敢走的，咱們府裡的牆又比別家高出許多，她就是翻牆也沒這麼快，趕緊帶人去搜，說不定能趕得及將她抓回來。」
「哎！」春雲這會兒可服她呢，應了一聲便跑去召集人手了。
花兒望著真兒，崇敬道：「一樣是丫頭，真兒姊姊卻是出挑的精明伶俐！」
真兒一笑，好歹也是在老夫人身邊，跟著青玉經歷過見識過的，哪裡能不學會這些本事。
她想著這麼大動靜，會不會將金秀玉給吵醒了，一面吩咐花兒去拿藥，一面自個兒掀了簾子進屋，往內室去。
金秀玉正迷迷濛濛睜開眼，聽見有人驚喜地說了一聲。「嫂子！」
「阿平？」
她伸出手去，李越之一把握住了。
「我記著不是在城門口嗎，何時回了家來？」
李越之鼻子一皺道：「還說呢，嫂子今兒可嚇著我了！只說是叫人撞了，抬著回的府，我先就嚇得不行，還以為將個小姪子給撞沒了！」
「二少爺！」剛進門的真兒嗔怪地叫了一句。「這話豈是可以亂說的！」
她合著手掌，衝屋子四周拜了一圈，嘴裡說著「童言無忌、童言無忌」。
金秀玉只覺好笑，道：「妳拜的哪路神佛，還不快扶我起來。」
真兒一面走過來，一面嘴裡說著：「哪路神佛都得拜了，都保佑少奶奶和肚子裡的小寶寶才好呢！」
她小心翼翼將金秀玉扶起，李越之乖巧地在床頭墊了一床被子，讓她靠著半躺了。

真兒替她理著被角，問道：「少奶奶覺著如何？可有不適？」

金秀玉搖頭。「除了有些乏，並無覺得不妥。」

「少奶奶今兒可嚇死人了，那麼一倒就不省人事了，老太太好在沒暈過去，咱們也只差魂飛魄散了！」

金秀玉自己也記得昏迷前的事情，撫了撫肚子，暗想這要是出點事，可是一屍兩命，能不嚇人嗎？又聽真兒接著道：「好在大夫說了，只是氣血虛，大人孩子都沒事兒，咱們這才能夠鬆一口氣。」

這時候花兒正端了藥進來。藥是早就煎好的，如今已經放得正好溫溫的。金秀玉接過來，捏著鼻子一口氣喝完，真兒塞了一個蜜餞在她嘴裡。

「老太太呢？大少爺可回來了？」

真兒搖頭道：「少奶奶一暈倒，奴婢們都跟著回了府，老太太那邊託慎少爺開船去救大少爺，她自個兒則留在城門樓子上替大少爺守城門，這會子還沒回來，不知到底救出人沒有。」

金秀玉憮憮地嘆口氣，身子乏力，也發不出什麼情緒來。

「方才外頭亂哄哄的，又是什麼事？」

真兒將陳婆子來稟事，自己懷疑她收受賄賂，將蓮芯放跑，聯合花兒、春雲將她綁起來的事情都說了一遍。

金秀玉皺眉道：「真是多事之秋。」

站在床邊的花兒道：「少奶奶放心，春雲姊姊已經帶人在府裡搜了，人應該跑不了。」

金秀玉點點頭，真兒見她神色委頓，說道：「少奶奶還是躺著歇歇吧，一日都不得安寧，也沒進什麼吃食，又受了驚嚇，可不能再撐著了。」

金秀玉搖搖頭。「大少爺還沒回來，我哪裡歇得下。」

真兒和花兒都默然，一直站在一旁乖巧地聽著她們對話的李越之，此時開口道：「嫂子若是不肯睡，阿平陪妳說話解悶可使得？」

金秀玉微笑道：「那是最好不過了。」

真兒忙回身抱了李越之道：「好少爺，你陪少奶奶說話是不妨的，可別叫她累了心神。」

金秀玉哭笑不得道：「我哪裡就這般脆弱了，妳也忒小心過頭。」

真兒不以為然，嗔怪道：「少奶奶就是自個兒不懂得愛惜自個兒的身體，今日才會弄成這般模樣，大夫可說了，您氣血虛，就是憂思過度、飲食不規律才起的。我們可都跟大夫討教了，少奶奶不會疼惜自個兒，有我們疼惜著，您只管聽我們的就是。」

正說著，腳步聲重重響起，卻是春雲噔噔噔跑進來，氣喘吁吁道：「回、回來了！」

金秀玉頓時直起了身子。「誰？誰回來了？」

「大少爺，回來了！」

第二十八章　破局

金秀玉大喜過望，眼睛放出了亮光，一掀被子就要下床，真兒、春雲、花兒，包括李越之都嚇了一跳，一齊撲了上去。

「我的少奶奶，您倒是擔點心，才好了點，這會子又毛毛躁躁的，妳當自個兒是鐵打的呢！」真兒經了這麼些個事情，都快成囉嗦的長舌婦了。

金秀玉推開她的手道：「別一驚一乍的，我又不是傻的，還能拿我的親骨肉開玩笑不成！」真兒卻死死捂著她，不讓她下床。春雲和花兒也是一般，她們可都叫她在城門口的一暈給嚇怕了。旁觀的李越之說道：「嫂子莫急，我這就去前頭看著，哥哥若是無事，立刻叫他來見妳！」

他說完話，一轉頭一溜煙跑了。金秀玉無法，三個丫頭死活不讓她下床，也只得依了，悶悶地坐著，不時翹首企盼。

方才是剛吃了藥的，因想著她今兒個一整日實在也沒進些什麼，春雲早早就親自煮了粥，這會兒便端了上來，就在床上伺候金秀玉吃了。

金秀玉本不想吃，真兒勸說了一番。「大少爺既是從大王莊上回來，必是通身狼狽，等會兒回來了也定要換衣梳洗，又是一番折騰。少奶奶還不如趁這會子有工夫，先填飽肚子，養好精神。」

她聽了也覺著有理，況且大夫說她氣血虛弱，本就是因著孕期飲食不當引起的，幾個丫頭斷不會在這方面疏忽，反正都要被嘮叨，索性自個兒乖乖地吃了正好。

她進了一碗粥，又吃了幾個餃子，食物都是美味的，只是她一心盼著李承之回來，有些食不知味。

果然沒多久，外頭便傳來了重重的腳步聲，聽著人可不少。

「必是大少爺回來了，春雲看著少奶奶，我出去瞧瞧。」真兒歡歡喜喜去了外室，果然就聽到一群丫頭們喊著「大少爺」，然後又是說他渾身都濕透了，又是說他身子這般冷、面色這般差，又是說困了半天，定然沒吃食進腹……一幫子丫頭們去燒水的、準備盆兒帕兒的、拿衣服的、泡茶的、取飯食的，哄哄的亂成一團。

金秀玉坐在內室床上，只聽見丫頭們亂糟糟的聲音，也沒聽見丈夫說話，又見不著人，心裡急得不行，一把推開春雲的手。「我已吃完了，妳趕緊去外頭幫手，伺候大少爺換洗。」

春雲抿著笑收拾了碗筷等物，促狹道：「是了，奴婢立刻去伺候大少爺，整頓好了，儘快請他進來夫妻團聚，以慰少奶奶企盼之情。」她一面笑著一面出去。

人回來了，萬事都好，金秀玉總算是放下了心頭大石，只是忍不住還是想儘快親眼見到人；想著要出去，又怕外頭兵荒馬亂的，真箇讓肚子裡這位小祖宗又受了驚。

她正糾結著，外頭已經漸漸歇了聲響，想必是各司其職，井然有序了。不多時，果然門上一響，一個修長的人影從屏風外頭轉進來，不是李承之，卻是哪個？

金秀玉忍不住就直起了身子，李承之已經換洗過了，身上的衣裳都是乾淨的，人也收拾得清清爽爽，並不若她想像中那般狼狽。

「豆兒。」李承之見到小妻子，立刻三步併作兩步趕上前來，往床頭坐下。

金秀玉反倒不知要說些什麼好，只是貪婪地看著眼前這張熟悉的俊臉，伸手撫上他的眼眉，恍如隔世。

李承之伸手將她輕輕攬進了懷裡，湊在她肩上深深聞了一下，熟悉的體香讓他原本錯雜紛亂的心思奇蹟般地平復下來。

兩人都深深地凝望著對方。

「我回來了。」簡簡單單一句話，卻蘊含了許多的溫暖和情意。

一股熱流衝上雙眼，金秀玉忍不住紅了眼眶，在他身上重重地捶了一拳。

「你這混蛋！誰許你身陷險地的！誰許你將我丟下的！誰許你叫我們擔心的……」剛說出第一個字，眼裡就滾下兩顆大大的淚珠。

沒等她說完，李承之將嘴唇印在她臉上，輕輕地吮去了她的淚水。這淚珠，將他的心都燙著了。

金秀玉將整個身子都埋進他懷裡。自從聽說他被困在洪水之中，她一顆心就像吊在半空上，上不去下不來，空蕩蕩沒個著落。洪水無情，人命在天災面前是如此地渺小，她一面告訴自己李承之吉人自有天相，一面又不得不擔心，萬一他出事了，她會怎麼樣？

想到自己差點失去了她，李承之也是百感交集。在洪水中困了幾個時辰，他最擔心的除了奶奶、阿平、阿喜，最重要的就是這個小妻子，已經懷了他骨肉的小妻子金秀玉，他的豆兒。

「好豆兒，叫妳擔心了。」

他一下一下親著金秀玉的面龐，金秀玉臉上的淚水卻不斷地往下滾落，她緊緊地抱住了丈夫的腰，得而復失的喜悅，只能用淚水來表達。

夫妻兩個是真正的小別勝新婚，擁抱著彼此，倍加珍惜，慢慢地才平復了心情。

李承之稍稍鬆開手臂，從床頭取了帕子替她拭去淚水，金秀玉經過淚水洗滌的眼睛分外明亮，汪汪地看著他，嘴唇因被牙齒咬過，顯得特別紅嫩。

李承之拿手一擰她的鼻子。「哪來這許多眼淚，真箇是水做的不成？」

這個習慣性的小動作，讓金秀玉又是不由自主地紅了眼眶和鼻頭。

「莫哭莫哭，我回來了，妳該笑才是。」

金秀玉鼓著臉道：「不許再有下一次！」

李承之摟著她哄道：「好，再沒有下一次。」

金秀玉咬了咬下唇，後知後覺，自個兒方才哭的動靜可不小，丫頭們雖然沒進內室，但是以真兒和春雲的機靈程度，那花兒跟著她們也沒少學壞，說不定早就聽得一清二楚，正在外頭咬耳朵笑話她呢。

想到這裡，她臉上不由自主泛起一陣微紅，將頭埋在了李承之胸前，這會兒李承之卻反過來怪責了。「我都聽丫頭們說了，妳跟著奶奶在城門口同官兵們爭執，竟然暈倒，險些小產。」

他一提這事兒，金秀玉心頭一跳，暗叫不妙。

果然李承之硬抬起她的下巴，蹙眉凝目板著臉道：「妳如此不愛惜自己，是要疼死我，還是要氣死我？」

金秀玉癟了嘴，沒說話。

「真兒、春雲這幾個丫頭也該受罰，竟然由著妳這般胡鬧，越來越不像話了！」

金秀玉噘起了嘴道：「你不在時，多虧她們幾個勸慰我，個個都是提心弔膽費心費力，生怕我傷心難過，又怕我傷了身體動了胎氣，事事都要想周全。你不誇她們有功倒也罷了，還教訓起人來，就不怕寒了她們幾個的心？」

李承之便笑了笑。

金秀玉道：「奶奶那邊，你可去請過安了？」

李承之笑道：「我一回來便先見了奶奶，然後才回這邊來，妳放心吧。」說著，又愛憐地擰了一下她的鼻子。

門上突然叩叩兩聲輕響，真兒的聲音在外頭說道：「大少爺、少奶奶，底下來回話，人已經追回來了。」

李承之蹙了眉，問道：「什麼人追回來了？」

金秀玉便將他出城去大王莊和小李莊之後，她將柳弱雲和來順軟禁的事跟他說了。聽完金秀玉所說，李承之皺起了眉頭。

「既然已經查到了線索，明確同柳氏和來順有關的，只管審問查證便是，拖久了反倒夜長夢多。」

金秀玉點頭。「若不是因淮安大水，你又被困在莊子裡，這事兒也早就該了結了。」

李承之摸了摸她眼瞼下隱隱的青色，又撫了撫她的頭髮，柔聲道：「這事兒妳不用忙了，交給我來處理吧。」

一股暖流熨貼心房，金秀玉抿嘴一笑，乖巧地點了點頭。李承之扶她躺下，囑咐好生休息，這才出來外室。

真兒、春雲和花兒都在屋裡等著，他衝她們點點頭，又指了指內室，並沒說什麼，徑直往外頭走去。三個丫頭會意，不用商量，只將花兒留下了，真兒和春雲都跟在後面出了門。

不知何時，雨已經停了。院子裡頭，兩個小廝正按著一個五花大綁的女子，這女人頭髮衣裳都顯得凌亂，幾絡頭髮黏在臉上，嘴裡綁了一條布，使她難以說話。

李承之掃了一眼就認出這披頭散髮的女子正是清秋苑的蓮芯。

蓮芯原本猶自不服，不斷地扭動掙扎著，但李承之一出來，她先就是一凜，等他那雙眼睛在她臉上一掃，一股涼氣從腳底一直竄到胸口，渾身都猶如置身於冰天雪地之中。

李承之也不說話，只管往外走，真兒和春雲指揮小廝推著蓮芯，一行人跟在他後面，一路出了明志院，到了關押來順所在的三座小小的抱廈裡。

這座抱廈原本就是為了主子們處事所設，裡頭的一應擺設包括紙墨筆硯等物都是齊全的。

李承之進了門，先向真兒和春雲又問了一遍事情的來龍去脈，將所有細節都問得清清楚楚，包括事先調查的情況、如何起了懷疑、如何盤問、柳弱雲和來順各自又是怎樣回答等等。真兒和春雲一個說，一個敲邊補充，將事情說得一清二楚。

李承之手裡端著一杯茶，一面聽一面用茶碗的蓋子輕輕摩挲著碗口。「這麼說起來，還有管如意，是逃了？」

真兒點頭道：「管先生那天出門以後便沒有回來，想必是聽到了風聲，畏罪潛逃了。」

李承之想了想，又道：「妳們從哪裡找回蓮芯？」

真兒答道：「往大廚房的路上。」

李承之點點頭，想了一想，心中有了主意。「去，喚來順媳婦過來問話。」

「啊？」春雲面露驚詫，張大了嘴巴。

真兒拉了她一下，道：「大少爺做事自有他的道理，妳驚訝什麼，只管照著吩咐做就是。」

春雲當然知道大少爺是心思縝密、精明能幹的，她不過是自然反應罷了。既然有吩咐，她照做也就是了，便命人去喚來順媳婦。

不多時，來順媳婦跟著一個丫鬟進來，她微微佝僂著身子，像是不敢抬頭，進了屋子，卻還是忍不住悄悄抬了一下眼皮子，一接觸到李承之銳利的眼神，立刻又縮了回去。她戰戰兢兢地說了一聲「大少爺安」，便站在那裡，一言不發。

李承之也不說話，只是注視著她。真兒和春雲立在一旁，另一邊則是方才李承之叫進來的幾個孔武有力的家丁，兩邊都是面無表情，眼觀鼻鼻觀心，氣勢森然。

來順媳婦漸漸只覺身如泰山壓頂，連頭都抬不起來了。這時候，李承之才開了口。

「來順交予妳保管的銀子，都在哪裡？」

頭一句話就讓來順媳婦心一抖。「奴婢……奴婢不知大少爺所說為何物。」

李承之不笑不怒，只說道：「貪墨河工一事，來順已經全部招認，所得銀子都交由妳保管，難道妳想否認？」

來順媳婦只覺一顆心猛地沈了下去，來順怎麼可能、怎麼可能就這樣招認了？她在李家做了這麼幾年的管事娘子，到底也是有幾分見識的，猜測這有可能是李承之的詐詞，仍然硬著頭皮道：「來順被軟禁之時，奴婢已經聽聞是大少奶奶懷疑他貪墨河工。然而奴婢夫妻二人在府中多年，從來都是勤勤懇懇，從不敢做出一絲一毫背主的事情，也正因著奴婢夫妻都擔著內外管家之責，約束下人，往日裡定然有得罪人之處，不知是哪起子小人造出這樣的謠言，誣陷我家來順！請大少爺明察，奴婢誓言，來順絕不敢做出貪墨河工這樣的混帳事！」

春雲聽著，覺著這話十分刺耳，又說是大少奶奶懷疑來順將他軟禁，又說是小人造謠誣陷，這豈不是說大少奶奶聽信讒言、好壞不分？她立時便不滿起來。

李承之未對她這番言辭有所動容，依然面無表情道：「妳不必巧言狡辯，來順貪墨河工銀子，偷工減料以次充好，以致河堤敗絮其中不堪一擊，這事兒已經確鑿無疑。我這裡有修堤工匠的證詞，人人都一口咬定那筆銀子進了來順的腰包，大王莊和小李莊在洪水中喪生的幾條人命，都是來順造的孽！」

他說話之時，語氣忽高忽低，眼睛也一直銳利地盯在來順媳婦臉上，尤其說到最後一句時，上半身往前探，聲音壓得極低極沈。

來順媳婦彷彿見到了那幾家的人在向她和來順索命，渾身都有些發涼。她撲通一聲跪倒，又是委屈又是焦急道：「冤枉！大少爺明察，修堤之時來順就曾與奴婢談起，那起子工匠最會偷奸耍滑，修堤之中每多怠工，都是來順嚴詞厲色方才監督完工，定是因此得罪了他們，所以這起子人串通起來陷害來順，大少爺明察！」

她彷彿受了天大的委屈，面紅耳赤，涕淚縱橫。春雲聽得直皺眉，轉頭看真兒，也是滿臉不悅。

「妳說來順遭人陷害，有何證據？」

來順媳婦正五體投地趴在地上，一聽李承之的話，立刻直起身子道：「這差事是柳姑娘交給來順做的，錢雖是來順出的手，帳卻是柳姑娘記的，請大少爺從柳姑娘手上拿來帳目，一查便知。」

李承之冷笑道：「果然狡辯！柳姑娘於河工一事懵懂無知，又因婦人之身無法親自督工，因來順素來辦事妥帖，這才將這件要緊的差事交付於他。如今她也已經招認，乃是來順欺她無知，做的假差事、報的假帳目。柳姑娘與你夫妻全無瓜葛，她的話，難道還會有假不成？」

來順媳婦猛地抬起臉，瞪大了眼睛。「柳姑娘，柳姑娘當真這麼說？」

「當然。這一應惡行都是來順一人所為，與柳姑娘全無干係。」李承之斬釘截鐵。

來順媳婦臉上血色全無，連嘴唇都蒼白起來。不對，不對，柳姑娘絕不會這樣說，她絕不會這樣說！

但是，她越是這樣想，反而越是心虛，眼神中明顯透著慌亂。

李承之瞇起眼睛道：「來順家的，妳還不招認，到底將貪墨下來的銀子放於何處？」

來順媳婦白著臉，眼神直愣愣地，搖著頭道：「奴婢不知！我家來順是冤枉的！大少爺明察！」

李承之搖搖頭。「人證俱全，念你夫妻二人在府中多年，都是有體面的人物。我再容妳一炷香的時間，妳好生想想，到底將銀子放在了何處？」

他衝真兒點點頭，真兒會意，命人將來順媳婦帶了下去。

李承之飲了口茶，春雲在一旁欲言又止，被真兒拉住了。

「大少爺行事佈局精密，妳在一旁看著就是，無須多言。」

春雲擰著眉想了想，到底聽了她的話，既然糊塗著，不妨糊塗到底，最後再求個明白吧。

李承之放下茶碗，又說了一句。「帶蓮芯過來。」

底下應了一聲是，果然蓮芯被推了進來。

她嘴上綁著布條，無法說話，身上依然五花大綁著。這會子，她已經不掙扎了，只低著頭，像是拿定了什麼主意。

李承之讓人帶蓮芯進來，卻沒有讓人解開她的束縛。

「柳弱雲向大少奶奶要了修繕河堤的銀子，卻見財起意，串通來順，讓工匠暗中偷工減料以次充好，外頭則粉飾太平，將那河工銀子都貪墨到自己的手裡。來順不過是被妳們主僕要脅，無奈為之，銀子也盡歸妳們主僕所有，並未與他半毫。這些，可都是實情？」

蓮芯瞪大了眼睛，拚命搖頭，苦於無法出聲辯解，直將面皮脹得通紅。一旁的春雲聽了這幾句話，也瞪大了眼睛，驚訝地看著李承之；真兒卻十分地欽佩。

李承之並不理會蓮芯的表現，只接著說道：「河工貪墨一事，不過是主僕惡行中的一樁。另有一樁，便是印子錢。」

他說這話時，眼睛一直盯著蓮芯。果然一提到「印子錢」三個字，蓮芯渾身一震，臉上迅速地褪去了血色。

李承之心中有數，口裡則繼續說著：「妳們主僕，利用假帳，欺大少奶奶不懂帳目，每多超出實際預算支錢，又利用與管如意的關係，對外打著李家的旗號做後盾，放出印子錢，每月要收五分的利息，惹得外頭怨聲載道，戳著李家脊梁骨罵黑心商人。這可是實情？」

蓮芯這回依舊搖頭，只是臉上一片蒼白，方才是氣憤，這回卻透著心虛。

這時候，屋內人人都把心神放在李承之所說的兩件事上，看著蓮芯的目光流露出鄙夷之色。趁人不注意時，真兒悄悄地退了出去。

李承之繼續說道：「這一樁、兩樁，放印子錢、貪墨河工，不僅仗勢欺人，還連累了大王莊和小李莊數條人命，可知妳們主僕所貪斂的銀錢中，都沾著血淚！」

蓮芯瞳孔猛地一縮，李承之瞇起眼。「若要人不知，除非己莫為。妳們自以為做得謹慎小心，卻仍然被大少奶奶查出實情，這才將妳主僕二人和來順軟禁。妳竟然賄賂守門的婆子，偷跑出來。妳倒也有自知之明，並未妄想出府逃生，反而去大廚房想找來順媳婦，妳所想的無非是要脅來順媳婦將罪過都推到來順身上。這，可也是實情？」

蓮芯猛烈地搖起頭來，嘴裡發出嗚嗚的聲音，腳下也往李承之衝去，兩個家丁立刻撲上來將她按倒在地。

李承之目光一凜，厲色道：「妳們主僕利慾薰心、斂財害命，做下諸多惡事，還要將罪過都推到來順一人頭上。如今來順已經供認不諱，將妳主僕的惡行一一揭露，妳難道還想抵賴不成？」

蓮芯被按在地上，渾身凌亂，披頭散髮，她滿臉紫脹，嗚嗚地搖著頭，涕淚縱橫，又是可怖又是可憐。

李承之大約是看著不忍，示意家丁解開綁在蓮芯嘴裡的布帶。

嘴巴一得自由，顧不得嘴角腫痛，蓮芯開口就大罵起來。「來順，你個千刀萬剮的王八蛋！背信棄義，誣陷栽贓，不得好死！」

她才喊了一句，門口有人「嗷」地一聲撲了上來。「賤人！我家來順都是被妳們主僕所害，老娘跟妳拚了！」

來人一把扯住了蓮芯的頭髮，五指一張，狠狠地在她臉上抓了一把，蓮芯登時發出聲嘶力竭的慘叫。所有人都被嚇呆了，連春雲都嚇得捂住了心口。

地上兩個女人，一個是來順媳婦，一個蓮芯，糾纏在一起，滿地打滾。來順媳婦是身手自由的，張牙舞爪只管往蓮芯身上抓去；蓮芯被捆著，但她雙腳自由，胡亂往來順媳婦身上踹去，也是招招狠厲，連曾經見過潑婦打架的春雲都覺得不堪入目。

旁邊忽然人影一閃，她轉過頭去，原來是真兒。

「妳方才去了哪裡？這會子怎麼又神出鬼沒？」

真兒衝她擺擺手，沒說話。

不知何時，蓮芯身上的繩索竟被來順媳婦給抓開了，蓮芯得了手，立刻進行反擊。

兩個女人可比兩軍對壘還要可怕，她們身上的每樣東西都可以化身為武器，手、腳、指甲、牙齒、腦袋，等等等等。總之兩人已經完全發了瘋，一個罵對方誣賴自家主子，一個罵對方陷害她家男人。

李承之眉頭皺成了一個川字，嫌惡地道：「將她們拉開！」

家丁立刻一擁而上，手腳並用將蓮芯和來順媳婦拉開，其中一個還被蓮芯給撓了一爪子，半邊臉上兩條血痕，嘶嘶叫疼。

蓮芯和來順媳婦被一邊一個按住，兩個都是披頭散髮，衣裳也破了，鞋子也掉了，臉上都是指甲抓出來的傷痕，地上還掉了好幾撮頭髮，兩個人互相對視，彷彿兩頭發了瘋的母老虎。

就連李承之，都對她們感到一絲震驚。

女人打架，實在難看。

「說吧，究竟是誰誣賴誰？」

蓮芯和來順媳婦都立刻直起了身子，開口就是噼哩啪啦。

「啪！」——李承之重重地拍了一下桌子，連茶杯都給震翻了，人人都嚇得心肝一跳。

「將蓮芯的嘴給我堵起來！」

家丁們立刻扭住蓮芯，用布帶再次綁住了她的嘴巴。

李承之望著來順媳婦道：「說吧。」

來順媳婦狠狠地瞪了一眼蓮芯，咬牙道：「大少爺說的一絲不差，放印子錢、貪墨河工銀子，都是柳姑娘主謀，蓮芯也是幫凶！」

蓮芯手腳都被扭住，嘴巴也不能出聲，只剩兩隻眼睛毒蛇一般盯著來順媳婦，幾欲噴出火來。

李承之此時心中如明鏡一般敞亮，示意來順媳婦繼續說下去，屋內眾人這才聽到了其中真正的內幕。

清秋苑大門敞開著，門口兩個婆子正在嗑零嘴閒聊。然而坐在屋裡的柳弱雲卻知道，那兩個看似清閒的婆子，其實緊密注意著她的一舉一動，那敞亮的大門外，還有孔武有力的家丁，是不可踰越的阻礙。

正當她坐立難安之時，外頭有人來了。

「柳姑娘，請隨奴婢們走一趟吧。」

柳弱雲心中先是一緊，接著便是一鬆。

該來的，終於來了。

柳弱雲起身隨著他們出了清秋苑，一路往那抱廈而去，半路遇上了同樣被人帶來的來順，兩人竟是一般的臉色、一般的境遇。

柳弱雲是已經心有準備，來順卻萬萬想不到事情會曝露得這樣快，但他一見柳弱雲，就知道大事不妙了。

到了抱廈廊下，兩人並沒有一起進屋，柳弱雲被帶到一側的房中靜坐，來順則被帶去問話。

來順媳婦和蓮芯既然已經撕破了臉皮，也早知事情無可挽回，先後跟李承之招了供。

李承之不過三言兩語，來順知大勢已去，只得將一應事情都招認了，河工之事，乃是他與柳弱雲合謀，事後三七分帳。

「你身為李府管事，我同大少奶奶從不曾薄待於你，為何做出如此行徑？」

事到如今，還有什麼事是不能說的呢？來順全無隱瞞，說出了自己的身世。原來進李府為奴之前，他原是孤兒，曾經受過柳弱雲之母、當時的柳夫人的恩德，乃是活命之恩。他為人雖不盡良善，卻最是知恩圖報，原本柳弱雲並不知此事，先前與來順此人並無交情，及至得知母親於他有恩，這才同他拉上了關係。

恩人之女有所求，又有大筆銀子做誘餌，他一面為恩一面為利，自然就應承了。

問完了來順，還有什麼是不清楚的？柳弱雲進來以後，也深知眼前境況，毫無推諉，三下五除二便交代了所有事情。

接下來的處置，是出乎意料地乾脆俐落。李承之弄清了所有事情的來龍去脈，當場就宣判了柳弱雲和來順的罪名。

柳氏因偽造帳目，欺騙主母，放印子錢、貪墨河工，以竊盜私藏，秉性貪惡，令遣送至家廟，灑掃苦修、禮佛悔過，待侵吞之銀錢數目清點完畢之後，方許成行。

來順因背信欺主，合謀貪墨，尤其河工一事，致令大王莊和小李莊數人喪命，罪大惡極，命遣送至官，由官府裁定。

此話一出，柳弱雲雖面色蒼白，心裡卻鬆了一口氣。來順和來順媳婦卻如同晴天霹靂，臉色灰敗，委頓在地。其餘人人都有痛快之色，唯有真兒和春雲二人心中仍有疑慮。

春雲是覺得，這事兒困擾大少奶奶許多日子，上上下下費了多少力氣查清，如今不過三言兩語就了結，讓人心裡空蕩蕩沒個著落。

真兒則想的是，柳弱雲明明是被驅逐出府，為何反而面露解脫之色？

比起柳弱雲被處罰的事情，洪水退了，才是真正關係民生的大事。長壽園中，老太太和金秀玉等人就正在議論洪水退了這件大喜事。

青玉正說到，淮安城裡是沒進半點子水，因此家家戶戶都是照常過日子，城外卻是另一番天地了。洪水肆虐過後，房子沒了，田地沒了，還有落魄得連家人也沒了的。處處狼狽，處處蕭條，滿目瘡痍啊。

淮安城裡頭，一個知府一個知縣，都因為這次的洪災暴露出在河工上的貪墨。長寧王如今正在淮安，一句話將兩個人都摘了官帽子，從底下先挑了人上來頂著職務，修書一封上京，派人下來押解這兩個狗官進京定罪。

金秀玉想起淮安知府，正是她曾經去送過蠟燭的侯知府。想到那位敵友不明的侯芳小姐，雖只見過兩面，卻有著添妝之誼，她這樣一位千金小姐，若是因父親之罪成為階下囚，不知該是如何的淒慘境況。人生無常，不由叫人感嘆。

知府、知縣既然罷了職，這淮安城的長官就只剩下長寧王，還有南市軍營那邊的幾位軍官，打今兒開始，都在城外頭忙著救災呢。

洪水過後，最怕的是什麼？是瘟疫。尤其是泡在水中的屍體，最易引發疫病。

萬幸的是，如今的天氣已經冷了下來，低溫總是能夠使發病率少一些。

好在當日洪峰一下來，淮安城便四門緊閉，城外的逃難民眾沒有一個來得及進城，自然也就更不可能將病帶進來。

長寧王帶著眾下官衙役還有軍營的兵丁，在城外搜羅死難者，焚毀屍體、又下令設粥棚，接濟被毀了家園的難民，以及其他更多的善後事宜。

求賑災銀子的摺子是隨著兩個狗官的罪證一起送上京的，既然有長寧王坐鎮，想必很快就能有批示下來。李家身為淮安首富，自然也為賑災大大出力，一口氣就在城外設了十八個粥棚，按長寧王所說，粥插筷子，都能不倒。

李家上下老的老、小的小，金秀玉這位女主人也因懷孕不能操勞，只剩下李承之一個能主事的人，自然是又得天天往外頭跑了。

這說著說著，便又說到柳弱雲和來順的事兒頭上。春雲便抱怨起來，說大少爺對柳弱雲的懲罰也太輕了，這樣大的罪責，居然只是一個輕輕鬆鬆的灑掃家廟便完了。

老太太對這兩個惡奴自然稱不上憐憫，聽了春雲的抱怨，反倒笑起來，指著青玉道：「妳來說說，這灑掃家廟究竟是怎麼一個章程。」

「灑掃家廟，乃是家法中第一重罰。受罰之人，每日均須跪拜祖先。因柳姑娘是妾室，終生不得進入家廟，故而須淨身素面，燃香三炷，於家廟門外，秉持恭敬心，在列祖列宗前叩首三百六十九次。另，每日早中晚各灑掃一次，廟外各處廊院臺階，均須做到一塵不染。每灑掃一次，需秉持懺悔心，誦文殊菩薩心咒，消除罪障。日日清水素食，不可與人交談，不可與人授受，不可一日廢業。」

金秀玉和春雲聽了，方才明白，為何人人都說灑掃家廟乃是一項重罰，敢情一是軟禁，不能見人；二是每天還要叩拜三百六十九次，只怕額頭都要磕腫了，三是拜完了還得做大掃除，是夠折騰人的了。

由此可見，李承之並非有意偏袒柳弱雲，不將她送官法辦，或者一是為金秀玉及其腹中胎兒祈福，二則也是灑掃家廟本身已罰得甚重。

眾人正說著，就聞外頭腳步沈重急促，門簾高高一挑，李越之氣呼呼從外頭衝進來。

老太太和金秀玉往他臉上一瞧，頓時嚇了一跳，只見他白玉一般的面龐上，從右眼角往下至嘴角爬著一條暗紅色的血痕，足有小指粗細，觸目驚心。

老太太立時便慌了。「這是怎麼了？快，快讓我瞧瞧！」

老太太站起身子便朝李越之撲過去，李越之扭過臉，似是不願讓她瞧見臉上的傷口。然終究還是叫老太太將臉給掰了過去，一看傷口就知道是鞭傷，頓時便驚怒起來。

「這是誰給弄的？」

李越之沈著臉，嘴唇抿得緊緊的。

金秀玉在旁邊，將他臉上的傷看得一清二楚，想著他這年紀的男孩子怕是已經自尊心作祟了，不願將什麼事情都帶回家裡來說。他不願說倒也不妨事，還有跟著他的下人在呢。

金秀玉轉身看著他貼身的銀盤，問道：「二少爺臉上的傷是哪裡來的？」

銀盤便道：「是李勳少爺打的！」

金秀玉大吃一驚。「仔細說。」

「是。」銀盤壓住自個兒的不忿，將來龍去脈一五一十說了一遍。

李越之是一大早出門的，帶的人不多，林嬤嬤沒有跟著，貼身的只有一個銀盤，還有四、五個家丁，騎了兩匹馬。原本想著出城跑上幾圈，因著城外正收屍防疫，城門依舊緊閉，不許人隨意出入，故而李家一行人在城門口打了個轉，並未出去。

這東南西北四市，東、南、西三市都是民居所在，街道狹窄，並無開闊之處，只有北市，因著是軍營所在，既有校場，又有一大片空曠之地。校場是軍機重地，李越之一個小孩子自然進不去，曠野卻是不歸軍隊所有的，民眾隨意。

李越之帶著人到了空曠處，便解了馬，叫銀盤陪著他快意跑了幾圈，正灑脫高興著，不期遇見了四房的李勳。

意外相遇，李越之因嫂子金秀玉被欺負的事情，對李勳打過一次悶棍，對他自然稱不上好感。李勳那次吃了虧，暗裡也知道是李越之和李婉婷幹的，不過當時念著金秀玉的面子沒有追究，但心眼裡肯定也積怨著。

恰巧，這回正是他不知在哪裡喝醉了酒，即使騎在馬上，也滿臉酡紅、搖搖晃晃。

那會子因李越之要銀盤陪他賽馬，與李勳迎面相遇時，銀盤正遠遠落在後面，離著老遠，其餘家丁也在遠處。

她遠遠瞧著，只覺李勳同李越之說了什麼，惹得李越之不高興，挺直了脖子，言語神態很是激動，然後就是李勳飛起一鞭子，將李越之給打了。

一見主子被打，下人們自然又驚又怒，銀盤和遠處的家丁都忙著趕過來。李勳大約也是被自己這舉動嚇到了，並沒有進一步做什麼，扭轉馬頭就跑了，惹得幾個性急的家丁在後頭跳腳罵娘。

銀盤一面說著，一面情緒便激動起來，憤憤不平。想來也是，李家的人，不說主子，就是下人，也沒什麼人敢欺負，沒成想這回竟叫自家人給打了臉。

金秀玉皺緊了眉頭。「又是李勳！」

李越之那頭也聽見了銀盤的話，自個兒小小男子漢叫人欺負了，回家找奶奶和嫂嫂兩個婦道人家哭訴，那多沒意思。只是他攔不住銀盤，一張嘴竹筒倒豆子都說完了，由不得他掩蓋，只得罷了。

有春雲、青玉等人給他處理傷口、擦洗上藥，老太太插不上手，就在旁邊瞧著，心肝兒肉地疼。她年紀雖大卻依舊耳聰目明，銀盤的話，一字不漏地都聽了進去。

「這李勳，越發地不像話！當初我就說，四房上下沒一個像樣的人，這勳哥兒的名聲也一塌糊塗，每回都攔著不叫他進商行當差，如今承之好不容易才給他安排了個管事的位置，聽說是三天兩頭鬧笑話。這正事兒不做好，竟然還敢動手打我孫子，良心都叫狗給吃了！」老太太越說越生氣，忍不住比手畫腳起來。

金秀玉忙站起來走過去，一手扶了她的胳膊，一手替她撫著背，柔聲道：「老太太消消火，仔細傷了身子。」

老太太呼呼吐了幾口粗氣，指了銀盤道：「妳來說，那李勳同我的阿平起了什麼爭執？他因何打人？」

銀盤低著頭，為難道：「當時奴婢離得遠，並未聽清。」

老太太洩氣地一甩手，金秀玉忙在袖子底下衝銀盤擺手。銀盤也是個聰明的，緊緊閉著嘴，福了一福，便退出門去。

此時，春雲、青玉等人已經替李越之敷好了藥，拿白布繞著臉包了一圈，也不知是誰的手筆，在他頭頂上打了個結，留著一小段尾巴，錯眼一看，跟個大兔子似的。

老太太和金秀玉一轉身，原來還生氣著呢，這麼一見，都是噗哧一笑，那氣兒就散到九霄雲外去了。

青玉說道：「阿平臉上這傷，瞧著可怕，幸而只是皮肉之傷，這上等雲南白藥一敷，不消幾天總能好的。」

老太太和金秀玉等人都是忍著笑點頭。

李越之見人人都笑他，腦子一轉，忙叫人替他拿鏡子來。秀秀身上正藏了一面巴掌大的小手鏡，掏出來遞了過去。

李越之對著自個兒的臉一瞧，頓時明白人人都在笑什麼。人家一小小男子漢，怎麼能成了一個大兔子呢！他一生氣，伸手就去拽布條。

「我的小祖宗！」老太太一伸手就給按住了。「這人的臉樹的皮，剛敷了藥，還是小心些。不然這好端端一張面皮，若是留條疤，豈不是難看？」

李越之悶悶道：「不拆也成，叫人給我換個樣式，像個兔子似的怎麼成？妳瞧瞧，人人都笑話呢！」

老太太轉頭往眾人臉上一掃，嘴裡道：「我看哪個敢笑！」

大家立時都把頭低了下去，將臉深深地往下巴底下藏，但是到底笑不笑，只有自個兒才知道了。

李越之仍然不快，青玉只得解了重新包紮。

老太太擔憂道：「回頭還是請大夫來看看，這臉上的傷勢可馬虎不得，好歹不能留疤。咱們阿平將來可是難得的漂亮小夥兒，只怕比他哥哥還好看幾分呢。」

青玉應了，吩咐小丫頭去請大夫。李越之嘟嘟囔囔道：「男子漢大丈夫，長得好看做什麼。」

老太太不理睬他，轉頭對金秀玉道：「那李勳還是可惡，阿平不過是個小孩子，哪裡招惹了他，身為長輩也該禮讓，哪裡能夠動手打人！」

金秀玉點頭道：「可不是，常言道，打人莫打臉。李勳一鞭子差點沒將阿平抽開花，這可不是一般的口角之爭，這般行徑，實在過了。」

「哼！明兒就叫他老子娘來！求差事的時候嬉皮笑臉，這得了差事，立馬成仇人了，哪有這樣的便宜事！」老太太對青玉道：「明兒叫四房鐸大媳婦來一趟。」

青玉應了。

金秀玉陪著老太太又細細看了一遍李越之臉上的傷，吩咐他接下來十天半月不可吃魚鮮，芫荽也是不能吃的，又吩咐最好別吃醬油、芝麻等物，以免傷口染色。

李越之聽得不耐，又不敢走，只得一一應了，屁股底下卻是如坐針氈。好不容易交代完畢，李越之一溜煙跑了，金秀玉也起身告辭。

剛出了上房，銀盤正在一棵樹後面，探出半個身子，見她們一行人出來，遠遠朝金秀玉福了一福。金秀玉瞧著疑惑，讓真兒、春雲等人原地等候，她自個兒往那樹下走去。

銀盤見並無人在近前，壓低了聲音對金秀玉道：「少奶奶，二少爺挨打之前，奴婢雖離得遠，因在下風處，倒是聽見了隻言片語。雖不大真切，但猜著勳少爺說的話似乎跟少奶奶有關。」

金秀玉心裡一驚，面上卻不顯，低聲問道：「他說了什麼？」

銀盤搖頭道：「奴婢只是聽著似乎與少奶奶有關，說什麼卻實在不大真切，只是勳少爺說的必定不是好話，否則二少爺也不會失態，大約是說了什麼過激的話，惹怒了勳少爺，才挨了那麼一鞭子。」

金秀玉冷著臉道：「憑他是誰！就是天王老子，也沒有無故打人的理兒，阿平這回吃的虧，我跟老太太定要替他討回，往後再遇到這人，你們也不必客氣，那是個破落戶，得時時提防著。」

銀盤虛心受教了。

金秀玉回轉身，帶著真兒、春雲等一行人離去。

到了第二天，鐸大奶奶柳氏就帶著大包小包的禮品上門請罪來了。

第二十九章　鐸大奶奶的心眼兒

鐸大奶奶來的時候，金秀玉正在用早膳。天越發冷起來，她也就越發地賴床，早上幾乎都見不著李承之的面兒。

這些天，李承之忙著外頭賑災的事。淮安大小官員隨著知府知縣的落馬上上下下都有牽連，起了很大的動盪，長寧王這會子抽不出手來整治，人手便有些捉襟見肘，好在軍營那邊都是忠於朝廷的好臣子好將士，用著倒還順手。只是軍爺們縱橫來去慣了，難免帶點痞氣，小老百姓對軍爺有天生的畏懼，一誠惶誠恐，就容易磨磨蹭蹭。爺兒們一著急上火，就愛拔刀子嚇人，這可不利於人心安定。

官家人不趁手，長寧王只得用民間力量。名士豪紳在老百姓之間都有或大或小的威望，而且更與他們親近，說出去的話更讓人相信。李家作為淮安首富，自然是望族中的望族，老百姓不信誰也不能不信這個土皇帝呀，所以自然是當仁不讓的首選。

因此，李承之這會兒成了長寧王的左膀右臂，在賑災銀子下來之前，還得當長寧王的錢袋子。

首富嘛，別的沒有，銀子多的是。普天之下，莫非王土，李家的錢就是皇帝的錢，皇帝他親弟弟要用錢，隨口一說就得奉上。李承之也不小氣，要多少給多少，二話沒有。

那件大事若是成了，三皇子坐了天下，長寧王就是第一股肱之臣，大腿抱緊點總是沒壞處的。

李承之跟著長寧王這麼一忙，又恢復了早出晚歸的習慣，金秀玉起得晚，小夫妻兩個見面時間就少了許多，這會子春雲正唸叨呢，少奶奶懷的是李家頭一個曾孫、大少爺的頭一個兒子，也不見大少爺多關懷一聲。

說話間，花兒就來報信，說是鐸大奶奶帶著禮品正往長壽園去。

金秀玉漱了口，拿帕子抿了嘴角，說道：「鐸大奶奶是正經的親戚長輩，她來了，我這做晚輩的少不得去請安見禮。」

春雲撇嘴道：「那位奶奶幾時有個親戚長輩的樣子了！」

真兒立刻打了她一下。「還是這個毛病改不了，那可也是主子呢！」

「罷了罷了，她就是個愣頭青，這毛病怕是一輩子改不了了，少不得妳我二人替她兜著些。」金秀玉無奈地擺手。

主僕三人說笑著，卻都沒存幾分恭敬心，也是鐸大奶奶自個兒做派不尊重，怨不得人瞧她不起。說話間，丫頭們撤了桌子，一群人扶著金秀玉出了明志院。

到了長壽園，剛進大門，就聽見鐸大奶奶招牌式的笑聲從上房內傳出來。

春雲和真兒一邊一個，扶著金秀玉上了臺階，小丫頭在前面打起門簾子，將她們讓了進去。

「奶奶安，鐸大奶奶安。」

老太太自然是笑臉相對的，鐸大奶奶柳氏臉上僵了一僵，然後也露出個笑臉。往日她總愛拿姪女柳弱雲當話題，找金秀玉的不痛快，如今柳弱雲要被攆去家廟受罰，她臉上自然也無光，這會子見了金秀玉，哪裡能夠自在。

金秀玉在丫頭們攙扶下往椅上坐了，如今天冷，椅上都已經搭了棉墊子。

據說柳氏來的時候，是帶著大包小包的禮品，金秀玉坐下來後一打量，果然茶几上放了三、四個盒子，蓋子都是蓋著的，看不見內容物，只有一個長條盒子開著，裡頭竟是一株人參，瞧著還是個寶，金秀玉忍不住皺眉，阿平那是破相，拿人參來做什麼？他那麼個小孩，哪裡用得著這樣大補的藥材。

柳氏素來吝嗇，如今能拿出這樣貴重的禮品，倒是有心了。只不過雖說阿平臉上那麼長一條傷口，看著挺駭人，實際也不過是皮肉傷，比起當初李勳被敲折了腿，還是小巫見大巫，柳氏怎麼突然表現出這麼大的誠意來賠禮道歉？

金秀玉心裡疑惑著，面上自然不顯，只聽著兩位長輩說話。

「我那孽子實在不像話，回頭我一定好好教訓他。老太太放心，越哥兒臉上若是留下半寸傷口，我就打折那孽子的手！」

金秀玉額角忍不住一跳。老太太大約方才已經聽了一大通道歉的話了，這會子只說小孩子口角，好在沒真的打架，也沒傷筋動骨的，不必放在心上，又派人叫阿平過來請安見禮。

丫頭去偏院喚人，李越之磨磨蹭蹭過來給柳氏道了一聲安，沒說幾句話便藉口習字，又溜回他的偏院去了。

柳氏嘆道：「瞧瞧，越哥兒這麼個小孩也這般懂禮數，哪像我那個孽子，裡裡外外叫我操碎了心，就說他去貨棧裡頭當差，也是三天兩頭的生事兒。」

聽了這句話，金秀玉精神起來了。當初李承之給李勳安排這個差事，說是要替她出氣的，倒不知如今怎麼樣了。

李勳是個什麼樣兒的人，老太太哪能不知道，一聽柳氏這麼說，怕她攀扯別人，先拿話堵她道：「貨棧是慎哥兒在打理，他素來是個妥帖人，上上下下的夥計做事也很穩當，勳哥兒初來乍到，大約是還生疏的緣故，出點子小紕漏也不打緊，橫豎有慎哥兒會教他。」

柳氏頓時一窒，老太太這麼一誇李慎，她準備好的抱怨便說不出口，但她也有辦法，換個方式一樣要說。「可不是，他這是頭一回當差，少不得有些糊塗的地方，懵懂笨拙也是有的。那些個管事夥計都是貨棧裡的老人了，各司其職，各個都有忙的時候，大約便沒工夫指點他。那慎哥兒也是大忙人，哪裡顧得上這些細枝末節呢，怕是他兄弟辦了錯事也不知道呢。」

老太太頓時眉頭一皺，這話連金秀玉都聽出不妥來。一來，柳氏這麼說，顯得貨棧的管事夥計們沒把李勳這位管事放在眼裡；二來，又暗示著李勳在貨棧裡頭說話沒分量，辦不成事兒；三來，又明指李慎沒把李勳這個兄弟的事兒放在心上，任由貨棧裡的人慢待他。

就說嘛，以鐸大奶奶柳氏的個性，怎麼可能巴巴地過來就為賠禮道歉？果然，還是有所求，如今看來是為兒子告狀來了。

老太太也不樂意起來。好嘛，我大孫子費心費力給妳兒子插了個管事的位置進去，妳倒好，還挑肥揀瘦起來。當初求差事的時候，可不是這麼個嘴臉。

金秀玉瞧著老太太不悅，眼珠一轉，倒有了個主意，先笑了一笑，開口道：「鐸大奶奶，原本長輩們說話，沒有我這個晚輩插話的道理。只是我倒有個主意，能解勳哥兒的煩惱。」

「哦？」柳氏頓時眼睛一亮。「什麼主意？」

老太太給金秀玉猛打眼色，後者也回了個眼神，示意她稍安勿躁。

「我聽著，勳哥兒在貨棧裡當差當得不大順遂，想必心裡頭也不大滿意。其實要我說呢，這差事都是給下人們做的，勳哥兒可是正經的主子，何必跟下人們一塊攪和，自降了身分，倒不如就甩了那份差事，回家做大少爺豈不省事？」

她這麼一說，老太太差點笑出聲來，柳氏登時就犯了急。她對兒子在貨棧的差事倒是真的不滿意，可這也比沒差事要強啊！外人哪裡知道她這李家四房的難處，兩輩的男人都死了，能主事兒的只有女人，她婆婆上官老太太和她自個兒。這麼一房，就得了李勳一根獨苗，當然寶貝得什麼似的，就指望著他傳宗接代。

眼看著跟李勳一般大的幾個少爺，大房的李承之已經成親，連兒子都快有了；二房的李壽也早娶了方純思，還是個能幹的賢內助，裡裡外外一把好手；三房那邊李慎因打理著貨棧，人人都誇他能幹，是個妥當人，上門說媒的幾乎踏破了門檻；而四房這邊，她兒子李勳，卻是連個媒人的影子都沒見著。

要說她們四房，也占著李家商行的乾股，年年有分紅，也是富貴人家。然而李勳在外頭實在是聲名狼藉，尋花問柳、鬥雞走狗，沒個正經，又兼著沒個差事傍身，難免叫人覺得是個坐吃山空的敗家子。

一般人家倒也罷了，瞧著李家的高門大宅，也願意嫁女兒進來，只是這樣的人家，柳氏又看不上。好的人家嘛，都精明得跟猴精兒似的，一聽李勳的名聲，一瞧他這憊懶模樣，又兼著堂上一個婆婆還不夠，還有一個老奶奶，閨女要是嫁過來，在外頭受人恥笑，在家裡還得受兩婆婆欺壓，人人都拿閨女當寶貝的，哪裡捨得讓她進門過苦日子。

柳氏原想著，讓李勳在商行裡頭占個名兒，做出個有為青年的模樣，她也好託媒找人說親。哪知道李勳進了貨棧，竟是處處遭人掣肘，說出來的話人人都當是放屁，比個打雜的夥計還不如。

他也不是個有骨氣的，將事兒拿回家這麼一說，上官老太太和柳氏都氣炸了肺了。柳氏原本是上門想討個說法，但深究起來發現還是自個兒子沒能力，震懾不住底下的夥計，才叫人輕視了去。這就沒得說了，討說法是要討，卻還是得求人家幫忙提攜。

正好青玉這邊派人去說李越之被李勳打了的事，當時上官老太太也在場，一巴掌就拍在了李勳臉上。

「沒出息的東西，除了整這些個夭蛾子，你還有什麼本事？」

上官老太太是正經富家小姐出身，見識是有的，知道不可一味地寵溺兒孫；柳氏卻把李勳當作心頭肉，這麼一巴掌拍下去，自然心疼得不行，但又不敢違抗婆婆，只能備好了禮物，巴巴地過來賠禮道歉了。

她本想著拿話去擠兌老太太，好叫她給慎哥兒那頭施點壓力，給她兒子李勳樹點威信，將來好辦事，這會兒被金秀玉拿話一堵，卻差點跳起來。

這差事不好還能想其他法子適應，若是捲鋪蓋滾蛋，可不算個事兒。

「這說的什麼話呢？哪有這樣就把差事給扔了的，這是我們家勳哥兒吃不得苦，還是說他連幾個夥計都拾掇不下，被奴才把主子擠兌走了？」柳氏翻著白眼兒。「我們家可丟不起這個人！」

金秀玉心裡暗罵，可不就是妳兒子沒本事嘛，不然何以還要讓家裡的婦人為他出頭，不過腹誹歸腹誹，面上自然是不能顯的。

柳氏的話音剛落，她故作尷尬地對老太太道：「還是孫媳婦兒欠考慮了，長輩們說話，哪裡有我插嘴的地方。」

老太太見寶貝兒也似的孫媳婦吃了柳氏的排頭，原本就不悅了，如今又添一絲怒氣。

「這麼說，勳哥兒是對這差事不滿意了。我這孫媳婦兒有句話倒是說對了，做主子的，何苦委屈自己？既是不喜貨棧的差事，辭了便罷，合該做個富貴閒人！」

老太太冷著一張臉，說出這麼幾句硬邦邦的話來，柳氏面上登時也有些不好看。

「這、這雖說是下人們奴大欺主，我們家勳哥兒也著實想為家族生意盡一份心力。貨棧的差事不順遂，換個其他差事倒是好的。」她訕訕笑起來。

金秀玉很想翻個白眼給她瞧，老太太卻差點背過氣去。早說四房不是好東西，當差還有這麼挑肥揀瘦的，若不是承之仁慈，哪個鋪子的生意要請李勳這種屁事不會的紈褲公子！

老太太這會子是真怒了，念在親戚一場，還不想同她撕破臉，只冷冷道：「老婆子不管生意上的事，既是妳這麼說，只得回頭叫我那大孫子再調劑調劑，少不得給勳哥兒騰個位置。只是這事兒急不來，還得累你們慢慢等。」

柳氏面上一喜，急忙道：「出海那趟生意，不是還缺人手嗎，我們勳哥兒別的本事沒有，就是交遊廣闊、最善交際的，若是能跟著承哥兒出海，定是一個好幫手！」

「出海？」老太太疑問一句，望著金秀玉。

金秀玉雖然知道有出海這樁事，但李承之說得到年後才能敲定，這會子還一無所知，因此她也茫然著。

柳氏見人人霧水，挑了挑眉道：「怎麼？妳們還不曉得出海的事兒？」

老太太和金秀玉都沈默無語。

柳氏登時生出一種莫名的優越感。「哎喲，這可怎麼說！我們家勳哥兒也是在貨棧當了差，才知道原來咱們家又接了單大生意，跟京裡的大人物們合股出海做海運呢！」

老太太見不得她那得意樣兒，咳了一聲道：「行了，這事兒我記下來，回頭讓承之安排就是。」

她說完話，便端起茶來。柳氏再沒眼力勁兒，端茶送客的道理還是懂的，反正她禮也送了，歉也道了，話也說了，今兒上門的幾個目的都達到了，自然也就知情識趣起來，寒暄幾句，便起身告辭了。

等她一出門，老太太便忙不迭問金秀玉道：「海運生意是怎麼一回事？我怎麼從未聽承之提過？」

金秀玉道：「孫媳婦兒倒是聽相公提起過，只是諸事未明，日期未定，所知甚少。」

「回頭承之回來了，叫他過來一趟，同我分說分說。」

「是。」

老太太皺了眉，看著柳氏帶來的那幾盒禮物，撇嘴道：「我當她真是來賠禮道歉呢，原來還是有所圖，和從前一般的德行。」

金秀玉點了點那人參道：「只是這回倒是好大手筆呢，這人參，也是個寶物。」

老太太擺手道：「值幾個錢？庫房裡一堆呢，吃也吃不完。」

見她老人家不喜愛這些個東西，青玉將它們收了，帶人去放置。

「我說什麼來著，那李勳就是個草包，吃喝玩樂在行，指望他當差做生意？哼，想都別想。」

金秀玉這會子沒說什麼，畢竟是李家親戚，老太太說說不打緊，她是做人家媳婦的，若是說三道四，保不齊生出什麼嫌隙。

正說著閒話，下面有人來報，說是送柳姑娘去家廟的行程已經打點妥當，柳姑娘待罪之身，前來向老太太和少奶奶告罪辭行。

金秀玉命她們進來。

進門一行人，打頭的就是柳弱雲，後面跟著她的丫頭蓮芯。兩人進門往地上一跪，先衝老太太磕了頭，又衝金秀玉磕了頭。

金秀玉板著臉道：「柳氏，按照妳所犯的罪過，就是送官法辦，也是不冤枉的，如今大少爺仁慈，只罰妳灑掃家廟，望妳清修斂性，能夠誠心悔改。」

「是，賤妾謹遵大少奶奶的教誨。」柳弱雲又衝她磕了一個頭，說道：「賤妾犯下如此大錯，幸蒙大少爺、大少奶奶慈悲，賤妾只有心存感恩，不敢有絲毫怨言。只是啟程之前，賤妾有個不情之請，還望大少奶奶慈悲，再成全賤妾一回。」

她說完，便磕下頭去，一跪不起。

金秀玉微微皺了下眉，問道：「什麼請求，妳說。」

柳弱雲直起身子道：「賤妾的貼身丫頭蓮芯，只是因奴僕之身受賤妾驅使，並非謀事之人。如今賤妾前往家廟清修灑掃，不敢再享受丫頭服侍，今日，蓮芯的表兄表嫂前來向賤妾求情，希望能贖蓮芯歸家，望少奶奶開恩！」

老太太一直坐在上頭不說話，這會子卻忍不住在她臉上瞧了一眼，金秀玉也詫異道：「蓮芯與妳感情深厚，竟捨得離妳而去？」

跪在柳弱雲身後的蓮芯忙開口道：「蓮芯雖有意服侍老太太和少奶奶，只是曾犯下如此大錯，深覺羞愧，也沒臉再留在府中，如今家兄家嫂願出銀錢替蓮芯贖身，還望少奶奶慈悲，成全了奴婢。」

金秀玉忍不住回頭看了一眼老太太。老太太沒說話，只是示意她自個兒拿主意。

她回過頭來問人道：「蓮芯的表兄表嫂現在何處？」

有下人回稟，正在外頭等候，未得主人許可，不敢擅入。金秀玉下令帶他們進來。

果然進來一對中年夫婦，瞧著是淮安城裡最常見的普通老百姓裝束，夫妻兩個不是李府的下人，不必跪拜，都按著客人的身分給老太太和金秀玉見了禮。

金秀玉問了，果然是蓮芯的表哥表嫂，也說是知道表妹蓮芯在府裡做了錯事，幸得東家慈悲，未曾受罰，只是自家心中羞愧，無顏留於府中，懇請贖去，並拿出了贖身的銀子，一個五兩的銀元寶。

一見這個銀元寶，金秀玉心頭便是一跳。

不對勁！

對蓮芯這個人，金秀玉是不喜的，如今柳弱雲被放逐，不能帶著蓮芯，留她在府中也無用，還怕她懷恨在心，另生事端呢。不過今日她的表哥表嫂來贖身，倒讓她覺得太巧了一些，心念電轉之間，便想出了一個引蛇出洞的主意。

「既然你們要贖了蓮芯，我們也沒有強留的道理。」她說著就要同意，老太太立刻想提醒她別急，但金秀玉一個眼神過去，老太太就知道她在打某種主意，便閉嘴不說話了。

蓮芯的賣身契原是簽給柳家的，柳弱雲進門時帶了來，一直由青玉收著。後來金秀玉進門後，青玉將一應事務都轉交給她，所以她知道蓮芯當初的賣身價是五兩銀子，於是當場收了銀子，還了賣身契。

辦完了這件事，柳弱雲也就告辭，出門啟程往家廟去了。蓮芯也告辭回清秋苑去收拾行李，金秀玉命她收拾完便可跟著表兄表嫂離開，不必再來辭行了。蓮芯應了，跟著表兄表嫂一起退了出去。

等幾個人都退出去了，金秀玉卻立刻對真兒道：「立刻派人悄悄地去清秋苑盯著，看他們都在做什麼。」

真兒應了，立刻點手叫一個仔細穩妥的丫鬟去了。

老太太便問道：「豆兒，可是有什麼不妥？」

金秀玉掂著手裡那錠銀元寶，道：「這蓮芯的表兄表嫂，穿的都是粗布衣裳，那婦人身上除了一根銀簪，全無首飾，夫妻兩個都是身形消瘦，可見家中並不富裕。這樣的人家，若是要攢出五兩銀子來贖人，必定不是一日之功。那麼今兒拿來的，理該是散碎銀兩才對，怎麼會一出手就是一個銀元寶呢？」

春雲插嘴道：「或者是人家怕散碎銀子出手寒酸，特意去融了一只元寶呢？」

金秀玉搖頭道：「妳瞧這元寶，並不是新鑄，可見不是才融了的。」

「那或者，是跟銀鋪兌換的？」

「這也不對，若是拿散碎銀兩跟銀鋪兌換整錢，少不得要打點折扣，他們並非富裕之人，定然不願白白浪費銀錢。」

區區一只五兩的銀元寶，對李家來說就跟一塊土疙瘩差不多，誰也不會放在心上，但是金秀玉這麼一分析，這事情就真的有些奇怪了。

老太太也覺得疑惑，便道：「妳說的有理，等那丫頭回來，看看有什麼古怪。」

不多時，真兒派去盯梢蓮芯的小丫頭就回來了，果然帶回一些不同尋常的消息。

小丫頭到了清秋苑以後，因著柳弱雲已經啟程離開，院子裡沒了主子要伺候，下人們不耐待在院裡，都各自出去了，整個清秋苑空空蕩蕩。蓮芯的屋子在西廂，她在屋裡收拾東西，門外只有個表兄，表嫂大約是在裡頭幫忙。

小丫頭不敢露面，就在院門外找了個角落偷偷觀望。

不一會兒，蓮芯和她表嫂一人提了一只大包袱出來，另有一個不大不小的藤箱，讓表兄扛著，其餘鋪蓋等物都是李家的，她也不可能帶走。

三人也沒多話，出了清秋苑。小丫頭藏身讓他們過去，才悄悄跟在後面。

三人一行從角門出了李府，繞過兩條小巷，便停下了腳步，這時候，小丫頭正在不遠處的拐角上偷偷張望，他們三人的說話聲聽得一清二楚。

只聽蓮芯說：「好了，事兒你們已經辦完了，賣身契拿來吧。」

表兄「欸」的一聲，就去袖筒裡掏，表嫂一把按住了，向蓮芯嘿嘿笑起來。小丫頭是在李府做了好幾年的，人情世故也見得不少，一看表嫂的神情，就知道是要向蓮芯討便宜。

果然表嫂說了一通，一家人有福同享，姑奶奶做了自由人是喜事一件，也該讓他們沾沾喜氣，如此云云。

蓮芯也知道是敲竹槓，立時便沈了臉。「柳夫人不是給了你們五兩銀子？」

表嫂笑道：「那是姑娘的贖身銀嘛。」

「哼，別以為我不曉得，除了贖身銀，柳夫人還單給了你們五兩銀子，妳當那是天上掉下來的，還是柳夫人慈悲？那不過是我們家姑娘憐惜你們，接著辦事的由頭賞賜你們的，銀子也是姑娘託柳夫人轉交。怎麼著，還嫌少？」

表兄倒是不好意思，要去掏那契約，表嫂還攔著他，明裡暗裡還想討點銀錢，蓮芯可從來不是肯吃虧的主，立時便豎了眼睛。

「妳也知道本姑娘如今是自由人，回頭還要替我家姑娘打理生意，往後的富貴可不少，妳如今要是好好的，我念你們將我贖出來的恩情，往後還能接濟接濟；若是如今惹惱了我，我到柳夫人跟前一說，你們可得吃不了兜著走！」

表嫂頓時黑了臉，表兄便罵她「黑了心肝，連妹子的錢都要貪」，一面就將賣身契還給了蓮芯。蓮芯接過來，拿火摺子點燃燒成了灰，往地上一撒，狠狠地瞪了一眼她表嫂，揚長而去。

表嫂少不得怨表兄，小丫頭原本還想聽聽有什麼旁的，但見二人只是東拉西扯，沒個正經話，便失了興趣，沒再多待，直接回來了。

「這麼說來，是柳姑娘託了柳夫人，讓蓮芯的表兄表嫂出面將她贖了出去。蓮芯又說將來要替柳姑娘打理生意，分明是主僕兩個已經商量好的。只是，柳姑娘哪裡來的生意呢？」真兒疑惑了。

金秀玉也覺得不對，當初柳弱雲是淨身出戶，一乘小轎抬進李家，連個嫁妝都沒有，哪裡來的生意？難道柳夫人還能給她鋪子、田地陪嫁不成？

眾人都沈思起來，春雲直不愣登道：「這有什麼可想的呢，柳家也是富商，柳姑娘是他家的大小姐，有個做小生意的鋪子給她傍身，又有什麼奇怪的，橫豎跟咱們不相干。」

真兒翻了個白眼，重重戳了她一指。「妳個糊塗的，那柳姑娘只是被罰去家廟灑掃清修，又沒脫了李家的籍，她的生意就是李家的生意，哪裡能敷衍了事？」

老太太道：「咱們李家的生意，都是李家人打理著，從來沒有給妾室打理的說法，蓮芯所說的生意，定然是另外的營生。如今雖然不清楚，但總歸沒什麼緊要關係，且留意著便是。」

金秀玉應了。

餘下沒事，她便帶了真兒、春雲等丫頭告辭，回自己的明志院去。

剛進院門，外頭下人高聲稟報，大少爺回來了。

主僕幾個都面面相覷，那簾子一動，果然李承之大步走了進來。

「怎麼這個時辰回來？可用了飯？」

李承之擺擺手，表示還沒吃，金秀玉便吩咐真兒，叫大廚房準備中飯時，備上大少爺的分兒。

「可是鐸大奶奶來過？」

李承之劈頭一句問，金秀玉點頭道：「正是，才剛走呢，你得信兒倒快。」

「她說了什麼？」

金秀玉便將鐸大奶奶如何抱怨李勳在貨棧受委屈，如何想換個差事，又提到海運的事情，都一一說了，又提到老太太命他回來就到長壽園去請安，分說分說海運的事。

李承之點頭道：「我先去長壽園一趟，回來再同妳說話。」

「等你回來，只怕是要用飯了，這麼著，你且去長壽園陪奶奶說話，我這頭叫大廚房早點做中飯上來，咱們就去花廳擺飯吃吧，有什麼事兒，吃了飯再說。」

李承之應了，只說由她安排，說完便往長壽園去了。

等到李承之在長壽園跟老太太說了話，一家子又在花廳用了中飯，小夫妻再回到明志院，已經是兩個時辰以後了。

提到李勳的事情，李承之又是搖頭又是冷笑。

「他還有臉抱怨？當差頭一天便對錯了帳，又不懂裝懂，胡亂指揮夥計們，叫人反問了，又說不出半句道理，只拿自個兒是少爺主子的身分壓人。咱們貨棧裡頭人人都是論資排輩，一級一級升上來的，就是夥計，也個個都是熟手，這貨棧裡頭大大小小的事情都有章程，哪是他這門外漢能胡亂分派的。他既沒有服眾的本事，被人頂撞了也是活該，不反思著自個兒，倒還嫌慎哥兒管教無方，讓他受了委屈，真是好大的出息！」

金秀玉道：「你讓他去貨棧當差，不就是等著他出醜好替我出氣嗎？如今他醜也出了，委屈也受了，可不正是你的目的達成？」

李承之眨了眨眼睛道：「話雖如此，到底那是四房獨苗，李家一族親，叫他受些磨練、替妳出氣是不妨的，若是真的草包，就實在叫人失望了。」

金秀玉冷笑道：「果然還是兄弟情深呢。」

她打自懷孕之後，情緒便時常有些反覆，自個兒也知道，孕期難免如此，只是知道是一回事，自己卻控制不了自己。像方才，她原也不是非要收拾李勳不可，到底他當日並未做成什麼，又已經被阿平、阿喜給打了一頓，連腿都斷了呢，也受足教訓了。

只是李承之這麼說，彷彿是兄弟如手足、女人如衣服，她為他生兒育女，還比不上一個調戲他妻子的草包堂兄弟，實在叫她不平。

真兒見小夫妻兩個鬧起了彆扭，忙衝李承之猛打眼色，又拚命做著手勢。

李承之轉頭見了金秀玉嬌小的身子，一顆心就軟了下來。

金秀玉因懷孕初期孕吐的關係，身形消瘦，一張小臉都快凹進去了，小腹似乎已有微微的隆起，兼著前些日子淮安大水他遇險，又有柳弱雲、來順等煩心事，操勞得有些過了，至今臉色仍顯著疲憊，看在李承之眼裡，不由升起了一腔的憐惜之情，又因連日來對她的疏忽感到愧疚。

金秀玉比他小三歲，他素來當作心頭寶一般疼愛，男子漢，氣量大，哄她倒是不妨的，也不覺得損傷了大丈夫氣概，只是那邊廂，還有兩丫頭瞧著呢，墮了大少爺威風可不妥。

他看了看真兒和春雲。春雲是個傻的，自然看不出他眼中的深意；真兒卻七竅玲瓏，一看大少爺的目光就領會了，扯了春雲的袖子，雙雙悄悄退下。

李承之伸手從背後將妻子環住，柔聲道：「雙身子的人，還這麼不愛惜自個兒的身子，氣壞肚子裡的孩子倒也罷了，氣壞了孩子他娘可怎麼好！」

不然怎麼說生意人精呢，若是尋常人，定是將孩子放在第一位的，李承之將話反過來說，金秀玉那一肚子的氣頓時消下去一多半，只是若立即給他好臉，又像是認輸一般，因此仍是別著臉。

「不過是個混小子罷了，何必為他生氣！妳若是真要收拾他，我回頭立馬給他找點不痛快，在妳相公手底下當差，還不是孫猴子跳不出如來佛的手心？愛怎麼拿捏，就怎麼拿捏。」

金秀玉忍不住噗哧一聲，立刻又忍住了，板著臉道：「誰說我要收拾他了？那我成什麼人了！」

李承之打蛇隨棍上，忙接道：「可不是，娘子大人有大量，不跟他一般見識。」

金秀玉皺著鼻子哼一聲，嘟囔道：「誰有大量了，大肚倒是有一個。」

李承之笑出聲來，伸手輕輕地撫摸她的肚皮，金秀玉「啪」一下將他手打落，扭了頭，咬著唇道：「你道我真是為他生氣嗎？我是為你生氣！」

李承之一愣。「怎麼叫為我生氣？」

金秀玉噘了嘴道：「你說，海運那事兒，你是不是要親自去？」

李承之點頭，金秀玉抬手就在他胸口打了一下，鼓起腮幫，瞪著眼睛道：「我這樣大著個肚子，你還要出海嗎？一出海，至少要幾月才能還家，你就狠心將我一人扔在府裡？」

李承之道：「怎麼叫一人呢，奶奶、阿平、阿喜不都在嗎？」

金秀玉剛扭回來的身子又扭了過去，李承之微微怔忡，暗暗嘆口氣。

他也知道，妻子替他懷著孩子，他卻要出海遠行，將這麼一大家子扔給她，實在有些殘忍。只是此次海運事關重大，除了要打通商業航道，還要訪問鄰海諸國，友邦交好，以顯示大允繁榮，吸引四海來朝，以達盛況。這種種關係都非同一般，他也答應了長寧王會親身參與，縱然妻子有埋怨，也是不得不為之了。

他腦中思緒翻轉，只是抬手輕撫著金秀玉的頭髮。

「豆兒，此行無可更改，我走後，這一大家子只得靠妳照料了。」

金秀玉背對著他，咬住嘴唇，眼圈泛紅，嘴裡卻道：「妾身出身寒門，難當大任，相公還是另託他人的好。」

李承之握住了她的肩膀，柔聲道：「幸而奶奶身體康健，阿平又是懂事的，府中如今也和睦，阿喜經過那王府嬤嬤的教導，必定也會沈靜許多，不再叫妳如過去一般操心，我也放心一些。」

金秀玉癟著嘴，眼眶裡淚水滾動。李承之見她不說話，深知她個性的他，又怎會猜不到她的心思？雙手用力，將她身子扳過來正對著自己，果然小妻子眼中珠淚欲滴。

他心裡也有幾分難受，伸手輕輕擰了擰她的鼻子，道：「醋罈子，如今要改淚罈子了嗎？」

不知是不是他的擰動觸到了某個穴位，金秀玉只覺鼻頭一酸，兩顆大大的淚珠便不受控制地掉了下來。她撲進李承之懷裡，緊緊抱著他的腰，將臉埋在他肩窩，悶聲道：「偏不讓你走。你自個兒的奶奶、自個兒的弟妹，自個兒照管，我才不要替你操心呢！」

李承之也不爭辯，只是撫著她的後背和頭髮，在她耳邊輕輕地吻著。「好豆兒，好豆兒……」

肩窩上一片濕熱，金秀玉壓抑的哭聲，嗚嗚咽咽。

李承之不語，只是雙臂抱得更緊了。

金秀玉哭了一會兒，突然直起身子，狠狠地推開了李承之，臉上淚水縱橫，一雙眼睛又紅又腫，卻凶狠地瞪著。

「本少奶奶要歇息，閒雜人等，趕緊出去。」

她這變化過於突然，以至於李承之愣愣的。

金秀玉抓了他胳膊上的衣袖往外推，一迭聲說道：「出去出去。」

她力氣很大，李承之沒反抗，竟真被她推起來，往前踉蹌了兩步。他回過頭，驚愕地張大了眼睛看著金秀玉。

金秀玉只當沒看見他，站起身來一面拿了帕子捂著臉，一面快步走進內室去，往拔步床上一倒，將臉埋在枕頭裡，肩頭再一次輕輕顫動起來。

李承之呆呆站了半晌，終於只嘆了口氣，慢慢往門外走去。

他前腳剛走出門，後腳內室就摔出一個枕頭來。

「豬頭！李承之是大豬頭！」

這慓悍的罵聲，將正準備進屋的真兒和春雲都嚇了一跳，忍不住轉頭去看大少爺的神色。

李承之只是腳下頓了一頓，仍然徑直走出明志院。

真兒和春雲面面相覷，忙抬腳進屋。

上房的門一直敞著，小夫妻兩個方才的對話，兩個丫頭都聽得一清二楚，只是這會子卻想不到什麼話來安慰主子，只好默默地在一旁站著。

金秀玉摔了枕頭，又將臉埋回被子裡，嗚嗚咽咽，好不悲憤。

這一場哭，竟是綿綿長長，久久不絕，真兒和春雲直站得腳也疼了。哭到後來，淚水倒是沒了，只是一聲一聲的哽咽。

真兒小心地說了一句。「少奶奶，別哭了，仔細傷了孫少爺的眼睛。」

金秀玉又是委屈又是憤恨地道：「他娘都沒人心疼了，誰還顧得上他！」

真兒一滯，訕訕地說不出話，無奈地跟春雲對視一眼。外室腳步聲動，花兒走了進來，正待張口，見主子在床上倒著，真兒和春雲兩個在一旁立著，不知是個什麼情形，一頭霧水。

真兒正愁沒法替金秀玉分心，見花兒進來，頓時如見了救星，拚命地衝她打眼色打手勢。

花兒比春雲可聰明多了，一點就透，忙說道：「少奶奶，二門上來報，三小姐打莊子上回來了。」

快到年關了，金秀玉和老太太商量過，今日要把李婉婷接回來過年，沒想到這麼快就到了。她慢慢坐了起來，拿帕子擋著臉，悶悶道：「已經進府了嗎？」

花兒答道：「車子已經在二門外停了，下人們正在下行李，三小姐已經往長壽園去給老太太請安了。」

「好，我曉得了。」

金秀玉抬起一隻手衝她擺了擺，花兒福了一福，輕輕退了出去。

真兒和春雲立刻往金秀玉臉上瞧去，她正好放下帕子，只見一雙眼睛腫得核桃一般，鼻頭嘴唇均通紅。

金秀玉惱道：「瞧什麼，我臉上長花兒了不成？」

真兒和春雲聽她聲音不僅帶著鼻音，還有些沙啞，惱怒的表情又有些好笑，強忍著倒了熱茶來與她潤喉。

好不容易打扮妥當，眼睛也好看了一些，金秀玉才起身，帶著丫頭們往長壽園去了。

還沒進園子，就聽裡面說說笑笑，好不熱鬧，尤其老太太的笑聲，透著萬分的喜氣。

金秀玉一行人徑直往正院上房走去，一掀簾子進去，屋子裡暖烘烘的，老太太在榻上坐著，李婉婷挨著榻邊坐了，半個身子被她攬在懷裡。

李承之在老太太左手邊的椅上坐著，正端了一杯茶往嘴裡送，嘴角還噙著一絲微笑。李越之在李婉婷膝蓋邊上站著，很是稀罕地瞧著他這位龍鳳胎妹妹。

李婉婷本來正跟老太太笑著，見金秀玉進來，立刻起身上前給她福了一福，脆聲道：「嫂嫂安。」

金秀玉忙拉住她，笑咪咪地上下一瞧。見她一身的淺紅襖子，頭髮梳得清清爽爽，戴了兩朵粉色絨花，頰邊微微帶著一絲笑意，既透著親切，又果然比過去顯得沈靜了。她心裡油然而生出一種吾家有女初長成的喜悅，摸摸李婉婷的臉道：「果然莊子上的飲食差，阿喜的臉都瘦了。」

李婉婷笑咪咪道：「阿喜的臉瘦了，嫂子的肚子倒是大了。」她一面說，一面便盯了一下金秀玉的肚子。

金秀玉刮了一下她的鼻子，笑道：「還是個鬼靈精。」

屋裡眾人都笑起來，李婉婷扶著金秀玉就往左邊走，金秀玉卻不露痕跡地側了側身，往右邊走去。

李婉婷微微有些愣怔，卻順著她往右邊走，扶她在椅上坐了，回到老太太身邊坐下，她再次看了看嫂子的臉色，然後又轉頭看了看大哥的神情，頓時有點明白了。

老太太拉著李婉婷一個勁兒地問，莊子裡飲食如何、天冷了衣裳穿得可夠、丫頭們可聽話、小廝們可有淘氣、王府嬤嬤們又是否嚴厲……李婉婷一一答了，金秀玉在旁邊聽著，比從前可是大有進益，說話都圓潤了許多，沒撒嬌，也沒置氣。

李越之跟李婉婷素來是焦不離孟孟不離焦，這會子也摻和在老太太跟她之間，聊得十分投機。尤其他對於這個混世魔王妹妹的變化感到十分驚嘆，聽著她在莊子裡頭平日的生活，王府嬤嬤們如何調教，她又是如何改正，每每驚呼，從前的阿喜可是如何如何。

李承之和金秀玉一人端了一杯茶，一個左邊一個右邊，坐著靜聽，聽到好玩處，不過笑一回，並不怎麼說話。

丫頭們都是伶俐人，早看出這兩位主子今兒有些不對勁，也就老太太老眼昏花了，竟說了半天之後才覺出有些不對來。

「今兒倒也奇了，承之素來不愛說話，倒沒什麼，怎麼連豆兒也不說話來？從前妳可是最疼阿喜的。」老太太終於停止交談，對李承之和金秀玉疑問起來。

金秀玉望了望李承之，李承之放下茶杯道：「孫兒在想生意上的事，有些走神了。」

老太太不以為然道：「生意固然重要，哪有在家裡還苦思冥想的道理？你也該鬆快些。」

金秀玉接道：「相公定是有生意之事急著處理，不如先去打理的好，家裡自有妾身照料。」

李承之挑了挑眉，這是下逐客令了？

李婉婷斂了眉，嘴角挑了挑。

老太太當真以為孫子有什麼了不得的大事要辦，也讓他自去便是，阿喜又不是外人，不必為她而耽誤了正事。

李承之揉了揉眉間，也沒辯解，就說告辭，只是起身臨走之際，那眼睛意味深長地盯了妻子一眼。

幾乎是他前腳一出門，李婉婷便捂嘴笑了出來。金秀玉瞪她一眼，板著臉道：「阿喜因何發笑？」

李婉婷笑道：「我笑呀，大哥堂堂男子漢大丈夫，李家家主、淮安首富，在外頭是何等風光，回到家裡，卻還是被嫂嫂拿捏得死死的。」

金秀玉挑了眉道：「這說法卻沒根據了，他何曾被我拿捏住了？」

李婉婷走過來挽了她的胳膊，歪著腦袋道：「嫂嫂是當局者迷，沒瞧見嗎，妳一下逐客令，大哥不是乖乖出門去了？這還不是被妳拿捏的明證？」

金秀玉哼了一聲，對老太太道：「奶奶妳瞧，還說她變好了呢，如今嘴皮子越發刻薄起來，連兄嫂長輩的玩笑話也敢說了。」

不過是姑嫂玩笑，老太太哪裡當真。「只是我瞧著，妳同承之可是鬧了彆扭？」

金秀玉臉上略微有些不自然，口裡道：「小口角罷了……」

老太太擺擺手道：「我瞧著也不是吵了架的樣子，既是小口角，夫妻都是床頭吵床尾和，夜裡哄一哄，明兒就好了，照舊蜜裡調油一般。」

眾人都笑起來，惹得金秀玉又嗔怨一通老太太為老不尊，取笑兒孫。說著說著，便又說到李婉婷身上來。

眾人瞧她如今是坐有坐相、站有站相，說話行事也是規規矩矩，十分的儀態，哪裡有半分當初混世魔王的影子，儼然一位端方有禮的大家閨秀，不由都暗暗稱奇。

「這說起來，阿喜瞧著倒是真比從前懂事多了，這次回來，又乖巧又沈靜，可見兩位王府嬤嬤是費了心思調教的，咱們可得好好謝謝人家。豆兒，妳替我備上厚厚的兩份禮物，給兩位嬤嬤送去。」

金秀玉應了道：「孫媳婦曉得，這就叫人去準備。方才聽說，兩位嬤嬤今兒就要回王府去，咱們也該請她們過來當面道個勞才是。」

老太太說是。於是便去請了兩位王府嬤嬤過來，祖孫兩個都起身給她們道了全禮，稱謝兼道勞，又將準備好的兩份厚禮親手送上。

王嬤嬤和李嬤嬤作為王府供奉嬤嬤，什麼樣的稀罕物什沒見過，李家的禮雖厚，她們收得也坦然，只是老太太和大少奶奶一齊行全禮，叫她們吃了一驚，忙抬手去扶了。

「阿喜有如今品德模樣，全是兩位嬤嬤教導有方，此恩綿及一生，阿喜也該來道謝才對。」

金秀玉拉了李婉婷過來，也給兩位嬤嬤每人深深福了一福，兩位嬤嬤連忙扶了，彼此說了一些客套話。

兩位嬤嬤起身要回王府，金秀玉親自送出二門外，看著人套好馬車，將兩位嬤嬤送了出去。她回到長壽園，祖孫四人又說了一些閒話，李婉婷一回來，雖然並不似從前那般活躍跳脫，依舊讓整個屋子裡都熱鬧起來了。

眼看著天色暗下來，李府華燈初上，金秀玉特意吩咐大廚房給李婉婷準備了，不過是家宴，並無外人，便依舊在花廳擺了。

一行人扶著老太太從長壽園前往花廳，李承之從長壽園出來後，並未出府，不過回到明志院書房看了一會子書，聽得下人稟報晚膳，徑直過來了，倒比老太太一行人還早了一刻。

一家人團團坐定，金秀玉仍是存了心眼，先等老太太坐了，見李承之坐在老太太左手邊；阿喜剛回來，老太太正是疼的時候，就拉她坐了自己右手邊。

於是金秀玉便安排李越之坐了李承之的下首，自己再坐到阿喜的下首，因著是圓桌，並不大，正好一桌子都圍上了，她跟李承之恰好是兩對面，中間都隔著人。

老太太也瞧出來，這是金秀玉故意同她大孫子置氣，但瞧著李承之的神色，不過是小矛盾。少年夫妻偶爾口角，都是越吵越親，不必操心，便沒有理會。

一家子剛舉起筷子，正談笑著準備開吃，二門外突然有人稟報，長寧王府小世子楊麒君來了，眾人頓時面面相覷——

第三十章　小世子又來了

眼下的場面著實有些奇怪，小世子楊麒君在上頭坐著，李家一家人在下頭站著，旁邊一桌子熱菜熱飯，空蕩蕩地冒著熱氣。

李家是平民，小世子是皇族，自然是要大禮參拜了。不過楊麒君擺手道：「父王說了，咱們兩家是朋友，不必受俗禮拘束，只講交情不講規矩，往後都不必向我行大禮了。」

李家眾人都應了，謝長寧王和世子恩典。

上回見楊麒君，就是李婉婷駕車撞斷了人家的腿，這回他的腿已經好了，小臉卻板得死死的，跟個小大人似的。李承之道：「不知小世子前來，有何貴幹？」

楊麒君今年才十二歲，坐在上頭雖然刻意擺出一副小世子的架勢，到底身量薄弱，氣勢未足，兼著又長得俊秀，越發沒有震懾力。他微微歪了一下腦袋道：「我方才不是說了，咱們是朋友，不必如此客氣。我原是見王嬤嬤和李嬤嬤回府，才曉得阿喜已經返家，便即刻過來探訪，不料竟打擾你們用飯了。」

李承之忙道：「不敢。」

楊麒君瞇著眼睛微微一笑。「父王常說，身為皇族，不可仗勢欺人。民以食為天，吃飯可是頭等大事，不必為了我而耽誤這一桌子好菜，我不過是找阿喜罷了，你們吃你們的，叫阿喜帶我另尋他處說話便是。」

李承之回頭看了一眼妹妹，後者正垂著腦袋，彷彿沒聽見似的。

金秀玉笑道：「阿喜年幼，怕有禮數不周之處，衝撞了小世子……」

「王嬤嬤和李嬤嬤才跟我說，她如今已成了大家閨秀，最是知書達禮，如今正好叫我見識！」楊麒君也不等李婉婷出聲了，徑自站了起來。

李承之對李婉婷道：「阿喜，既然小世子有吩咐，妳就代表李家好生招待，不可失禮。」

李婉婷微微抬起頭，臉上並無任何神色變化，只福了一福道：「小女不敢違抗世子之命，那麼，就請世子跟小女走吧。」

楊麒君微微瞇了眼睛。「去哪裡呢？」

李婉婷微微一笑。「鄙府花園景色尚可一觀，不如就請世子移步，隨小女往花園賞景可好？」

楊麒君似乎對她這樣的態度十分滿意，點點頭，於是便由她帶路，一行人出了花廳，往花園去了。

李家眾人等著他們走了，才面面相覷起來。老太太皺著眉頭道：「莫不是我老眼昏花，這小世子同阿喜，怎麼瞧著有幾分古怪？」

金秀玉也附和道：「我瞧著阿喜有些不對。她那說話做派，就跟換了個人似的，哪裡像個十歲的小娘子，倒像個十五、六的大姑娘了，那些話兒，難道也是兩位王府嬤嬤教的不成？」

眾人都紛紛點頭，覺得今日的李婉婷很是異常。

金秀玉轉頭對李承之道：「相公，你常去長寧王府走動，可曉得這小世子是怎麼個脾氣？他與阿喜獨處，可叫人放心？」

李承之胸有成竹，並不答話，只是扶了老太太往那飯桌上走去。「奶奶放心，小世子雖身分尊貴，不過是個孩子罷了，能生出什麼事端來？他跟阿喜不過少年心性相投，愛說幾句話，愛一起玩，也沒什麼大不了的，咱們別白操心，只管用晚膳便是。」

李越之可不擔心阿喜，見奶奶坐了，他肚子唱起了空城計，也乾脆俐落地坐了。

「娘子也坐吧。」

李承之衝金秀玉伸了伸手，金秀玉一扭身躲過了，咬著嘴唇，微微挑了眼角道：「你這做兄長的，倒是放心得很。」

金秀玉怨李承之對小世子和阿喜之交過於放心，終是覺得不妥，想想還是得派個人去瞧瞧。

「少奶奶，我去吧！」春雲笑嘻嘻搶著說道。

金秀玉「咦」了一聲，挑著眉道：「往常可不見妳勤快，怎麼今兒搶起先來？這差事，可沒有賞錢吶。」

春雲跟著她久了，也學了一些小習慣，噘了噘嘴道：「少奶奶老拿我打趣，我又不是鑽進錢眼子裡了，不過是主子們這一桌的好菜，我只能看著，卻吃不到嘴裡，光是拿鼻子聞，卻把肚子裡的饞蟲兒都給勾了出來，等會兒要是人前失禮了可沒臉，我還是領個差事，離得遠些的好，眼不見為淨。」

眾人都噗哧笑起來，連李承之和老太太也是莞爾，金秀玉甚覺丟人，忙擺手讓她去了。

眾人拿起筷子來，紛紛繼續用膳。

因跟李承之還彆扭著，用膳過程中，金秀玉連眼角都沒衝他撩一下，只是一個勁兒地給老太太和阿平布菜，親疏立見。

老太太又不是瞎子，哪裡看不出來，便偷偷地問了大孫子，李承之也沒隱瞞，就將事情說了。

若真箇說起來，海運是生意上的大事，金秀玉身為李家內眷不好多問，為這樣的正經事同李承之彆扭，也沒道理，只是如今她正懷著孕呢，這些日子心緒一直有些不寧，做事也比從前任性許多。

老太太是過來人，曉得懷孕頭幾個月性情大變是常有的，非人力所能控制，因此倒是有些諒解金秀玉。

阿喜不在，金秀玉就挨著老太太坐了，老太太親自挾了一筷子菜放到她碗裡頭。

「瞧我這孫媳婦兒，臉都小了一圈。」老太太對著金秀玉的肚子說道。「這還沒出來呢，淨會折騰你娘，日後定是個淘氣的，就跟他爹一樣！」

她說著，便拿下巴虛點了一點李承之。金秀玉跟著瞧了丈夫一眼，垂下眼簾，面無表情。

「承之小時候比阿平、阿喜還要淘氣，府裡上上下下，人人都吃過他的虧，只是後來他老子娘都沒了，一夜之間就似開了竅一般，懂事得叫人心疼。再後來，奶奶我帶著他進了商行，九歲就做了小夥計，十二歲開始做管事，十四歲行了成年禮就做了大掌櫃，到了十六歲，就做了我們李氏家族的家主。別說滿淮安城，就是天底下，除了那龍椅上的皇帝，哪個有我大孫子這樣能幹?!」老太太長嘆著，金秀玉忍不住放下了筷子聽著。

「只是啊，他越是能幹，便越是操勞。豆兒妳瞧，打自妳進了府，妳這位相公有幾日得歇？每天早出晚歸，還不是為著咱們家、為著咱們李氏一族？他有多辛苦，妳瞧他那臉，日日板著，彷彿七老八十了，別人不心疼，咱們娘兒倆還不該心疼心疼他嗎？」

金秀玉聽到這裡，就知道老太太說這些話的用意了，心裡已經十分愧疚，深覺自己是多麼地無理取鬧。

老太太握了她的手，柔聲道：「奶奶知道妳是個好孩子，年紀輕輕的就爭氣，進門三個月就替李家懷上了子孫血脈，奶奶是過來人，妳如今是怎麼個境況，我哪裡體諒不到？妳哪裡是為了自己，不還是擔心著他嘛！千里之遙，汪洋大海，變化萬千，福禍難料，妳這邊大著肚子，他那邊在外頭漂著，哪裡能夠安心？」

幾句話說得金秀玉眼眶泛紅，李承之那邊早已停了筷子，默默地凝視著她，就連阿平，也早就發覺氣氛變化，靜靜地聽著，沒有發出一絲一毫的聲響。

「只是啊，奶奶要告訴妳一句話。男人，就是那天上的鷹，籠子會磨去他的銳氣，只有往更高的天上飛，他才能翱翔萬里。」

金秀玉咬著下唇，點點頭，輕聲道：「孫媳婦兒明白了。」

老太太慈愛地摸了摸她的頭髮。

「奶奶、大哥，等過了年，就讓我去商行做夥計好不好？」阿平突然間站起來，聲音響亮地說了一句話。

三人都吃了一驚，見他小臉上一派鄭重，方曉得他是認真的。

阿平抿著嘴，期待又忐忑地望著大哥，終於見到他微微點了一下頭，不由露出喜色。

老太太眼裡淚光閃爍，一面點頭一面笑道：「都是好孩子，奶奶心裡很歡喜。」

一家子都笑起來，門口人影一閃，卻是春雲回來了，一進門就大笑道：「我今兒可是瞧了個稀奇了。方才我剛進了花園，就遠遠瞧見三小姐和小世子，連著他們各自帶著的下人，兩撥兒人離得足有三丈遠，我瞧著疑惑，就悄悄到旁邊一棵樹後頭站著，聽見他們說話，可樂死我了。」

她說著說著，自個兒覺得好笑起來，捂著嘴先嘻嘻呵呵了一通。金秀玉啐了一聲道：「偷樂什麼呢，還不快說！」

春雲忍住了笑。「我就聽見小世子問，三小姐為何要站得這樣遠？三小姐就說了，」她嗯嗯清了兩下嗓子，學著李婉婷當時的聲音道。「『世子莫非不知，男女授受不親。你我非親非故，怎可舉止輕浮？然，世子有話垂詢，小女又不可不聽，唯有遠隔三丈，聆聽教誨，方能防備他人嫌猜。』你們聽，三小姐從前最是言行無忌的，如今竟講究起男女大防來，比那些個老學究還要迂幾分，可不叫人好笑？

「小世子當時臉就黑了，只說從前三小姐去長寧王府同他談笑晏晏，就是肌膚相親也是有的，如今防備，又有什麼用？三小姐頓時就不樂意了，說那時她是謹遵禮儀，只是小世子愛強人所難。小世子臉已經黑了，再難更黑，眼睛只有瞪了起來，喏，就跟銅鈴一般大。」春雲指了博古架上一個擺設，上面有掛了兩個小銅鈴的，拿那個作比。

眾人聽著，都覺得楊麒君和李婉婷的對話很是有趣。

春雲接下來一會兒學楊麒君悶悶說話，一會兒又學李婉婷拿腔作勢，說是小世子一心盼著同三小姐親近，三小姐就越發地告誡他男女有別，小世子被她連續幾個軟釘子頂了，臉色不只發黑，還發紅了呢。

「我呀，瞧著不過是三小姐故意冷落小世子，小世子雖然生氣，卻也並沒有勉強三小姐。可見，他們不過是言語交鋒，沒什麼大礙的，初初聽著有趣，聽久了也就乏味，想著少奶奶這邊等著我伺候，不多會兒便回來了。」

金秀玉問道：「果然他們不曾吵架？」

「少奶奶放心吧，我瞧著呀，小世子是有意讓著三小姐，又像是樂在其中，心思古怪得很，不過一點要為難三小姐的意思都沒有，想來不會出什麼事。」

金秀玉才要點頭，就見李婉婷的貼身丫鬟銀碗慌裡慌張地從門外跑進來。「大少奶奶，可了不得了！」

金秀玉瞪著眼睛看春雲，春雲立時如同被踩了一腳的貓兒，一面炸了毛，一面將眼睛瞪得圓溜，看著銀碗。

真兒斥道：「有什麼大事，如此慌張！老太太在，大少爺和大少奶奶都在，妳只管慢慢說來就是。」

銀碗跑得急，呼吸還喘不勻，吞了一下口水，著急地說道：「小世子被小姐給氣走了，小姐還叫人偷偷埋伏在二門外，要潑小世子一身洗腳水！」

「什麼?!」眾人大吃一驚，異口同聲。

李承之按了按額角道：「我道她已經賢淑知禮，誰料竟還是與從前一般！」

金秀玉立起身來，急道：「這會子還說什麼，快去阻止阿喜才是。這大冷的天，萬一讓小世子出了什麼好歹，咱們怎麼跟長寧王交代？」

老太太一迭聲道：「對對對。」

李承之沈聲道：「我去瞧著，看她還敢作亂！」

他將袖子一甩，大步流星地走出花廳，小廝們一溜小跑跟在後頭。金秀玉和老太太想著不妥當，也趕緊跟去。

半路上，下人稟說，小世子一行人已經出了花園，正往二門去了，眾人又忙往二門上趕。

老太太和金秀玉，一個年紀大，一個肚子大，都走不快，遠遠落在後頭，李承之健步如飛，眼看著就到二門，已經遠遠瞧見小世子等人的背影，在前頭打了個彎轉過去，只聽「哐啷」一聲脆響，分明是銅盆砸在了石子路上，「嘩啦」一片水聲，李承之的臉色頓時就變了！

聽到那聲銅盆響，銀碗不禁跳起腳來。「糟了！糟了！定是小世子著了三小姐的道了！」

她拔起腳想往前跑，眼見大少爺卻老神在在。

「我的大少爺，火燒眉毛啦！」

她顧不得男女有別、上下之分，一把拉住李承之便跑，轉過二門外，眼前一片狼藉，不說李承之，就連銀碗也傻了眼。

這，三小姐這回的排場也太大了吧！

眼前細數足有幾十人，李家專司灑掃的丫鬟、婆子、小廝、壯丁，大約都在此處了。眾人登高踩低，擦門楣的、抹柱子的、修盆景的、換燈籠的，水桶滿地、掃把飛舞，塵土那叫一個飛揚。

倒不知李家的眾下人何時變得如此勤快，做出這般熱火朝天的勞動場面。

李承之狹長的眼睛微微瞇起，唇邊逸出一絲笑意，只因瞧見有趣的場景。

果然小世子是在場的，只是沒料到李婉婷這個想暗算人家的也在場，而且兩人竟是一般的狼狽。地上兩只銅盆打翻了，一大片水漬，李婉婷濕了半條裙子，楊麒君卻濕了半個身子。

不同的是，李婉婷身上沾的是清水，楊麒君身上潑的卻是污水，將白色的錦袍染得髒兮兮的，臉上也沾了一片污跡，髮梢滴答，鞋面上還搭著一塊髒抹布，比起李婉婷實在淒慘許多。

而長寧王府的一眾侍衛也不知是怎麼回事兒，個個灰頭土臉，兩個家丁正抬了一塊滿是灰塵的匾額從他們跟前經過，顛了兩下，頓時塵土飛揚，嗆得人人都咳嗽起來。

李婉婷正拈了一塊帕子踮著腳替楊麒君擦臉，一面還斥責著垂首躬身站在旁邊的兩個丫鬟。

「妳們都是府裡的老人，慣會做活的，怎的還這般毛毛躁躁？眼睛長著是管什麼用的，沒瞧見小世子過來嗎，還巴巴地往前湊！瞧這一身的水！這樣冷的天，若是將小世子凍出個好歹來，人人都是大罪過！」她一面罵著，一面用力擦著楊麒君的臉，似乎那污跡十分難擦，直弄得他臉上一片通紅。

兩個丫鬟往地上一跪，齊聲道：「奴婢無心冒犯，求主子恕罪！」

楊麒君卻似未曾聽見她們的話，只是瞧著面前的李婉婷。她小小的人兒，作出一本正經的模樣來訓人，實在少見，這會子又離自個兒這般近，呼吸相聞，那小臉嫩嫩的、軟軟的，鼻頭和嘴唇都紅紅的，好似美味的櫻桃，叫人想咬上一口……

「真是難擦得很！」李婉婷嘟囔著，放下帕子皺眉瞧了瞧，又急急擦起來。

你道她真沒有看見楊麒君的異樣嗎？非也，這本就是她安排的一齣好戲。

直到臉皮都快破了，楊麒君才「嘶」一聲，抬手捂住了自己的臉。

李婉婷忙縮回手，輕聲道：「實在怪難擦的呢。」

她咬著嘴角，絞著帕子，像是因手上重了弄疼他而感到愧疚，只是這神情實在與她本性不符，難免就顯得生硬做作。

這會子，楊麒君也瞧出古怪來了。他本來就是個聰明伶俐的，方才卻不知被什麼給迷了心竅，滿眼就她一人，聽不見旁的，也瞧不見旁的。

如今看來，這熱火朝天的場面，這從天而降的水盆，還有他長寧王府那幫子侍衛被撲了一頭一臉的灰，恐怕都不是意外。

李婉婷咬著下唇，拿眼角偷偷看他。

楊麒君一個眼刀過去，她立刻將帕子一甩，對那兩個丫鬟道：「妳們兩個衝撞了小世子，還不快去管事娘子那裡領罰！」

兩個丫鬟面面相覷，見李婉婷正偷偷衝她們擠著眼睛，立刻福至心靈，衝著楊麒君一磕頭，道：「奴婢們知錯了，求世子開恩！」

李婉婷像是極為不好意思，怯怯地看著楊麒君。

楊麒君沒看兩個丫鬟，只是盯著李婉婷，直到她扭臉避開他的眼神，才慢慢說了一句：「罷了……」

李婉婷心頭一悅，卻見大哥正往這邊走來，後面還跟著老太太、嫂子，還有阿平一干人等，熱熱鬧鬧一群，臉色一僵。

李承之看了楊麒君和她身上一眼，說道：「這是怎麼回事？」

楊麒君看著李婉婷。「我也正糊塗呢，怎麼一出了門，一盆冷水從天而降？」

一大一小兩個男人都盯著李婉婷，李婉婷突然覺得身後有些涼颼颼，沒來由地心裡發虛。

「還、還不是這起子奴才，做事越發地毛躁起來，我與小世子正出了二門，這兩個丫鬟正好撞過來，澆了我們一身的水。」

李承之瞧了瞧兩個丫鬟，又看了看旁邊那些一面忙碌地打掃、一面又支愣著耳朵聽的下人們，悠悠問道：「是誰叫你們打掃的？」

眾人各自眼神游離，嘴巴緊閉。

「管事娘子何在？」

一婦人躬著身子小跑過來，道：「奴婢福旺家的，請各位主子安。」

李承之道：「福旺家的，這眼前熱火朝天的，是誰吩咐你們做活的？」

「是……」福旺家的似乎有些為難，偷眼瞧了一下李婉婷，後者迅速別過臉去。

「是我吩咐的！」

金秀玉走上前來，笑咪咪地看了一眼李婉婷。李婉婷頓時心頭竊喜，往她身上靠了一靠，姑嫂兩個會心一笑。

見有人打圓場，福旺家的頓時悄悄鬆了口氣，只是，下一刻金秀玉卻轉過身來正色道：「福旺家的，妳身為管事娘子，竟讓下面的丫鬟出這樣的紕漏，冒犯了貴客，依著家規，她們倆該受杖刑，妳也有連帶責任。」

福旺家的一愣，忙道：「大少奶奶……」

金秀玉一抬手阻了她，接著道：「只不過，念妳們只是無心之失，那杖刑就免了，只罰半月的月錢吧。」

福旺家的同那兩個丫鬟對視一眼，不由都耷拉了一張臉。李婉婷一把握住金秀玉的手，說了一句：「嫂子……」

金秀玉回過頭，眼神一緊，李婉婷頓時明白這是警示，只得閉上了嘴。

李承之見她已將事情處置妥當，雖然懲處了幾個下人，但目的不過是護著阿喜罷了，遂不過瞪了李婉婷一眼，並沒有說什麼。

老太太人老眼不花，將幾人的心機都瞧在眼裡。

「這大冷的天兒，濕著衣裳可吹不得風，孫媳婦兒，快去找件新衣裳來給小世子更換。阿喜，妳也趕快回房去換件衣裳。」

金秀玉道：「咱們府裡頭也就阿平的身量同小世子還算接近，正好前日做了過年的新衣裳，怕阿平年後抽個子，特意將尺寸做大了一些，小世子穿著怕是正好，既然都要換衣裳，不如便去老太太的長壽園吧。」

眾人都贊同，於是一行人浩浩蕩蕩去了長壽園，剩下滿院子打掃的下人，還有剛剛挨了罰、垂頭喪氣的管事娘子福旺家的。

鬧了這麼一齣，李府裡頭上上下下總算都弄清楚了，三小姐李婉婷還是原來那個混世魔王，只不過比起從前只知胡鬧，現在嘴上可是多了許多大道理，不僅依舊愛捉弄人，還會把自己捉弄人的理由說得冠冕堂皇，叫人無法辯駁，真是比從前更厲害了，害得老太太直嘆可惜，用來供奉兩位長寧王府嬤嬤的錢都打了水漂了。

到了夜裡，明志院中，丫頭們服侍李承之梳洗完畢，金秀玉便笑話他道：「你費了那許多心思，到底還是沒把阿喜給教好，還是那麼個胡鬧闖禍的瘋丫頭！」

李承之搖頭道：「人力有時盡，對她，我算是死心了。」

他嘆著氣，著實有些無力，對付女人，比做生意還累，就算是阿喜這般的小女子也不好對付，想把她捋成直的，偏偏就能給你彎回來。

金秀玉扶了他的胳膊道：「算啦！各人有各人的命，我瞧著，阿喜怕是注定一世受寵，就是將來嫁人，找的恐也是愛縱容她的姑爺，好在她雖然愛胡鬧，心地卻是善良的，並沒有害人之心。」

李承之挫敗之下，也不得不認同她的理論，苦笑著扶了她的腰往拔步床前走去。

剛坐下，只覺手邊按到一樣異物，拿起一看竟是一張紙，金秀玉大驚失色。「別看！」伸手便去抓。

李承之原本不覺奇怪，一見妻子這般反應，反而勾起了他的興趣。他雙手一環，便將金秀玉抱在懷裡。

金秀玉雖然懷孕，尚未很顯懷，身子依然嬌小，李承之一隻手臂便將她扣住，另一隻手將那張紙舉得高高的，借著燭光凝神看去，他先是愕然，繼而大笑起來。

原來那紙上竟是唯妙唯肖的一個豬頭，也不知用的什麼筆法，明明是胡亂塗鴉，但那摺下來的豬耳朵、大大的朝天豬鼻孔都十分生動，憨態可掬。

最為奇妙的是，旁邊歪歪扭扭寫了一行字：李承之是大豬頭。

李承之越笑越樂，金秀玉卻滿臉臊紅，一把搶了那張紙，幾下揉成一團，遠遠扔在床腳下，她回頭瞪著李承之道：「笑！還笑！」

李承之一面笑一面說道：「我道妳平日裡為何總叫真兒記帳，原來竟是一手醜字不能見人，不過畫畫兒的天分倒是有幾分，那豬頭唯妙唯肖、栩栩如生呢。」

這分明就是取笑！

金秀玉氣得一拳捶在他胸口，卻被李承之順勢往懷中一拉，她整個人跌了過去，被他一把抱在懷裡。

李承之就勢往床上一倒，金秀玉便壓在他的胸膛之上。

她身量嬌小，又無幾分重量，於李承之來說，輕若無物。他只覺今日的小妻子比往日都要可愛，那豬頭雖是對他不滿的宣洩，卻顯現她並未真的生氣，女子這樣的小任性倒也叫人十分受用，有時候也不過是閨房樂趣，反而能夠增進感情。

李承之捏了捏金秀玉的鼻子道：「豆兒，妳實在是上天賜予我的寶貝。」說完便啄了一下她的鼻子，金秀玉猶自閃躲；他又啄了她的臉蛋與嘴唇，她越是躲，他越是啄得緊。

這般溫存，就是天大的氣兒也消了，不多時，閨房之中便是一片旖旎。

李婉婷回來的第二天，就真的進入了年關。

淮安城中大大小小的商鋪都開始暫停營業，盤帳、給夥計發工錢和年尾紅包，蠟燭紙馬鞭炮等物的生意越發地好起來。

往年每逢過年過節，都是金家忙碌的時候，每日忙著做許多的蠟燭，好趁著年節時期大大賺一筆。

今年金秀玉自然是在夫家過年，但也特特叫春雲回了一趟娘家，送了一匣子銀錁子，又有各色藥材和糕點，並提前跟金家二老說好，正月初二帶姑爺回娘家探親拜年。

李府上上下下瀰漫著過年的氣氛，院子都掃了，花樹盆景都拾掇了，柱子門廊都擦了，該修補的牆角等處也都修補了，裡裡外外各個院子都掛上了紅燈籠，燈籠上寫著金燦燦的字，有的是「福」，有的是「春」，又有的寫了「吉祥如意」、「招財進寶」等詞兒，總歸都是吉祥話。

金秀玉這些天同真兒、青玉一起，正忙著給李府上下人等算月錢。按著李府每年的傳統，年尾這一個月是發雙倍月錢的，另外又有一份紅包，依照慣例，也能有一個月的月錢，到年三十那天，眾婢僕給主家拜早年時，拿紅包發下去。領完紅包，家生子自然是在李府過年，其餘的則各自回家同家人團聚。

李府人口眾多又各有等級，金秀玉如今是精神不濟，虧得有青玉幫著真兒，才趕在發月錢之前給算清楚了，並用紅紙一份一份包好，鎖在箱子裡備用。

也就是李家、淮安首富才能有這樣的手筆，李家下人的月錢福利，從來都是全淮安高門大宅中最優厚的。

到了年三十這一天，一大早大廚房就開始熬湯、灌米腸。

原本大廚房的管事娘子是來順家的，但是由於來順的緣故，牽連了她，被發配到外頭莊子上去了。如今大廚房的管事娘子是個年輕的媳婦，長生家的。

廚房內忙成一團，先是灌了米腸下鍋煮，然後開始籌備午飯。因三十日的晚飯才是正經年夜飯，總要很早開始吃、很晚才結束，大魚大肉那是一定要有的，這才顯著年年有餘，因此中飯便做得清淡一些。

下午，金秀玉便在老太太的屋子裡，娘兒倆商量著年後給各家的年禮。

淮安的風俗，年禮都是拜年之日所送，按照李氏家族的傳統，正月初三開始拜年，初三日是各房向大房拜年，初四是二房，初五是三房，初六是四房，各家都要輪流作東招待拜年的客人。如此這般流水下去，又有各個旁支的親戚們，因著每每拜年便是一整天，中飯晚飯都在東家吃，元宵之前幾乎是不用在家裡開伙了。

如此初四開始便要送禮，然而初一雖是閒日子，大家都不做活，卻要祭祖；初二金秀玉帶姑爺李承之回娘家探親拜年；初三作東招待各房來拜年的賓客；初四便開始外出拜年。也就是說，正月裡頭沒一天得空，這年禮必須得年前就定下來方可。

好在金秀玉得了老太太的指示，早早就將年禮都買好備下了，今兒只不過是拿了禮單子同老太太核對一遍，看有無親戚遺漏。

禮單拿在真兒手裡，金秀玉和老太太坐在鋪得厚實綿軟的軟榻上，嗑著瓜子兒喝著茶，聽著她報禮單。

屋子裡頭生著火盆，暖烘烘的，一點兒也不冷，娘兒倆聽著真兒報，哪一房、金銀若干、布疋若干、藥材若干、乾果若干，又有親厚的有各項奇珍異寶若干，等等等等，不一而足。

青玉、秀秀、春雲，包括花兒這些個人，到了年三十這天也都閒著，並沒有活計要做，也各人抓了一把瓜子兒在手上嗑著，腳下都是一片瓜子殼。

幸虧這屋子裡並未鋪毯子，橫豎有小丫頭勤快地收拾，因此人人都是一派悠閒，嘴裡講的無非是昨兒發的新襖子是如何如何的料子、如何如何的款式，也就是咱們李家，才有這樣大的手筆，換了旁的，做丫頭奴才的哪裡能穿上這麼好的衣裳？

說完了衣裳，又講前兒發的月錢已經到手，今兒還得發一次紅包，到了正月裡頭，丫頭們也都有放假，到時候結伴去買胭脂水粉、花鈿首飾，正說得樂呵，外頭有小丫頭來報，說是大少爺轉述，到了李府眾下人給主子拜早年的時辰了，請老太太和大少奶奶移步到前廳。

眾人頓時忙碌起來，拿手爐的、抱披風的、取帽子的，等等一通亂，收拾得齊齊整整，這才出了長壽園。

到了前廳，果然已經是烏壓壓一片人頭。

李承之正坐在上首，李越之和李婉婷兩人兩張小臉紅撲撲的，一人手裡抱了一個細長的匣子，像是得了什麼寶貝，興奮得不行。

一群丫鬟們簇擁著老太太和金秀玉走進廳裡，早有下人準備好了鋪了厚實墊子的桌椅伺候她們二人坐了，並立刻奉上熱茶糕點。

真兒那邊，早叫人抬來了裝紅包的箱子，足足有五個箱子，裝的可都是真金白銀、分量足足的，丫鬟們身嬌體弱可抱不住，都在地上一溜兒排著。

外頭等著進廳拜年的下人們都瞧見了那幾只箱子，蓋子開著，紅彤彤的一封封紅包，一年做到頭就這麼點子指望，人人都眼睛發亮呢。

老太太瞧著李婉婷和李越之二人將懷裡的匣子抱得緊緊的，便問道：「是什麼樣的好東西？」

李婉婷笑道：「是哥哥叫人從南邊給運來的，市面上都買不著呢！」

她抱著匣子走到老太太跟前，打開來給她一瞧，原來裡頭是滿滿一匣子煙花棒。這種煙花做工十分精緻，點燃之後能發出紅綠黃紫等不同的煙花，比起市面上的普通煙花棒，一個是色彩絢爛，一個是燃燒時間長，一個是做工細緻，不會傷到人。

金秀玉笑著摸了摸李婉婷的頭。「姑娘家家的，不愛些花兒粉兒，盡喜歡這些男孩子玩意兒，真是瘋丫頭。」

這樣的話李婉婷已經聽得太多，猶如過眼雲煙一般，沒有絲毫的觸動，她聳了聳鼻子，抱著匣子蹦蹦跳跳回到李越之身邊，兩個人開始商量什麼時候放煙花、該跟誰一起玩。

李承之喝了一口茶，放下茶杯，說了聲：「開始吧。」

便由大管事唱名，先從男丁開始，先管事一級，後按照職位高低依次往下，每撥十人或二十人不等，進了廳裡，先給主子們齊齊磕一個頭，說一句吉祥話，起身後到真兒那邊每人領一個紅包。各人領各人的等級，都有例可循。

男丁結束，就輪到女眷，也是從管事娘子一級開始，依次往下。一撥一撥又一撥，等到所有下人都拜完，也整整花了一個半時辰呢。

李承之身為家主自然要說一些場面話，先是表揚了一番眾人今年的勤奮與盡職，然後又勉勵來年應更加努力，最後說了一句大家新春大吉的吉祥話兒，在眾人的轟然喝彩中，結束了這場盛大的拜早年活動。

前廳太大，過於空曠，即使燒了火盆也不像長壽園那般熱乎，因此金秀玉提議，晚飯還是擺在花廳裡，四面窗戶一關，燒上火盆，廳裡便暖意襲人，十分地舒服。

冬天的天黑得早，下人拜完早年沒多會兒，天就有些暗了，府裡頭走廊下的紅燈籠都點上了，頓時映得各處紅紅火火、熱熱鬧鬧、喜氣洋洋，老太太領著李承之、金秀玉、李越之和李婉婷先去拜了灶神。

花廳裡頭，屋子已經十分暖和，大夥兒都脫了大毛衣服。因著今兒個是要守歲的，乾守當然不成，丫鬟們早已經準備好了各色花令、酒令、馬吊等物。

李家的年夜飯向來熱鬧，花廳裡席開三桌，李家五口，加上林嬤嬤和張嬤嬤作陪，坐了一桌；青玉、秀秀、真兒、春雲、銀盤、銀碗，加上一個花兒，還有一個鳳來，又是一桌；另外還有一桌流水上菜，小丫頭們輪番用的，今日不拘著她們，除開要伺候好主子們用飯，隨她們什麼時候吃都成。

吃飯行酒令，飯後打馬吊，又有擊鼓傳花等遊戲，並猜謎說笑話等調劑，這守歲守得又是熱鬧又是歡樂。

金秀玉因懷孕的緣故，已經覺得有些累，然而瞧著這滿滿當當一屋子人，到處衣影鬢香、燭光熠熠，酒香果香糕點香，人人歡聲笑語，她只覺心裡頭一片溫暖和樂。

等到夜宵餃子和米腸上桌，玩得高興的眾人肚子餓了，正好見到這般美味，都歡呼起來。

只是這滿屋飄香的時候，金秀玉卻早已經倚在丈夫李承之的懷裡，甜甜睡過去了。

第三十一章　正月啊正月

正月初一穿新衣，城裡面到處都是紅彤彤的，鞭炮的硝煙味瀰漫在各個角落，渲染出濃烈的過節氣氛。

李家早上祭祖，下午老太太帶著金秀玉、李婉婷等一幫人打馬吊、吃喝玩樂。

李承之帶了弟弟李越之去一品樓參加李家商行所有掌櫃的團拜年茶。這也是李家的正月習俗，家主跟商行所有掌櫃們團拜，大夥兒不談生意，只閒話家常，也是珍重東家與掌櫃感情的意思。

因事先早已商定，過了年，李越之和李婉婷便搬出長壽園，自己單獨領了院子居住。另，年後過了正月十五，商行開門做生意，李越之便要擇一處，從做小夥計開始。因此，李承之早早帶他來參加團拜年茶，也是希望通過跟各個掌櫃的相處，擇一個最適合他的生意。

李府花園之中，金秀玉剛胡了一把，李婉婷蹦蹦跳跳進來，伸手就想吃紅，笑嘻嘻道：「嫂子贏了錢，給我幾個買糖葫蘆吃。」

沒多會兒，她和銀碗抱了一大包糖葫蘆回來，凡是在場的丫頭們，一人一串分過去，金秀玉和老太太自然也不能落下。

金秀玉手上分到的是串山楂，李婉婷笑著道：「我聽真兒說，嫂子自從懷了小姪子，就愛吃酸的，特意挑了山楂的給妳呢！」

一句話真是讓金秀玉疼到心尖子了，抬手就在她臉上擰了一把，笑道：「妳個鬼靈精，倒也有懂事的時候。」

正巧李越之從門外進來，見到人人都一串糖葫蘆，個個嘴角沾著紅色的糖衣，一眼就看見李婉婷手上的油紙包裡還有幾根，兩步上前，抓了兩根在手上，張嘴便咬下一顆果子。

那一串也是山楂的，卻是李婉婷特意留給自己的，立時急得跺腳。

金秀玉問道：「阿平不是跟你哥哥去吃年茶了，怎麼就你一人回來，你哥哥呢？」

李越之又咬了一顆果子放在嘴裡嚼，酸酸甜甜果然好滋味，然後才回答道：「年茶是吃了，只是哥哥半路得了信兒，去了長寧王府，叫我自個兒先回來。」

提到長寧王府，金秀玉才想起一件事，忙問真兒道：「王府那邊的年禮可送了？」

真兒笑道：「一大早就送了，少奶奶放心。」

金秀玉點點頭。給長寧王府的年禮還是李承之提醒的，李家如今與長寧王府交好，李承之又是跟著長寧王支持三皇子的，論理是該給王府送年禮。

這會子還不到飯點，李越之一回來，李婉婷就有樂子了，兄妹兩個一起作耍，樂樂呵呵到了晚飯時分，才見李承之回來。

他臉色表面看著倒是沒什麼不同，一家人吃了團圓飯，因金秀玉明兒要回娘家，因此早早便回明志院來安置了。

及至這時候，金秀玉才問起李承之來。

「我瞧你神色有些凝重，可是長寧王府那邊出了事兒？」

李承之點頭道：「長寧王今兒啟程回京了。」

金秀玉吃驚道：「今兒是大年初一，怎麼這個時候回京？難道是……」

李承之撫摸了一下她的頭髮，點點頭。

是啊，怎麼能猜不到呢？有什麼事兒能夠讓長寧王正月初一就出門趕路，自然是有關君位之事。不過國家大事，對於升斗小民來說就像天上的浮雲，看得見摸不著，與自己無干，只有每日的柴米油鹽，才是真正讓他們操心的事情。

長寧王倉促上京的事情，對李承之和金秀玉來說也如同浮雲一般，高不可攀，私底下猜測也罷了，卻不影響他們照常過日子。

正月初二回娘家，是淮安當地出嫁女兒回家探親拜年的傳統習俗。一大早，李府便套馬車、抬年禮，李承之帶著金秀玉去金家拜年。

李家三輛馬車、幾十個婢僕招搖過市，引得街上那些三姑六婆又開始議論紛紛，再嘆一次金家二老真是好福氣，女兒嫁了這麼個闊氣的姑爺，連初二回娘家拜年的年禮都這樣豐厚，要裝一大車呢。

豆腐坊金玉巷，金家二老早得了信兒，大清早的，兩人就早早起了床，一個出門買菜，一個收拾裡屋外院。自從金沐生上京去，金家只剩夫妻兩個，著實有些孤單，今日女兒和姑爺來拜年，兩人都開心要熱鬧一天。

金林氏正在廚下收拾魚，聽得外頭車馬轔轔，忙叫道：「他爹，是不是女兒、姑爺到了？」

金老六在外頭應了一聲，她立刻丟下刀子，撩起圍裙一擦手，三步併作兩步趕出門外。只見三輛馬車一字排開，婢僕們正忙著下年禮，金秀玉和李承之正好躬著身子下馬車。

「娘。」

「岳母。」

小夫妻兩個齊聲一喚，金林氏的臉頓時跟春風拂過大地一般，瞬間就開了花兒，一把拉住女兒的手，看了看她的肚子，笑道：「三個月了是吧？」

金秀玉點頭應是。

「胃口可好了一些？如今可吃得下飯？可還有孕吐、頭暈……」金林氏挽著她的手，絮絮叨叨問著，母女兩個相攜走進院去。

李承之回頭見眾人已經將年禮搬下來，正一樣一樣往裡抬，他進了院子，見金秀玉正給金老六福身，忙也趕上兩步，尊了聲「岳父」。

四人分賓主落坐，左右斟茶倒水的事情都有真兒、春雲等人效勞，不用金老六和金林氏這兩個主人操心，四人便只管閒話家常。

金老六知道年前李承之曾跟著長寧王賑災，便問起城外如今情形如何，翁婿兩個很是有些悲天憫人的心腸，一面感嘆城外災民過不得好年，一面又談起過了元宵，災民該分到糧食種子，天暖了就好下種。金林氏跟金秀玉兩個女人家，說的自然是些宅院裡頭雞毛蒜皮的小事。

「我聽說，那個柳姑娘叫妳給趕出門去了？」金林氏壓著聲音，神神秘秘地問了一句，金秀玉不由皺起眉頭來。

「她是犯了事兒，受了家規處置，送到家廟裡頭清修去了，怎的說是我趕走了她？」

金林氏指了指門外道：「還不是那些個舌頭長瘡的婆娘們亂傳，說是李家大少奶奶肚量狹小，見不得小妾受寵，使了法子將她趕出門去了，好大一個妒名。」

金秀玉有些惱怒，埋怨道：「嘴長在人家臉上，咱們管不著，娘怎麼也信了她們？」

金林氏忙正色道：「我哪裡能信，妳是我肚子裡掉出來的，怎麼個秉性我能不清楚？只不過……」

她回頭看了一眼李承之，見他跟金老六正說得高興，料不曾注意這邊，便捏緊了嗓子說道：「妳如今正是要緊的時候，不可行房，姑爺他就沒生出旁的心思？」

金秀玉頓時臊紅了臉，深覺母親粗魯，皺眉道：「娘，妳怎麼說話還是這個樣子！」

「什麼樣子？我幾十歲的人了，話粗理不粗，那些個大戶人家不都是這般？做妻子的懷了身子，要想著丈夫沒個人貼心，還得納個姨娘，你們府裡又是怎麼說？老太太可有發話？是從外頭納一個，還是在丫頭中間提拔？」

金秀玉頓時將臉一冷，說道：「娘，妳就那麼盼著妳女婿納妾嗎？」

這句話聲音有些大了，金老六和李承之都聽見，不由停下了談話，望著這邊。

金林氏臉上頓時有些下不來，訕訕笑道：「怎麼會呢，我不都是為妳好？」

她嘿嘿笑著，胡亂搪塞，金秀玉也不戳破她，只從袖筒裡拿出一封信，對爹道：「今兒早上就聽到喜鵲叫，我原以為是什麼喜事，原來竟是沐生的家信到了。」

金老六和金林氏頓時都是一喜。

好幾遍。

春雲拿了信封，遞到金老六手裡，他忙不迭地拆開，信紙只有薄薄一張，金老六卻反覆看了

話其實也沒幾句，沐生無非就是將京裡過年前的景象說了一通，又說自個兒在將軍府一切安好，爾盛將軍和他師父爾辰東都對他極好的，請爹娘放心，等著他建功立業之後衣錦還鄉云云。

金老六哼了一聲道：「屁大的孩子，等你建功立業，那得到猴年馬月！」

說罷，將信紙拍在了桌上，金林氏一把搶過來，拿在手裡看了半天，一個字兒也不認得，便急問道：「沐生在信裡都說的什麼？」

金老六擺擺手道：「沒什麼事兒，報平安罷了，叫豆兒唸給妳聽。」

金林氏忙將信紙放到金秀玉手裡，於是金秀玉便將信上所述唸了一遍給她聽。她這才心滿意足，將信紙仔細地摺好放回信封裡，珍而重之地塞進袖筒裡。

吃過了午飯，小夫妻兩個跟著金老六去走訪了幾家遠親近鄰，都是平常百姓家，見了他們送的年禮，個個都受寵若驚，連讚金老六有福氣。

另一頭，金林氏正帶著春雲和真兒清點這回的年禮，一面點，一面那嘴就快咧到耳根了。

走訪親戚完畢，李承之和金秀玉也就動身回府了。

李家一行人由東市回西市，到了碧玉巷，馬車進府，就在二門外停下。

李承之下了車，見二門外另停了一輛馬車，小廝正要牽去安置。他瞧著那馬車眼熟，便問道：「可是長寧王府的小世子來了？」

下人應了是。

金秀玉吃驚道：「不是說長寧王回京了，怎麼小世子還在？」

李承之道，原來長寧王回京是倉促之舉，並沒有帶小世子同行。金秀玉暗想，這或者也是長寧王預料到京城將有一場大變，不想讓小世子經歷風險。

小夫妻兩個進了二門，一路到了花園裡，還沒進月洞門，就已經聽到絲弦管竹、女腔悠揚，咿咿呀呀，好不熱鬧。進了園子，果然見水榭上門窗敞亮，老太太領著李越之和李婉婷，還有小世子楊麒君，並其他眾多的僕婦丫鬟小廝，正一面吃著茶點一面聽戲，很是愜意。

李承之和金秀玉進了水榭，給老太太請安，又見過小世子。

老太太便笑道：「長寧王回了京，小世子一人過年實在淒冷了些，今兒正巧過來，我便作了主，讓他暫住咱們家，一道過正月吧。」

金秀玉頓時暗自憂慮，楊麒君這一來，又不知要跟李婉婷鬧出什麼么蛾子來了。

正月初三，眾親戚上門拜年的日子，金秀玉和李承之一大早便起來梳洗穿戴。

要說男子就是便捷，李承之穿了一身紫色袍子，翻著鹿皮的袖口和領口，繫了一條寬寬的鹿皮腰帶，腳下是同色的鹿皮靴子，頭髮用紫色的髮帶攏了，很是英姿颯爽。加上他那雙狹長的桃花眼，按金秀玉的話來說，端的是多情風流好模樣兒。

金秀玉穿好了裡衣裡褲，外頭繫了一條桃紅色的襦裙，打了金色的腰封，披了鵝黃色桃紅鑲邊的袍子，極為華貴。

春雲正替她梳著頭，門外一個人影撲進來，高喊著：「嫂子！」

不用回頭，幾人都知道這來的是三小姐李婉婷。

金秀玉也不回頭，就著鏡子裡的倒影對她說道：「原以為妳從莊子上回來能穩重些，怎麼沒幾天就恢復了這毛躁的模樣兒？」

李婉婷輕輕咳了一聲，清了清嗓子，斂裾一福，細聲細氣道：「嫂子安。妹妹這禮行得可端莊？」

別說金秀玉，連著真兒和春雲也忍俊不禁起來。

「起來罷，瞧妳那矯揉造作的樣兒！」金秀玉回頭拉了她的手，一指頭點在她額頭上，嗔道：「我瞧著妳今年身量也拔高了，經了那兩位王府嬤嬤的調教，也能做出個賢淑莊重的樣子，倒像個及笄了的小姐，看來是好找人家了。」

李婉婷噘了噘嘴道：「嫂子就打趣我吧。」

金秀玉正色道：「怎麼是打趣呢，妳瞧，衡園不是住了一位？」

「嫂子！」李婉婷立時急得跺腳，衡園住的可是她的冤家對頭楊麒君。

真兒忙道：「阿喜才十一歲呢，少奶奶這心思動得可早了些。」

金秀玉只是搖頭，暗嘆真是早嗎？若是早了，她弟弟為何去了京城？若是早了，小世子楊麒君又為何來了李府？

青梅竹馬，兩小無猜。若是當真無猜，何來青梅竹馬？

「嫂子，妳說，他做什麼要住到咱們家來？」李婉婷拿嘴巴衝西邊努著。西邊，自然就是衡園的方向。

金秀玉刮了一下她的鼻子，促狹道：「還不是為了妳？」

李婉婷聳了聳鼻子，哼了一聲道：「我就知道，他總愛與我作對，這回竟直接住進家裡來了。」

金秀玉輕輕撫了一下她的頭髮道：「妳也不好抱怨，長寧王回了京，這邊府裡只剩下小世子一人，雖說是皇親國戚，卻無半個親人在身邊；正因著身分尊貴，越發無人敢接近。妳哥哥同長寧王交好，咱們家跟王府也算是親近的朋友，怎好看他一個人孤零零過年？如今他住在咱們府裡頭，妳和阿平與他年紀相仿，正應該好好親近才是。」

李婉婷抬高了下巴，撇嘴道：「誰要同他親近！」

正說著，李承之走了進來。「怎的一大早就過來了？」

李婉婷笑咪咪地，端端正正給他福了一福，道：「哥哥安。妹妹惦記著嫂子肚裡的小姪子，故而一早便過來探望。」

李承之大手揉了一把她的頭髮，她忙扶住了自個兒的髮髻，道：「哥哥輕手，張嬤嬤好容易才給我梳的呢。」

金秀玉多瞧了一眼，果然她今日的髮髻梳得極為精巧，還簪了一朵珍珠串的花兒，並排簪了一朵粉色的絨花，十分俏麗。

「算著時辰，親戚們大約一會兒便要來了，咱們出去吧。」

金秀玉應了，小夫妻兩個帶了李婉婷和一幫子丫鬟僕婦，浩浩蕩蕩去了前廳，不大一會兒，老太太和李越之也過來了。

李婉婷蹦跳著走到李越之跟前，當著他的面轉了一圈，兩隻眼睛張得大大的，期待地問道：「阿平，我今日好看嗎？」

李越之很是有些囧，對他這個年紀的男孩子來說，哪裡分得出別人裝扮得好看不好看？在他看來，阿喜每天都是這個模樣，今天也沒有什麼特別的。

李婉婷見他半天不吭聲，料得他這樣的人看不懂她在自己身上花的心思，只撇撇嘴，道：「你方才去哪裡了，我怎麼找不到你？」

李越之背著手，老神在在道：「方才去衡園，同小世子手談一局。」

他搖頭晃腦，李婉婷卻有些發愣，眾人不由都捂嘴笑起來。真兒悄悄在李婉婷耳邊說道：「他同小世子下圍棋去了。」

李婉婷恍然大悟，啐了他一口道：「下棋便下棋，裝腔作勢幹什麼！」

金秀玉瞧著他們兩個著實有趣，一個開始裝淑女，一個開始裝才子，莫非真箇是年紀大心也大了？正想著，感到衣袖底下的手被人捏了一下，回頭看，正是丈夫李承之。他眼中正透出一絲古怪的神色，彷彿在警告她不要胡思亂想。

「回老太太、大少爺、大少奶奶，二房晃大爺、賢二爺、蓉三爺，攜若小姐、七少爺和七少奶奶，及其餘一併女眷來了。」

金秀玉忙說了一聲：「快請來前廳用茶。」

下人應命去了，不多時，便見二房一大群人浩浩蕩蕩而來。

兩房人依著長幼之序，互相拜了年行了禮，便分賓主落坐奉茶。從這會兒開始，陸陸續續，三房的誠大爺和慎哥兒，及一併女眷；還有四房的上官老太太、鐸大奶奶柳氏，以及李勳；另外還有其餘旁支親戚，都陸陸續續到了。

拜年禮畢，不過飲茶閒話罷了，正月日子裡頭，大家說的都是吉祥事吉祥話，金秀玉的肚子少不得成了重要的話題。

人人都說這一胎生下來必是個大胖小子，金秀玉自個兒倒不打緊，但也知道這個時代生男比生女矜貴得多，也是極為受用的。

偏生鐸大奶奶就愛給她找不痛快，懶洋洋便開了口道：「我瞧著，承哥兒媳婦這肚子圓得很，只怕是個女胎呢。」

金秀玉真是忍不住想翻個白眼給她瞧。她這肚子才三個月，還平著呢，不過突起那麼一點點，哪裡瞧得出是圓的還是尖的。

正說著，大廚房來人，說是家宴已經準備妥當，請主子和各位親朋入席。

正經席面有三桌，老少爺兒們一桌，太太奶奶們一桌，姨娘們今日是客，不用伺候，也坐了一桌。

金秀玉挨著老太太坐，旁邊就是方純思，偏生對面坐的是同她最不對盤的鐸大奶奶。

席間自然是吃不完的山珍海味，說不盡的美味佳餚，爺兒們一桌觥籌交錯，十分地熱鬧，太太奶奶們這邊廂也不冷清，女人吃飯什麼最多？話多！

方純思這會兒正望著金秀玉的肚子道：「嫂子實在是好福氣，老太太原本已對妳十分地疼愛，若能一舉得男，她必定更加歡喜。」

金秀玉從來沒覺得自己懷孕有什麼值得驕傲的，不過這會子方純思說，她才想起來，這位妯娌似乎是進門一年多了，還沒懷上過孩子。

她拉了方純思的手道：「妳羨慕我做什麼，你們夫妻兩個這樣年輕，將來還不是三年抱兩？」

方純思只是笑了笑。

金秀玉想起她跟李壽兩個都是李家商行的管事，一個管著繡坊，一個管著一品樓和天會樓，只怕忙也是其中一個原因。

「我雖說有了身子，自個兒人也年輕著，沒經過多少事兒，只是咱們兩個好，我才同妳說一說，妳跟壽哥兒，於生意上別太操勞了，仔細身子要緊。」她幾乎是咬著方純思的耳朵說的。

方純思當然知道她說的是什麼意思，不由微微紅了臉。這一點子微妙的變化，就叫對面的鐸大奶奶給抓著了，懶洋洋問道：「承哥兒媳婦和壽哥兒媳婦說什麼悄悄話呢？瞧瞧臉都紅了，若是個樂子，不妨也講出來我們大家夥兒同樂。」

一句話引得桌上各女眷都看著她們倆，金秀玉笑道：「壽哥兒媳婦瞧著我頭上的梅花金鈿好看，問是哪裡打的呢！」

眾女眷頓時興趣缺缺，鐸大奶奶看了她頭上的梅花金鈿一眼，道：「這金鈿雖好，也不過尋常之物，壽哥兒媳婦可是繡坊的大掌櫃，什麼好東西沒見過，這支金鈿只怕還入不了她的法眼。依我猜啊，只怕是壽哥兒媳婦正向承哥兒媳婦討什麼東西呢！」

便有人問道：「什麼好東西值當她這麼討？」

鐸大奶奶拿帕子一掩嘴，笑道：「自然是討承哥兒媳婦的喜氣，好替二房開枝散葉啊。」大夥兒都笑起來，方純思的臉色頓時便有些不好看起來。

李家二房雖有晃、賢、蓉三位爺，細數下來，卻是人丁單薄，只有李壽這麼一根苗，方純思身上也就擔負著傳宗接代的重任。她進門一年多還沒懷上孩子，家中婆婆女眷們已經略有微詞，不過因為她管著繡坊，才能出眾，又人人敬佩，才沒有多說什麼。但人人都知道，這事兒乃是她的一個心病，如今鐸大奶奶這話，豈不是當眾打她的臉？

鐸大奶奶是個什麼德行，別人不清楚，上官老太太還能不清楚？

她們婆媳倆都沒了男人，相依為命也這麼多年了，鐸大奶奶柳氏本來就是殺豬女出身，沒個大家風範，就算嫁進李家這麼多年，也沒沾染一星半點的人上人氣質。上官老太太是正經小姐出身，本來也想好生調教這個媳婦，只是老爺沒了，兒子李鐸又沒了，婆媳兩個都是寡婦，還做個賢良淑德的樣子給誰看呢？倒不如過一日開心一日罷了。

因此，鐸大奶奶在四房過得那叫一個舒坦，說話行事從來也沒個顧忌，也就養成了這麼一張臭嘴，和不會看人眼色的一雙狗眼。

若是旁人倒也罷了，只是方純思可不一樣。別人的女眷都是大門不出二門不邁的，李氏一族裡頭，也就方純思這一個內眷是可以拋頭露面的管事人，而且還是正兒八經李家繡坊的管事人。李家四房每季都能享受到繡坊的供奉，若是得罪了方純思，回頭給自家的供奉上缺斤少兩的，豈不是自找苦吃？

又況且，方純思的丈夫就是李壽，商行裡頭號稱七爺呢，若真箇論起輩分來，已經是踰矩，不過爺兒們都不說，也就沒人糾正，可見李壽是多麼受器重。他打理著李家的一品樓和天會樓，四房這邊，上官老太太和鐸大奶奶、李勳，每年得打多少秋風，李壽都睜一隻眼閉一隻眼算了，若是這回將他媳婦給得罪了，回頭拿一疊帳單上門來要債，那可丟人丟到姥姥家了。

因此鐸大奶奶剛說了一句話，上官老太太就咳嗽了一聲，狠狠地瞪了她一眼。

方純思原本臉色已經拉了下來，連帶著金秀玉也不高興。只是她們身為晚輩，不好跟長輩頂撞，何況看上官老太太的眼色，已經在警告鐸大奶奶。

正月裡頭，大過年的，她們也不願生事，便將這口氣生生忍了。可惜鐸大奶奶可不懂見好就收的道理，婆婆的眼色是看到了，她只當是不好拿方純思打趣，便將心思又轉到了金秀玉上頭。

對於金秀玉，她可是怨念不少。

她姪女兒柳弱雲可是正正經經大家閨秀，給李承之做侍妾，原本已經夠丟分兒的，好不容易挨到正房進了門，按理說該給扶一扶，不說偏房，姨娘的名分也該有吧。她金秀玉倒好，進了門，什麼話也沒說，柳弱雲依舊那麼不尷不尬地待著。

後來又給了她一點子協理管家的權力，還沒等過足癮呢，就給一句話打發到家廟裡頭清修灑掃去了。這麼冷的天，一面唸經一面掃地，還不能跟人說話，那可是個嬌滴滴的年輕媳婦兒呢，這不是作踐是什麼？

因此，鐸大奶奶對金秀玉便十分地不滿，少不得要找她的麻煩了。

「承哥兒媳婦如今三個月了，這頭一胎，行事可得萬分小心，如今怕是伺候不了承哥兒了吧，也該給他另外納一位屋裡人才是。」她掃了金秀玉身後的真兒和春雲一眼，嘴裡說道：

「喏，我瞧著真兒就不錯，眉清目秀的，再不然，春雲也不錯，腰細臀寬，是個好生養的。」

金秀玉登時臉色難看起來，別說她，真兒和春雲也十分地不悅。她們倆忠心耿耿，從來沒有起過什麼小心思，也沒想著做人妾室，通房就更不可能了。鐸大奶奶這麼說，既讓金秀玉不舒服，也作踐了她們倆。

老太太「啪」一聲，把筷子拍在桌上，眼睛斜睨著上官老太太道：「四弟妹，管管妳媳婦兒那張嘴，別口沒遮攔的，不像話！」

旁邊其他女眷都默默地看著，眼睛一個比一個瞪得大，都看著熱鬧呢。

上官老太太也不高興了，既嫌媳婦兒給她丟人，又恨老太太落她面子。

「媳婦兒，人家的事情，妳指手畫腳做什麼！知道的說妳好心，不知道的說妳狗拿耗子多管閒事，還不快收聲？」

鐸大奶奶裝模作樣應了一聲，不說話了。

金秀玉暗想，哪有這麼便宜的事，妳給我們找了個不痛快，妳倒清閒了？她心裡暗暗打好主意，開口道：「鐸大奶奶的好意，豆兒心領了。我前兒聽說，勳哥兒去貨棧當了差，不知差事做得如何？」

鐸大奶奶心裡立馬咯噔了一下，又聽金秀玉繼續說道：「貨棧的那些個管事夥計都是商行的老人了，指不定養出了一些壞脾氣，勳哥兒是初當差，若是有人欺他年輕、不服管教的，可一定要同慎哥兒說；就是慎哥兒管不了，還有我家相公在呢，鐸大奶奶，您說是吧？」

鐸大奶奶這會兒恨不得把剛才說的話抓回來吞進肚子裡，上官老太太看她的目光也越發凌厲起來，還指望李承之給李勳換個差事呢，怎麼在這關頭得罪人家媳婦，這可怎麼說，不真是蠢到家了？

金秀玉定了她這麼一句，滿意地看到對方閉緊了嘴巴，方純思在桌子底下悄悄衝她豎了一個大拇哥。

這一頓飯，鐸大奶奶吃得渾身不自在，金秀玉倒是痛快了，胃口大開，連吃了兩碗飯，喜得老太太直說，到底是熱鬧叫人開懷。

主子們還用席的當口，花園裡頭，下人們已經忙碌開了，因老太太早就吩咐了，今兒初三要請眾親眷聽戲，昨兒四季春就已經來唱了一場堂會，也早早就同戲班子老闆說好，今兒再來一場的。

聽戲的地方，就在花園子湖邊的水榭。

水榭寬敞，今兒又是風和日麗的天氣，一點兒冷意都沒有，又清爽又通透。準備戲臺子還有供主子和親眷們作息的桌椅茶几、燒水的爐子等等，都要一一打點妥當。

前頭賓主用完了飯，照李家初三拜年的慣例，老少爺兒們這會子是要到花廳裡頭說一陣子話的，生意上的事也有，家族裡的事也有，也會說說國家大事日常民生等。一言以蔽之，就是一幫子男人聊天打屁吹牛。

爺兒們有他們的樂子，婦人們自然也有她們的消遣，聽戲就是絕佳的娛樂活動。

果然，散了席，老太太便領著一幫子太太奶奶往花園而來。

四季春是淮安最有名的戲班子，於閨閣內宅之中大大有名，各位太太奶奶都是愛聽愛看的。

不過金秀玉照例要午睡，便沒有跟著女眷們同去，而是回了明志院。

回到自己的院裡，真兒、春雲伺候著她睡了，便端了凳子坐在屋外廊下，借著一株樹影兒曬太陽，一面就搬出針線籃子來做起了繡活。

頭裡也說過了，李府之內沒一個繡活做得好的，真兒和春雲都不擅長此道。金秀玉打趣過她們二人，說是將來嫁了人，若是丈夫的衣裳破了，難道還要婆母給縫補不成？

真兒和春雲想著也是，她們不比大少奶奶，將來嫁了人，未必能夠有下人服侍，就算買得了小丫頭，也不過做些粗活，衣裳縫補還是得親自動手。最好的，還是現在就能夠操持起來。

因此，兩人近日除了照顧金秀玉之外，就在針線女紅上頭下功夫了。

正一面做著針線活，一面隨意地聊著，前頭小丫頭一路小跑過來，輕聲細語道：「真兒姊姊、春雲姊姊，勷少爺來探望大少奶奶，可要請進來？」

真兒和春雲一聽「勷少爺」三字，伸長了脖子往院門口望去，果然見李勷在門外頭站著，兩個看門的婆子正守在他面前呢。

真兒暗暗點頭，這兩個婆子倒是聰明人，知道不能隨意放李勷進來，還讓小丫頭先來稟報。她便放下了針線籃子，親自起身往門口走去。

李勷見她過來，笑咪咪道：「真兒姑娘有禮了，方才得知家母在席間與嫂嫂有些不快，特來賠罪，不知嫂嫂可否接見？」

一句話差點把真兒的牙都給酸倒了，這故作文雅不倫不類的。

她福了一福道：「不巧得很，大少奶奶正在午睡，不便見勳少爺。」

李勳略有失望，道：「不知嫂嫂何時醒轉？我可在院中稍等，若是不給嫂嫂賠罪，心中實在不安。」

真兒笑道：「豈能讓勳少爺枯等呢？不若這般，大少奶奶醒後，要去花園裡頭陪太太奶奶們聽戲，勳少爺到時候同去，豈不方便？」

這聽戲可不是李勳所好，他只是想見金秀玉罷了，原本想另外提議，不過心頭一轉，又想到了旁的主意，便順著真兒的話應了下來。

「既然如此，我就先告辭了。」

真兒笑著又是一福。「恭送勳少爺。」

李勳點點頭，仍是有些不死心地往院子裡頭望了一眼，這才轉身而去。

真兒暗暗冷哼一聲，回轉院中，少不得又同春雲有一番言辭嘲諷。

過了約三刻鐘，金秀玉午睡醒轉，兩個丫頭伺候她重新洗臉梳妝，同時便將李勳拜訪的事情說了。

金秀玉惱怒地皺起眉來，摸了摸自己的肚皮。這個李勳，實在是討厭至極，也古怪至極，從前知道他的浪蕩名聲，對自己不懷好意尚可理解，只是現在她都是有孕在身的人了，難道他對孕婦也會有意不成？

真兒和春雲替她收拾好，一行人便離了明志院，往花園而去。

花園裡頭的湖是月牙形的，水榭在月牙的那一頭，金秀玉等人進了月洞門，正在月牙湖的這一頭，被那湖邊的假山樹木一擋，與水榭是兩不相見。

「今兒的天氣倒真是不錯。」

金秀玉剛誇了一句，旁邊假山裡頭突然鑽出來一個人，劈頭就站到了她跟前。

金秀玉只覺眼前黑影一晃，下意識地往後倒退一步，被真兒和春雲伸手扶住了。

只見那人微微彎腰，一張臉卻向上抬起，兩隻眼睛滴溜溜地在她臉上打轉。

「小弟李勳，見過嫂嫂，嫂嫂別來無恙！」

第三十二章　一齣鬧劇

李勳出現得過於突然，彷彿是從地底下冒出來的，著實將金秀玉嚇了一跳。

這會兒見他眉梢上挑，故作風流姿態，不由便想起紅樓夢裡那位色膽包天，對鳳姊打起歪主意的賈瑞來。

一般的色慾，也是一般的無能。

只是那賈瑞起碼還能審時度勢，會選在僻靜處攔鳳姊的路；眼前卻是青天白日、朗朗乾坤，邊上有一堆丫鬟僕婦跟著，湖那邊還有一群太太奶奶坐著，李勳總不至於這麼傻，挑這樣的時機來調戲她這位大少奶奶吧？

「方才母親言語間衝撞了嫂嫂，勳這廂替母親給嫂嫂施禮賠罪了。」李勳說著，便一揖到底。

金秀玉瞧不出他面上的誠懇是真是偽，只是微笑道：「勳哥兒多慮了，鐸大奶奶是長輩，她教導我做媳婦的道理，我這做晚輩的只有感激，怎敢怨懟？衝撞云云，真是無端揣測了。」

「嫂嫂大度，是勳莽撞了。」李勳又是恭敬一禮，這會子倒是嚴謹端方，不見一絲異色。

春雲和真兒互相交換了一個眼神，真兒握了握金秀玉的手臂，微笑道：「老太太頭前才催了的，要少奶奶速去水榭，陪眾位太太奶奶聽戲呢。」

金秀玉點頭道：「是了。」

春雲望著李勳，疑惑道：「幾位爺和少爺們都在前頭花廳議事，勳少爺怎的沒去？」

李勳苦著臉道：「姑娘不知，每回議事，眾說紛紜，令人雲山霧罩，倒不如不聽的好。」

金秀玉立刻便搖頭道：「勳哥兒這卻想岔了，爺兒們議事，即便閒談之間，也多說的是家族生意之事，你身為貨棧管事豈可置身事外？況且，你既是不愛在貨棧當差，不妨趁此機會打聽各處生意上的情形，也好挑個稱心合意的差事，免得四老太太和鐸大奶奶再為你操心。」

她說這話完全就是以嫂子的身分在規勸，李勳聽得紅了耳根。

「嫂嫂說的是。」他竟正色受教了。

「也是我多嘴了，這便要陪太太奶奶們去聽戲，勳哥兒請了。」她衝李勳點點頭，領著丫鬟們走了。

春雲眼見著離李勳越來越遠，回頭對金秀玉道：「少奶奶，何必同這人多言？」

金秀玉瞥了她一眼，懶得說話。

真兒捂嘴暗笑，少奶奶不過是說幾句場面話罷了，春雲這個傻的，還真當少奶奶對李勳苦口婆心呢。

李勳瞧著一行人從他眼前過去，自個兒怔怔出了一會子神，終是搖搖頭。

金秀玉一行人剛進了水榭，老太太便招手道：「來，來，到奶奶這兒來坐。」

丫鬟們立刻在老太太身邊添了把椅子，又墊了棉墊子，挪了茶几，金秀玉給眾位親戚太太奶奶們問了安，由春雲和真兒扶著在椅子上坐了。

「我不是說了嗎，這還沒到走不動的時候呢，沒的這麼兩個人架著我，這會子都這樣了，若是真懷胎十月挺著個大肚子，難不成妳們預備抬著我走？」

春雲正替她整理衣角，聞言白了她一眼，道：「到了那會兒，少奶奶若是還能走得動，奴婢抬著妳也使得。」

老太太一巴掌拍在她腦門上。「口沒遮攔的丫頭，就算挺個大肚子，也照樣能走動，妳小姑娘家家的，懂的什麼。」

旁邊的太太奶奶們都拿帕子掩了嘴笑，青玉咳了一聲，壓低了聲音道：「老太太也慎言吧。」

老太太也是自在慣了的，別說家裡頭，就是在外頭，說話也沒個忌諱的。她也知道自個兒有這樣的毛病，青玉一咳嗽，自個兒就該閉嘴，自覺得很。

老太太另一邊坐的是上官老太太，上官老太太下首坐的就是鐸大奶奶。方才李勳同金秀玉在湖邊相遇，小丫頭們不知怎麼地瞧見了，鐸大奶奶也聽了底下心腹丫鬟的稟報。

她可猜不到李勳見金秀玉是為了她的失言而道歉，還以為李勳是為了換差事，想走金秀玉的門路，一面覺得兒子長進了，一面又為自家求著別人而彆扭著。

四季春的臺柱果然名不虛傳，每一個身段都端莊秀美，每一個眼神都顧盼傳情，唱腔婉轉，聲音悠揚，一字一字像珍珠一般從他喉裡滾出來。

只是金秀玉聽不懂他唱的是什麼，偷偷地問了真兒，才曉得是館娃傳。

館娃傳，說的就是西施的故事。西施離越，往吳國去做了夫差的寵姬，內心自然是悲苦淒涼的。這些聽戲的都是太太奶奶，既聽得如癡如醉，少不得便為西施痛心起來，一個、兩個的都紅了眼眶，攥了帕子，卻沒想到去擦拭。

金秀玉不耐煩這咿咿呀呀的唱法，差點兒睡著了，又覺著水榭裡頭有些悶，便招了春雲扶她出去透口氣，真兒也想跟著，金秀玉擺擺手，讓她留下了。

春雲扶著金秀玉出了水榭，沿著湖邊慢慢走著，轉過了一方假山，倒像是到了另一番天地，水榭也瞧不見了，那唱戲的聲兒也遠去了，地上點點落英，竟是一株早開的梅花，本是盛開的，不知是誰給搖落了下來。

金秀玉瞧著梅花可愛，便扶著春雲的手往那樹下的石床上坐了，隔著樹枝望出去，就是湖面，外頭的人瞧不見這裡，很有些趣意。

這邊是花園的角落，有些清冷，一陣微風拂過，略有些瑟瑟，春雲見金秀玉衣裳有些單薄，便說道：「少奶奶，奴婢替妳取件披風來。」

金秀玉點頭，讓她去了，一朵梅花落下來正掉在肩上，金秀玉用拇指和食指拈了，往下一拋，那花朵兒就落在水裡頭，飄飄蕩蕩。

身後落葉瑟瑟，金秀玉只當是春雲回來了，一面笑道：「怎麼這樣快？」一面便回過頭去。

「嫂嫂好興致。」

金秀玉頓時嚇了一跳，來的不是春雲，竟是李勳。

「怎的是你？」

李勳笑道：「本想找個清靜地方，不料竟遇見了嫂嫂。」他抬起手來，指間挑著一塊黃色帕子。「方才在地上撿了這帕子，可是嫂嫂的？」

金秀玉看了一眼，果然是自己的，竟不知何時掉落被他撿了去。

李勳遞過來道：「可見嫂嫂身邊的姑娘們都是粗心大意的，竟連主子掉了東西都不曉得，幸而是讓我撿著了，若是叫旁的粗人撿去，閨閣之物外流，豈不是壞了嫂嫂的名聲。」

金秀玉正接過那帕子，聽他這樣一說，登時拉下臉來。「勳哥兒慎言，這話從何而來！」

李勳笑道：「瞧，不過是同嫂嫂開玩笑罷了，嫂嫂竟當了真。」

這男人很不對勁，金秀玉心頭警鈴大作，下意識地便往旁邊挪了一步，不想旁邊就是石床，李勳立時張大了眼睛叫道：「嫂嫂小心！」一面便撲過來拉她。

此舉大有侵犯之意，金秀玉頓時大怒，正要喝斥，突然一個黑影從旁邊假山裡竄出，一把推在李勳背上。

李勳猝不及防大叫一聲，手舞足蹈，一頭撲進了湖裡，「撲通」一聲，濺起老大一片水花。

這一變故，看得金秀玉目瞪口呆。

李婉婷拍著手從假山底下鑽出來，嘻嘻笑道：「推得好，推得好，就要他在湖裡清醒清醒。」

金秀玉回過頭去，這才看清，推李勳下湖的正是李越之！

原來李越之和李婉婷在此玩耍，見這株梅花開得早，起了玩心要將花兒都搖個乾淨，正巧金秀玉和春雲過來，怕被嫂子責罵，便躲進了假山中。

方才李勳出現，分明就對嫂子不懷好意，李越之和李婉婷偷偷看在眼裡，想到此前嫂嫂就曾經因為他而傷了腳，如今他又敢打嫂嫂的主意，真是可氣可恨。因此趁著李勳去拉金秀玉的當兒，李越之一個飛撲便將李勳推進了湖裡。

這會子，李勳正鴨子一般拍著兩條胳膊大聲叫救命，水裡頭酷冷，才叫了兩聲，他就嘴唇發紫發僵了。

見兩個小傢伙拍手歡笑，大有彈冠相慶之意，金秀玉不由急得跺腳。「你們兩個，還笑呢！還不快叫人來救人！」

李越之和李婉婷這會兒一看才覺得事情有點大條了，李勳在水裡頭撲騰著，起起伏伏，每次一張嘴，便灌進去一大口水。

「救人啦！救人啦！」

三個人都高聲大喊起來，春雲正好抱著披風過來，眼見這邊三個人揮手大喊，水裡頭有一個正鴨子一般撲騰著。

「哪裡喊救人？」青玉從水榭裡頭走出來問道。

春雲轉頭叫起來。「是勳少爺！勳少爺落水了！」

一句話驚動了水榭裡頭的所有人，頓時戲也沒人唱了，茶也沒人吃了，太太奶奶、丫鬟僕婦們都跑了出來，紛紛喊著「在哪裡」，一面便快步往湖邊走來。

有眼尖的人看見了，立時高聲叫著「勳少爺落水了」、「快來人哪」，鐸大奶奶和上官老太太原本在後頭，聽說是勳少爺落水，立刻扒開眾人鑽出來，一見到水裡那個身影，齊齊慘叫一聲：「我的兒啊！」

李勳從水裡撈上來那會兒，已經是嘴唇發紫、面色發青，渾身上下都發抖。太太奶奶們在周圍站了一圈，金秀玉已經被真兒和春雲扶著站得遠遠的，深怕被別人撞了一下。

兩個丫頭挾著她，胳膊按得死緊，她只有伸長了脖子去看。

李越之和李婉婷是罪魁禍首，可不敢在這個時候露頭，也站得遠遠的，就在金秀玉旁邊，一樣伸長了脖子看。

老太太扶著青玉的手迭聲道：「人怎麼樣？人怎麼樣？」

鐸大奶奶這會兒正想翻個白眼給她看呢，李勳是她的心肝兒肉，平時可是一個小指都不給碰的，今兒到了這府裡，竟然差點被水淹死！

見李勳雙眼緊閉，鼻間也沒個呼吸的聲兒，上官老太太就慌了。「這，快救救他！快救救他！」

旁邊正站著個家丁，五大三粗的，方才就是他把李勳從湖裡給撈上來，這會子見人從水裡出來後一直沒呼氣兒，曉得不好，忙過來捏著李勳的下巴往旁邊一扭，畚箕一般的大手在他胸口一按。

頓時一股水柱從李勳嘴裡噴出，人就開始出氣兒了。

「噗——」

「我的兒呀……」

還沒張開眼，就聽見自個兒母親和奶奶那撕心裂肺的呼喊，李勳勉強撐開了眼皮，就見一張碩大的臉盤正拱在他眼前。

這張臉皮膚粗糙、鬍子拉雜，瞪著一雙銅鈴眼，粗聲粗氣道：「勳少爺可有不妥？」

李勳素來愛美人愛嬌顏，這般粗魯的漢子貼他這麼近，鼻間聞到的淨是對方午飯所吃的大蒜肥肉味道，臭烘烘令人作嘔。

那家丁見李勳兩眼發直，以為有不妥，立時又向他伸出手來，李勳頓時兩眼一翻，又暈了過去。

上官老太太和鐸大奶奶愣了一愣，立時又呼天搶地起來，老太太被吵得腦袋發暈，一跺腳，大喝一聲：「人還沒死呢，哭什麼！」

那婆媳兩個被嚇了一跳，立時便收了聲，只是臉上涕淚縱橫的，有丫頭趕緊遞上帕子，急急忙忙擦拭了。

由青玉指揮著，家丁們抬起了李勳，水榭裡頭不好去，除了桌椅沒別的東西，便出了花園，抬進一間暖閣裡。

青玉早已經吩咐人去請大夫，金秀玉另外又叫春雲回明志院取了李承之的衣裳來，叫家丁先替李勳換了濕衣裳。

大夫來得也快，診治得也快，李勳不過是因溺水嗆到了肺，繼而受了寒，大夫開了藥方子，吩咐照方抓藥，早晚兩次煎服。

這會子，事情都處理妥當了，前頭的爺兒們一個也沒驚動，太太奶奶們又轉回花園繼續聽戲，剩下守著李勳的，也就是上官老太太和鐸大奶奶，老太太和金秀玉也陪著。

四房這一對婆媳正抽抽搭搭抹著淚，口裡有一搭沒一搭地說著，李勳從小就是珍珠寶貝一般養著，小指頭都不敢叫他痛一下，小病都沒生過，今兒遭了這麼大罪，實在叫人痛心。

金秀玉和老太太也是嘆息，點著頭，說些勸慰的話。

鐸大奶奶剛傷痛完，立時又變了臉色恨恨道：「這麼大冷的天叫我們勳哥兒落了水，若是出個好歹，問誰償命去?!這事兒可不算完！」

她說到最後一個字時，不知是有意無意，眼神往金秀玉臉上飄了一下。

金秀玉一驚，說道：「勳哥兒落水，怕是意外吧！」

鐸大奶奶哼了一聲道：「誰說是意外？承哥兒媳婦，今兒我可得說妳一句，我們都是上門作客的，好端端一個正月日子，自個兒親戚家裡頭，勳哥兒竟也能落水，邊上一個下人不見，定是妳平時管教無方，奴才們都儂懶成性了。」

她還待往下說，老太太已經擰起了眉頭。

金秀玉又是生氣，又是委屈。她不是不知道李勳怎麼落的水，卻苦於不能說出口，這鐸大奶奶竟然倒打一耙，反而怪罪起她來了。

「我說姪媳婦，妳這話就不對了。勳哥兒那麼大個人，誰還能當他小孩子一般看著不成？這落水，自然是意外了，哪裡怪得到我孫媳婦兒頭上來！」

鐸大奶奶正要開口辯駁，上官老太太阻止了她。

「嫂子莫怪，勳哥兒是我們婆媳倆的心尖子，他母親也是心急了些，說話失了分寸，只是勳哥兒這回受驚，著實叫人後怕，若是真出了萬一，四房就這麼一根獨苗，我老婆子還有什麼臉去見列祖列宗呢……」上官老太太說著便紅了眼圈，拿帕子捂著臉嗚咽起來。

鐸大奶奶料不到婆母說話間便哭起來，正有些疑惑，大腿上被掐了一記，眼見上官老太太將手飛快地藏回袖子底下，立時明白了她這婆母的意思，也拿帕子掩面抽泣起來。

金秀玉很是糾結。

老太太皺著臉道：「哭什麼呢，這不是沒事嗎？」

上官老太太將臉藏在帕子後面，委委屈屈道：「我們勳哥兒是四房獨子，老子沒了，又無兄弟，沒個依仗，連商行裡的夥計也敢欺負他，如今好端端上門作個客，也能落水，嗚嗚……真是叫我痛心吶……」

老太太和金秀玉頓時恍然了，敢情這又哭又鬧的，還是為了差事。

為這事兒，老太太沒少頭暈，想著李勳雖然是個廢物，除了吃喝玩樂什麼也不會，好歹也是李家的少爺，隨便哪處生意上找個職位給他一插，總是能夠的。

「行啦，我回頭再跟承之說一聲，給他換個差事得了，省得整日抓心撓肝，不得安寧。」

鐸大奶奶立時一喜，虧得上官老太太及時給她打了眼色，才假意拿帕子拭去那不存在的眼淚，怯怯地一福道：「多謝老太太體恤。」

老太太見不得她這做作的模樣兒，只嗯了一聲，扭過臉去。鐸大奶奶這才去了哀戚的神色，一心看顧起兒子來。

上官老太太也同老太太道謝，說道：「又要嫂子費心了，我瞧著壽哥兒那邊事情多，人手略有不足，不如就讓我們勳哥兒給他做個幫手。」

李壽打理的是一品樓和天會樓的生意，讓李勳也去酒樓當差，不正方便他招待狐朋狗友？花天酒地還不用被人背後指點打秋風，真是划算。

老太太面上不顯，也沒說話應她。

金秀玉這會子倒氣不起來，只覺得四房一家子，著實個個都是極品。

家在城外、住得遠的親戚，下午便已經告辭離開；家住城裡頭的又吃了一頓晚宴，方才打道回府。李勳早已醒轉，四房那一家子自然也乘了馬車回去了。

人都走了，關起門來只剩一家子，老太太這才有工夫將上官老太太和鐸大奶奶婆媳倆折騰的一齣鬧劇說給李承之聽。

「不過是為了一件差事，不若你就順了她們的心罷了。」老太太著實對四房這一家人厭煩，圖省心呢。

李承之沈吟了一下，微微一笑道：「前兒不是才說要跟著出海，怎麼這回又變成去酒樓？」

老太太和金秀玉一怔，這才想起早前四房要求的是海運的差事，今兒卻變成了酒樓的，卻不知是什麼原因？

金秀玉猜測道：「怕是擔心海運凶險，四房就這麼一個男丁，四老太太和鐸大奶奶都捨不得吧。」

李承之搖頭。「若是怕凶險，怎麼頭前兒沒想到，這會子才改主意？」

他們三個大人都思考起來，李婉婷和李越之正各自端了一碗酒釀圓子，吃得不亦樂乎，這時候，一個小丫頭進來，給眾位主子行了一圈禮，最後說道：「小世子請三小姐往衡園一行。」

李婉婷嘴裡剛含了一口圓子，差點沒噎住，她好不容易吞了下去，瞪著眼睛道：「他又找我做什麼?!」

小丫頭被她嚇了一跳，不由縮了一下身子。

金秀玉認得這個小丫頭，是小世子從長寧王府帶過來的，名字叫秋瑩，過了年才九歲。也不知是從哪裡撿來的，一點不似王爺府出來的家人，瘦瘦小小、嬌嬌怯怯，她看在眼裡倒是覺得可憐可愛。

秋瑩低著頭道：「小世子……請三小姐過去下棋。」

李婉婷將碗朝桌上一放，拉著老太太的袖子，噘了嘴道：「奶奶，都怪妳，好端端的做什麼要請那楊麒君住咱們家裡，弄得我天天不得消停。」

老太太也有些後悔，她也是一時心軟，想著小世子孤單單的，接到家裡來住，也好叫他多些人陪伴，這會子李婉婷撒嬌起來，老太太便不由跟金秀玉對視了一眼。

婆媳兩個如今心意越發地相通，事實上，她們倆都抱著看熱鬧的心態，想瞧瞧阿喜同小世子兩個是怎樣一對冤家。

「去吧去吧，今兒一天咱們府裡頭熱熱鬧鬧，小世子那邊可是冷冷清清，妳跟他不是好朋友嗎，去陪陪他也是應該。」

李婉婷將手一撇，咕噥道：「誰同他是好朋友……」轉頭，見秋瑩可憐巴巴地張著眼望她，只覺得像隻討食兒的小狗，很是可憐，一時心軟，鬼使神差地道：「去就去。」

秋瑩頓時高興起來，立時做了個請的手勢。
李婉婷咳了一聲，昂首闊步走出門去，很有些壯士一去不復返的氣概。
素來都是過完元宵，才算出了正月。這將近半個月的時間裡，各家都是送往迎來探親訪友，還有忙各家各戶的喜事等人情宴，基本上除了吃喝玩樂，就沒別的事情了。
做生意的倒是過了初五就開門營業，因此李承之便漸漸開始忙起生意，有時候連去親戚家拜年都沒工夫，只能讓金秀玉做代表。
這日他又忙去了，金秀玉一個人無趣，便叫真兒去請李婉婷和李越之來，三個人一道說話閒聊，正說笑著，花兒掀了簾子進來，道：「衡園的秋瑩姑娘來了。」
「哎喲！」
花兒的話剛說完，李婉婷便呻吟了一聲，抱著腦袋滾到了金秀玉懷裡。
金秀玉驚訝地抱住了她，忙問道：「怎麼了？」
「頭疼，頭疼得厲害，哎喲喂！」
秋瑩正好掀簾進來，見了李婉婷的模樣，掩嘴笑了一下，才走上前給金秀玉行禮問安，然後說道：「小世子請三小姐過去下棋。」
「哎喲，頭疼得厲害，哪兒也去不了了……哎喲……」李婉婷一面抱著頭在金秀玉懷裡扭來扭去，一面拿眼角偷偷瞟著秋瑩，眾人都是暗笑。
秋瑩卻極為淡然，微微一笑說道：「三小姐頭疼，那奴婢去請大夫來。」

「不用，不用！」李婉婷立刻叫起來。「我這頭疼啊，是老毛病，藥石無靈了，也是時好時壞，不定什麼時候就發作，不定什麼時候就好，哎喲……」

春雲捂著嘴竊笑道：「秋瑩，妳是不知道，三小姐這頭疼確是老毛病了，一聽小世子的名字，這病就犯；一看衡園裡來人，這病也犯。妳要不信呀，往那門口走幾步，掀簾出去一站，三小姐的病包管就好了。」

滿屋子丫鬟都低了頭偷笑，李婉婷正用手抱著頭，接著胳膊遮擋，狠狠瞪了一眼春雲。秋瑩道：「三小姐還是隨奴婢往衡園去吧，小世子正等著呢。」

李婉婷裝不了病，只得愁眉苦臉地跟著她去了衡園。

衡園裡頭栽滿了梅樹，這會子正是梅花開得熱鬧的時候，千樹萬樹都是粉絨絨一片，煞是好看。只是李婉婷卻沒心思去欣賞，因為每次陪楊麒君下棋，輸得唏哩嘩啦不說，還總要被他冷嘲熱諷一番。

「琴棋書畫，琴已經不會了，書畫又是拿不出手的，連個棋還沒學成，談什麼大家閨秀？看來兩位嬤嬤的功夫都白費了呢。」

「又是一樣的落花流水，唉，果然是高手寂寞啊！」

「真是朽木不可雕也，爛泥之牆不可污也。」

「瞧瞧，又發起脾氣來了，這般的任性，將來可怎麼找婆家？老太太那麼大的年紀了，將來還得替妳操心這事兒。」

「罷了罷了，若是真箇嫁不出去，我便發發慈悲，收妳做個貼身丫鬟，養妳一輩子罷了。」

這字字句句，李婉婷想起來便牙癢癢，哼，誰要你養一輩子？哥哥在，嫂嫂在，誰養不得我？

她鼓著臉，正想著一鼓作氣，今兒就振作精神也反過來殺他個落花流水，一邁進門去，正準備吶喊一聲，眼前的情景卻讓她將話兒都噎在了喉嚨裡。

棋盤已經擺開，黑白子散落，楊麒君拈著一枚黑子，懶懶地靠在榻上，頭髮也沒綰，就那麼散著披了一肩，神色間極為落寞。

李婉婷張了張嘴，沒說話，她從來沒見過他這副模樣。

秋瑩在後面悄悄退了出去，屋內就只剩他們兩人。

每次她進門的時候，這個該死的楊麒君不是都應該穿得精精神神、精精緻緻的，歪了歪臉，用那黑白分明的眸子斜睨她一眼，冷酷地說一聲「今兒準備輸幾子」嗎？

怎麼今天這樣的……這樣的……這樣的……奇怪？

李婉婷想不出來怎麼形容，終於還是忍不住，開口道：「喂，你怎麼了？」

楊麒君目光輕輕一轉，眼神輕得好像浮雲。

「阿喜，我要走了。」

李婉婷立刻就呆住了，只覺自己的一顆心也像浮雲一樣飄了起來……

……

李婉婷已經發呆了一早上了，什麼也不做，哪裡也不去，這樣好的天氣裡，她連最喜歡的遊戲也不玩了。

銀碗看著實在不安，便去明志院稟告了大少奶奶。金秀玉聽了，就帶著真兒、春雲等一眾丫鬟來了。

進了屋子，果然見李婉婷正直著身子坐在床上，頭髮未梳，衣裳未換，擁著棉被，愣愣怔怔地，目光也不知落在哪裡。

金秀玉坐到床沿，伸手探了探她額頭的溫度，並不燙，便柔聲叫了聲：「阿喜？」

李婉婷慢慢回過頭來，輕輕應了聲：「嫂子。」

金秀玉見她眼神清明，聲音也正常，稍稍放了點心，問道：「怎麼了？可是有人惹妳不高興？」

李婉婷搖了搖頭，像是有什麼不解之惑，微微蹙眉道：「嫂子，楊麒君說他要走了。」

「是呀，前兒長寧王府來人，說是長寧王從京裡派了人下來，要接小世子回京去了。」

李婉婷皺起了一張臉。「他總是與我作對，從來都只有取笑我譏諷我，沒有誇我好的時候，我總是討厭他。如今他要走了，我怎麼一點也不高興呢？」

金秀玉摸了摸她的頭，微笑道：「阿喜捨不得小世子了？」

這話像是觸動了李婉婷身上的什麼機關，她立時板起臉道：「誰捨不得他了！」

「阿喜也是嘴硬心軟。小世子跟妳相處這麼多些日子，又特地讓王府嬤嬤來教導妳，只有真心盼妳好的人，才會時時地提醒妳哪裡不好，這是盼妳改進的心意。阿喜定然也是體會到了，所以面上討厭，心裡還是感激小世子的，對吧？」

李婉婷咬著嘴唇道：「我也不知道，只是想著，他走了的話，就沒人同我作對了，也沒人同我爭吵了，日子豈不是無趣得很？」

金秀玉很想笑，但又怕她生氣，只得忍著，認真地說道：「小世子是阿喜的好朋友，好朋友要離開，總歸是難過的，這是人之常情。」

李婉婷點頭道：「那一定是這樣了，他雖然讓人討厭，總歸我還是拿他當朋友的。」

「是啊。今兒下午小世子便走了，妳不去送送他嗎？」

李婉婷歪著腦袋，想了想道：「送倒是要送的，但人家不是都要給個禮物做紀念嗎，我送他什麼好？」

金秀玉也犯了難，小世子什麼也不缺，送點什麼好呢？

真兒在旁邊一直聽著她們說話，這時候開口道：「咱們庫房裡頭不是有一對翡翠的棋缽？小世子同阿喜經常下棋，送這個給他，不是最好的念想？以後小世子只消一見到這棋缽，想到的就是阿喜。」

金秀玉覺得這禮物甚是合意，李婉婷也拍手笑起來。「就送這個！他那麼喜愛下棋，這禮物一定合他心意。好真兒，快去找來，我瞧瞧是什麼寶貝。」

金秀玉回頭對真兒點點頭，真兒福了一福去了。

李婉婷卸了一樁心事，正滿臉輕鬆，掀了被子下床，叫丫鬟來替她梳洗換衣。金秀玉見小世子走，李婉婷不高興，聯想起人在京城的自家弟弟金沐生來，這會子便起了調侃的心思。

「阿喜，小世子走了，妳可會想念他？」

李婉婷剛套上衣裳，銀碗蹲著給她繫腰帶，她歪著頭，瞇起眼睛，虎虎生氣道：「他說了我許多壞話，我能不『想念』他嗎！」

敢情這回她解了心結，又記起仇來。

金秀玉咳了一聲道：「那麼沐生呢？他去了京城那麼些日子，妳可有想念他？」

李婉婷眨巴了幾下眼睛，「哎喲」了一聲道：「我都忘記了，沐生一個人在京城過年呢。哼，定是京城好玩，他樂不思蜀了，把咱們都忘記了！」

金秀玉揉了揉額角，為沐生感到心涼。

「咦？我想起來了，楊麒君要回京城，沐生不是也在京城嗎，他們可以做朋友呀，我得告訴楊麒君去！」

她想到一齣是一齣，覺得這個主意好極了，便急著要去見楊麒君，惹得銀碗一個勁兒地叫，衣裳還沒穿好呢，臉還沒洗呢，早飯還沒用呢，真兒的棋缽也還沒拿來呢。

李婉婷一迭聲地叫快快快，正催著，真兒捧了個鵝黃色的錦盒掀簾進來了。

打開錦盒，裡面大紅色的緞子，襯著兩個小巧的翡翠棋缽，每個也就小兒拳頭那麼大小，若是真箇拿來裝棋子，那是嫌太小了，這也就是個賞玩之物，還是慎哥兒從南邊尋來，特意送來的年禮。

李婉婷伸長了脖子看，見大紅的錦緞，越發襯得兩個棋缽碧綠瑩瑩，沁人心脾。

「真漂亮。」她感嘆一聲，繼而又聳了聳鼻子道。「這樣好的東西，就是在長寧王府我也沒見過，便宜楊麒君了！」

金秀玉和真兒、春雲等人都是哭笑不得。

李婉婷趕著送禮，催著銀碗等丫鬟伺候她梳洗了，又胡亂用了幾口早飯，套好了外頭的大衣裳，她便叫銀碗捧著錦盒出門。

一行人去了衡園，果然滿屋子的箱籠，秋瑩正帶著丫鬟給小世子收拾著行李，見金秀玉等人進來，忙又給她見禮。

李婉婷劈頭就問道：「秋瑩，楊麒君呢？」

話音剛落，小世子楊麒君從內室不緊不慢地走出來。他穿了一身白色錦袍，領口袖口都滾了一圈貂毛，腰帶又是寬寬的一條鹿皮腰帶，雖然身量未足，卻已經有了修長挺拔的輪廓。他是正宗皇親國戚出身，每一個表情、每一個動作，都帶著天生的皇家風範，高貴卻不張揚。

李婉婷一見楊麒君，便小跑過去，笑道：「知道你要走，瞧我給你送什麼來了。」

她回頭讓銀碗打開錦盒，將兩個翡翠棋缽端到楊麒君面前，然後張大了兩隻眼睛，小鹿一般眨巴著，充滿期待。

楊麒君看了看棋缽，瞟了她一眼，淡淡說了聲：「很漂亮。」

李婉婷立時心滿意足，喜笑顏開。她一面叫銀碗收起棋缽，一面仰著臉對楊麒君道：「楊麒君，你不是要回京了嗎，我有個朋友也在京城，回頭你找他玩呀！」

楊麒君微微挑了一下眉頭，道：「什麼人？」

李婉婷笑道：「他叫金沐生，是我嫂嫂的弟弟，更是我的好朋友。他最會放風箏了，又會抓鳥，又會爬樹摘枇杷，比你這個只會悶頭下棋的可好玩多了。」

她這邊廂說得興高采烈，楊麒君卻拉下一張臉，冷冷道：「是嗎？他還有什麼本事？」

金秀玉挑了挑眉，看出他這是因為李婉婷誇獎金沐生而不高興了。

李婉婷這個傻子還不曉得，自顧自地歡歡喜喜說道：「他還會武功呢！他師父是爾辰東呀，哪，還在你們王府住過的，你一定認識。他跟著阿東師父學武功，跳得高跑得快，一個人能打幾個人，嘻嘻，他去京城，還是翻牆偷跑的呢，金奶奶還說原來他學武就為了這個，你瞧，好不好玩？」

楊麒君瞟了她一眼，點了點頭，淡淡道：「嗯，金沐生，很好玩。」

金沐生，很好玩。

這會兒想起這句話來，配上楊麒君當時那個眼神，金秀玉便忍不住想為正在京城的弟弟沐生祈禱。

楊麒君走後，府裡便沒人同李婉婷整日紅眉毛綠眼睛的鬥法，著實清靜了幾天。

到了元宵節那天，淮安城裡又都知道了一個重大消息，那就是本朝又一次改元換代，三皇子登基做新皇帝了。

過了元宵節，正月便算是過完了，到了月底的時候，海運的章程終於定下來，李承之要動身出海去了。

李府上上下下，老太太、李越之、李婉婷自然都捨不得，最不捨的，當然還是金秀玉。但再不捨，她還是得帶著丫頭給他收拾行李，冬天的厚衣裳，棉的、大毛的、夏天的葛布夏衫，一樣都少不了，她們主僕整整收拾了一天，就算見到李承之當面，她也刻意不提出行的話，彷彿這樣他就不會走似的。

然而到了二月初一這天，李承之還是走了。

二月初一早晨，日頭正高，陽光普照，曬在人身上卻並不見得多暖和，街上行人依舊是穿得厚厚的，行色匆匆。

金秀玉醒來的時候，只覺除了被窩之外，屋子裡冷冷清清，明明燒著火盆、點著香爐，卻無一絲的暖氣，伸手往旁邊一探，枕席見一片冰涼。

他走了！

她緊緊閉了一下眼睛，叫了聲：「真兒！春雲！」

細碎急促的腳步聲從外間行至裡間，真兒和春雲撩開了帳子，掛到了金鈎上。

「少奶奶可是要起了？」

金秀玉微微點頭，真兒扶起她靠在枕上。

「大少爺幾時走的？」

真兒和春雲對視一眼，輕聲應了句。「卯時起身，辰時便啟程了。」

金秀玉咬了咬嘴唇。「怎不叫醒我？」

真兒道：「大少爺不讓叫，想讓少奶奶多睡會兒。」

金秀玉沈默著。

春雲靠近了一點，扯了個笑容道：「大少爺就是疼愛少奶奶呢，怕少奶奶離別傷感，這才沒敢驚動您。」

金秀玉噘了噘嘴，人都已經走了，還能怎麼樣呢，日子還得照常過不是。

「伺候梳洗吧。」

她淡淡地吩咐了一句，真兒和春雲都鬆了口氣，忙著拿衣裳，又叫小丫頭端青鹽熱水來。

用過了早飯，她照例要走動走動，順便去長壽園看看老太太和李婉婷。

這會兒，李越之已經去了商行，他如今正跟著慎哥兒，李勳從貨棧轉到酒樓，他的差事空出來，就讓李越之頂上了。說的是管事，做的不過是夥計的活兒，還是學習的時候呢，不過李越之年紀雖小，說話行事卻比李勳靠譜多了，讓慎哥兒很是省心。

老太太屋子裡暖烘烘的，金秀玉進去的時候，李婉婷正捧著一碗熱杏仁茶吃著。老太太見孫媳婦神情落寞，知道是因為大孫子走了的緣故，剛準備說一些有趣的新聞好逗個樂兒，外頭就有人來稟事。

進來的是個中年婦人，穿著藍色的襖子靛青的裙，金秀玉認得是林三娘，在李家家廟管著香燭供奉的，柳弱雲到家廟上清修灑掃，也是受她的管束。

林三娘道：「奴婢按照老太太和大少奶奶的吩咐，管束著柳姑娘，原本倒是相安無事，她每日裡也就照著家規，晨起磕頭，唸經灑掃，倒沒有一日的懈怠。前日卻來了一個管事的男子，自稱姓方，是城東方記米鋪老闆方老爺家的管家，說是他們老爺喪妻多年，無有子嗣，想求娶柳姑娘做填房，求主家開個價，轉了戶籍與他。」

「什麼？」

金秀玉驚訝極了，她在這個時代生活這麼久，當然也知道妾身分的低下與卑賤，就像是一件東西，主人家若是願意，是可以像賣東西一樣轉手賣給別人的。

若是從私心上講，她是巴不得柳弱雲離自個兒越遠越好，她的美貌、她的心機、她的狠絕，都讓同樣身為女人的金秀玉十分忌諱。然而她覺得十分疑惑的是，米鋪老闆方老爺聽起來也是有頭有臉的，他如何認識李家的妾室柳弱雲？又出於什麼目的要求娶她做填房？正常的男人都不喜歡用別人已經用過的東西，尤其是女人。難道真是柳弱雲魅力無匹，回眸一笑百媚生，將那方老爺的一顆心緊緊俘虜了嗎？扯淡吧。

老太太一看孫媳婦的樣子，就知道她正在震驚中，只好自己開口道：「方管家還怎麼說？」

林三娘道：「方管家說是價錢高低不妨，只要主家肯轉讓便可。這事兒奴婢作不得主，便回說向主家稟告，讓他等回話。」

老太太點點頭，道：「那方家是什麼情形，妳可打聽過了？」

「奴婢已經都打聽清楚了，那方老爺本名方有德，在城東有三間米鋪，今年四十又一，膝下無子，只有一個女兒，是原配夫人所留。方夫人因病去世五年，方老爺只有一個妾，至今也無所出，大約是為了方家香火，方老爺年前便託媒人替他尋一女子做填房。」

金秀玉便道：「這麼說來，他尋填房倒也有因，只是怎麼會尋到咱們家頭上？」

「原本倒也與咱們家全無瓜葛，奴婢打聽了才知道，原來方老爺與柳姑娘竟是表親，只不過中間隔了兩層，雖認識，卻不怎麼親近。是日前柳姑娘的丫鬟蓮芯偶遇了方老爺，大約是親戚間詢問近況，方老爺曉得了柳姑娘如今的處境，這才動了心思。」

金秀玉搖頭道：「若只是存著親上加親的心思，又何必認準柳姑娘？」

「少奶奶說的在理，奴婢也是這麼想，才多打聽了方家的情形。原來方老爺的米鋪生意做得極好，只是缺個內管家，想著柳姑娘是商家出身，能打會算，定是此番合了方老爺的意。雖說在咱們家只是個侍妾，但她原來也是正經人家嫡女的身分，既是做填房，怕也不算低賤了。」

這麼一分析，似乎方老爺求娶柳弱雲一事顯得順理成章，只是金秀玉依舊有些猶豫。

「奶奶，這事情孫媳婦實在有些拿捏不定，您看呢？」

老太太蹙著眉頭想了想，說道：「不過是個侍妾，不算什麼，賣了便賣了吧。」

金秀玉應了一聲，依舊若有所思。

老太太想了想，以為猜到了她的顧慮，說道：「妳放心，主母發賣一個侍妾，實在是最平常不過的事情，誰也不會說妳妒忌不容人的。」

金秀玉搖頭道：「我並不是為了這個，只是想著，這事情多少有點太巧、太疑惑……」

真兒方才一直不說話，這會子才開口道：「我倒想了個法子，若是大少奶奶有所疑慮，不妨試她一試。」

一句話，引得金秀玉、老太太和青玉等人都瞧著她。

「怎麼試？」

真兒笑道：「依我猜，少奶奶除了有些顧忌之外，怕也是對方老爺娶柳姑娘一事存了些疑惑。柳姑娘當初是因為私下搬挪府裡的帳務去放印子錢，又加上貪墨河工銀子，才被罰去家廟灑掃。人是罰了，銀子卻沒有全部追回，這回既是方老爺要求娶，就開個高價與他，要他把柳姑娘虧空的銀子都還了，他若是不肯，那麼這樁求婚，也不過是看上了柳姑娘的人才，十分單純；他若是二話不說就還了的，那麼必然有些古怪。」

金秀玉和老太太都點頭道：「好法子。」

將柳姑娘虧空的帳目一清算，竟有五百兩之多。

淮安繁華，物價也比別處高，但五百兩著實算得上一筆可觀的錢，在西市都能買上一座大園子了。只是為了一個侍妾，這身價也太高了些，就是北市最紅的青樓的頭牌花魁，也就這個身價了。

李家將這價錢跟方家一說，果然對方便說要回稟老爺，慎重考慮。

聽到這回覆，金秀玉同老太太，合著幾個丫鬟，都笑將起來。

「也是了，方老爺若是花上五百兩，買個別人家的侍妾做填房，那只能說是腦子被驢踢了。」

卻不想，這話說了沒多久，方家那邊就回了話，五百兩，一文也不用少，沒二話。

人家方老爺說了，從前年輕的時候就與表妹柳姑娘見過面，可惜當時緣分未到，如今竟是天賜的良緣，一個喪妻，一個遭棄，這份情意遠遠高於五百兩銀。

金秀玉聽了這話，愣愣地回不過神。這方老爺，是真的被驢踢了呀？

老太太倒是覺得這事情透著樂呵。「想那些勞什子做什麼，人家心甘情願，橫豎也跟咱們家沒關係了，妳也省心。」

金秀玉卻不這麼樂觀，漫說這事情透著古怪，就是真如方家所說那麼單純，柳弱雲也不是輕易就能出府的，她那家廟灑掃的罰可還沒受完呢。

貪污河工銀子，間接導致大王莊和小李莊數位莊民喪生，就算是連日大雨所致，非人力可抗衡，柳弱雲這樣的行為也早就是把人命當作了草芥。

不錯，為著肚子裡的孩子積德積福，是該從輕發落，但這輕罰，也該足夠讓柳弱雲意識到自己犯下的是如何的罪過。

「去回了方家人，柳姑娘在李家犯了過錯，領了責罰在家廟灑掃清修懺悔，什麼時候她受罰完畢，什麼時候方家才能來贖人。」

這話轉述給了方家，方家雖是不情願，但主人家不肯，又能有什麼法子？只得等著了。

第三十三章　天下第一商

這日天氣倒好，老太太說要去碧螺山祈福。

一來是為了已經遠渡重洋的李承之求平安；二來是為了已經挺了大肚子的金秀玉求順產；三來也是為了李家求個吉祥如意。

金秀玉如今肚子已經明顯凸起，不方便遠行爬山，老太太便要她在家休養，不用跟著。

老太太帶了李婉婷以及青玉、秀秀、張嬤嬤等長壽園的一干子人等出行後，李家便大門緊閉、二門嚴守，安安靜靜起來。

明志院中，金秀玉半躺在一張搖椅上，身下墊著軟軟的棉墊子，身上蓋了薄薄一層棉被子，日光透過窗櫺，暖洋洋落在身上，很是愜意。

真兒和春雲端了小板凳坐在她身邊，拿一個小几攤開許多的布料尺頭，一旁又放著兩個針線籃子，裡頭放著五彩絲線和針、小剪子等物，正在給金秀玉未出世的孩子做衣裳。她們的女紅如今都進益了，做個小孩兒的衣服鞋帽什麼的，都能勝任。

正享受這份閒情，卻見花兒慌慌張張跑進來了，顫抖著嘴唇道：「少奶奶，聖、聖旨到了。」

金秀玉的眼睛立時放大了幾倍，差點一頭從搖椅上滑下來。

什麼?!

聖旨？

雖說淮安離京城也不算太遠，若騎個日行千里夜行八百的寶馬，日夜兼程，也就四、五天的工夫。但是李家這樣的平頭百姓，什麼時候能跟聖旨這樣天大的事情扯得上干係？

金秀玉一面緊張著，一面腦子快速運轉起來。先是想到李承之，緊跟著想到長寧王，然後就是前不久新近做了皇帝的三皇子。

莫非……莫非是這位新登基的皇帝，經由長寧王知道了李家在這場奪嫡大戰中出了錢出了力，所以賞賜來了？

她越想越對，除了這件事情，再沒有別的緣由能讓李家跟皇帝扯上干係。

是了，是了，改朝換代是多麼大的事情，新皇帝上任，定是忙著改換朝廷，一朝天子一朝臣，那麼多的功臣，他一個一個獎勵下來得費多少工夫？李家就是有功，那也只是在長寧王背後出了錢，肯定排在最遠最遠的隊伍後面。

所以，儘管正月的時候新皇帝就已經登基，賞賜的聖旨卻隔了兩個月才下來。皇家嘛，做事情都沒什麼效率的，一重一重的衙門審批、幾十、幾百道流程呢，說不定兩個月還算快的了。

金秀玉一面想通了其中的關節，一面又更加焦急起來。

這聖旨是天大的事情啊，聽說接旨有許多許多講究，一個沒做好，那也是欺君之罪，如今當家男主人李承之不在，老太太又去了碧螺山，她一個挺著肚子的孕婦要怎麼接旨？

她一焦急，動作就緊張起來，扶了兩次搖椅要起身，手都從旁邊滑了下去，真兒和春雲立刻丟下針線，撲上去扶住她。

「快、快，扶我去接旨……」說話的工夫，她手都哆嗦起來了。

真兒和春雲也從來沒經過這樣的事情，比她還緊張呢，三個人哆嗦了半天，也沒站起身來。

花兒這會子才算緩過氣來了，張口道：「大少奶奶莫急，聖旨還沒進城呢。」

「啊?!」

金秀玉立時就愣住了，屁股剛離開搖椅，正躬著身子呢，嘴巴張得老大。

「聖旨還沒進城，是傳旨官先派快馬來報信，就是等聖旨進了城，那也得先到知府衙門，接受大小官員朝拜，然後才到咱們府。」

花兒話還沒說完，金秀玉已經一屁股坐了下去。

「哎喲！妳這丫頭，心都要被妳嚇得跳出來了！」

金秀玉一口氣吐出去，真是連身子都輕了二兩。

真兒和春雲都嗔怪地瞪了花兒一眼，花兒扭著衣角，也有些委屈，暗想這事兒她也沒經過，能不緊張嗎？

「還愣著做什麼，趕緊派人騎快馬去碧螺山，通知老太太回來接旨；另外也派人去貨棧叫阿平回來。」

花兒立刻應聲去了。

金秀玉也不知道接旨要做些什麼，只是照著常識吩咐真兒和春雲給自己沐浴更衣，又叫人去準備香案。又想到聖旨來了，還得接待傳旨官，忙叫真兒拿銀票來封紅包。

忙了一通，距離花兒來稟報已經過去一個時辰，也沒見大門外有什麼動靜。

老太太一行人倒是火燒火燎地從碧螺山回來了，李越之比她們還早，金秀玉還沒更衣完，他就從貨棧上騎馬趕了回來。

結果一家子沐浴焚香的等了一個多時辰，眼看著都到吃午飯的時間了，也沒見聖旨的影子。

聽說聖旨早就進城了呀，怎麼這會兒還不來？派人去知府衙門一打聽，好嘛，傳旨官領著一幫子大小官員正吃午飯呢，說是下午才來李家傳旨。

李家一家人頓時洩了氣，老太太也是鬱悶，當年二兒子做官的時候也接過一回聖旨，那時候李家同知府衙門交好，早早就得了信兒，萬事準備妥當，接旨的時候是順順當當的。

這回的知府和李家卻並不熟，年前發洪水，長寧王把淮安的大小官員從頭到腳擼了個乾淨，年後到了二月才有新官員上任，新知府是三月才來的，那時候李承之早就出海去了。

李家沒男丁在家，（當然李越之這小毛孩不算）老太太和金秀玉兩個婦道人家也不好提著禮物上門去套交情，因此同知府衙門至今還沒打過交道。

其實聖旨進城先到衙門轉一圈是慣例，也是規矩，只不過若是知府衙門同李家相熟，自然會派人來通知具體時間，又會指點接旨的規矩，同時也會提點幾句傳旨官是什麼身分、紅包該封多少。

這就是男主人不在的難處啦！孤兒寡母的，人家不放在眼裡呢！

既然說聖旨要下午才到，一家人也就不著急了，重新換了早上的家常衣裳，吩咐大廚房趕著做了午飯，吃了個飽。接著又吩咐下人們灑掃庭院，張燈掛彩，紅毯鋪地，總之是將門庭打點得紅紅火火、熱熱鬧鬧。

音。

然後又重新準備了香案，一家人重新沐浴換了新衣，就在前廳裡頭端端正正坐了，靜候佳

果然，才剛將各處打點好，未時交申時，聖旨到了，一群官員簇擁著一群綠袍子的宦官，中間又是一個紅袍子的宦官，手上捧著一捲明晃晃的捲軸，從大門外踩著紅地毯一路進來了。

李家一家人都跪下了，標準的五體投地姿勢。

金秀玉雖然大著肚子，但是身為平頭百姓，啥頭銜也沒有的人，就算再不方便也得跪下。實在是難為她了，肚子幾乎壓在地上，屁股還得朝天噘著。

就見無數雙腳到了眼前，然後一個清潤的嗓音，之乎者也地宣讀起來。

金秀玉額頭貼著地板聽了半天，才覺著自個兒在大允朝大約是個文盲，愣是沒聽懂聖旨上說的什麼，好在她精神集中，捕捉到了其中最關鍵的幾個字眼——「天下第一商」。

乖乖！這可是無上殊榮了，淮安首富，要一躍成為天下首富了！

她頭暈眼花之際，總算聖旨都宣讀完畢，傳旨官叫了一聲「平身」，大家恭恭敬敬、整整齊齊地喊了一句「吾皇聖恩」，便起了身，然後老太太便招呼著傳旨官和眾位大人落坐、奉茶、上紅包。

這紅包可不是私下給的那種，傳旨官來，本來就是要奉上的，名義叫做車馬禮。意思就是，皇上給我們家下聖旨，要您車馬勞頓來宣讀，真是辛苦您了，一點子小小心意，不成敬禮，還望笑納。

不過看著傳旨官臉上那笑意，金秀玉就知道，紅包裡頭的數目很對他的胃口。

傳旨官倒是和和氣氣的，自說姓高，喚他高公公便使得。新皇登基，百業待興，是長寧王在皇上面前一力推崇淮安李家的功勞，皇上這才下了聖旨，特別恩賜李家為「天下第一商」。

高公公話說完，便有兩個綠袍子的宦官抬來一塊紅綢蓋著的匾額。高公公上前一掀，露出金光閃閃的五個大字——「天下第一商」。

「這是皇上親筆御批！」

於是大小官員和李家一家人少不得又再次五體投地，跪謝皇恩，然後讓人小心翼翼地把匾額在前廳坐北朝南掛了，正對著大門，大家重新落坐，除了五品及以上官員，其餘官員都是站著的；李家一家子除了老太太，也都站著。金秀玉是得了高公公的特許，因懷了身子的緣故，可以坐下。

高公公開始客客氣氣地同老太太問起話來，說是皇上念著李家的忠心，又知道了當年二老爺是上任途中意外去世，大小算是為國捐軀了，皇上感念老太太為大允朝培養出許多孝子賢孫，於是封了個誥命夫人的頭銜下來。

金秀玉這才曉得，原來聖旨裡頭還有對老太太的封賞，難怪老太太能跟五品官員一樣坐著呢，原來是有個誥命的頭銜在。

她聽著高公公跟老太太說話，一雙眼睛不經意地往官員那邊掃了一圈，見人人都是恭敬聆聽，只有知府大人一個，不知何故，往李家一家人這邊看了幾眼。

金秀玉心頭一跳，只覺知府大人的眼神有些淩厲，尤其看她的時候，透著一絲戾氣。她下意識地把手放到肚子上，就見知府大人的眼神又是一緊，然後才轉開。

是她的錯覺，還是知府大人真有問題？

她不過是大門不出、二門不邁的一介婦人，與世無爭的，跟知府大人應該扯不上干係吧？

這時候，高公公的目光正好也落到了金秀玉的肚子上，他眯著眼睛笑了笑，然後有意無意地往知府大人那邊看了一眼，似乎別有深意。

金秀玉的眼皮突然間狂跳起來。

一道聖旨，李家得了皇帝親筆御批的「天下第一商」匾額，這榮耀，全大允朝可是獨一份兒。

如今淮安城內，街頭巷尾都在傳說這件新聞。人人都說，李家祖墳冒青煙，合了皇帝的緣，要飛黃騰達了，沒見前些日子長寧王世子都住進李家了嗎，李家可還有一位未及笄的小姐呢，指不定將來出個王妃娘娘！

這話兒，也就無知百姓們說，李家上上下下都知道，平民跟皇親，一個是地一個是天，八竿子也打不到一塊兒去。

因著這喜事，老太太越發覺得得做點什麼功德，一來仍然是求平安福祿，二來也是散喜。年前一場洪水造就多少乞兒，老太太和金秀玉商量之後，便決定用施粥的方式來行功德。

老太太在西市和東市都設了粥棚，施粥贈衣，分派了春雲和秀秀在西市照管，老太太則帶著李婉婷和青玉親自去東市施粥。

金秀玉一人在家也是無聊，又想著老太太年紀大了、李婉婷年幼，青玉一人照顧定然吃力，左右她也無事，如今胎也穩了，走一趟倒是不妨的，便也帶了真兒過去看望，那粥棚就在豆腐坊，離著娘家不遠，正好去瞧瞧爹娘，還能在娘家歇個腳、用頓午飯。

於是吩咐二門外套了馬車，囑咐花兒看院子，金秀玉領著真兒等一行丫鬟，上車往西市而去。

李家粥棚設在豆腐坊的木魚菜場口，離金玉巷只隔了一條巷子，走兩步就到了。

金秀玉的馬車到達時，粥棚前面已經排起了長長的人龍。掀開簾子，就看到男女老少，都是衣不蔽體、面黃肌瘦。

這些都是被洪水沖垮了家園，流離失所的人哪！看著她們，金秀玉就想起柳弱雲來。

雖然她知道，即使李家不修河堤，河堤一樣會被大水沖垮，但是至少，至少如果柳弱雲沒有聯合來順貪了那筆銀子，如果那一段河堤能夠得到修繕，大王莊和小李莊不會首當其衝，起碼能多一點時間讓莊民們逃命。

她不是不想懲罰柳弱雲，不是不想質問柳弱雲，只是她不知道，不知道用什麼手段才夠力度，她到底還是心善，到底還是被「為孩子積福」的話給勸住了。

不過，當真就這麼放過柳弱雲嗎？她想，她還做不到那麼淡然……

「少奶奶？少奶奶？」

啊?!金秀玉驚醒過來，真兒已經叫了好幾聲了。

真兒暗想，今兒已經是第二次發呆了，莫非懷了孕的女人容易胡思亂想？她暗暗地上了心。

「少奶奶，下車吧。」

金秀玉扶著她的手，躬著腰出了車子，踩著小方凳落地。

施粥的人排了長長的隊伍，她們沿著人龍的方向慢慢往前走，家丁和丫鬟們都小心翼翼地護著，不讓別人撞到自家主子。

金秀玉和真兒走到了隊伍盡頭，卻見粥鋪上正在施粥的並不是李老夫人和李婉婷，而是一個陌生的年輕女子。

「這？難道不是咱們李家的粥棚？」

她跟真兒面面相覷，仔細一瞧，沒錯啊，那粥桶上還貼了大大的「李」字呢。

那麼，這個女子是誰？老太太和阿喜又到哪裡去了？

她扶著真兒的手走上前去，見那正在施粥的女子身材富潤、穿著光鮮亮麗，頭上明晃晃的珍珠和翡翠，又見她伸出來的手，白白嫩嫩，明顯是個養尊處優的小姐，旁邊還有一胖一瘦兩個丫鬟，一個著綠一個穿紅，金秀玉頓時就想起四個字來：綠肥紅瘦。

真兒往兩邊瞧了一瞧，見有李家的家人在，便招了招手，一個小丫頭小跑過來。

「見過真兒姊姊。」

「這不是咱們家的粥棚嗎，怎不見老太太和三小姐？」

小丫頭指了指不遠處的一個糕點鋪，道：「老太太和小姐在那鋪子裡歇腳呢。」

真兒順著她所指的方向看去，果然看到那鋪子門口有一些李家的家人，認得都是長壽園老太太身邊的。

「那這位小姐是誰？」真兒指著正在施粥的女子問，那女子正端了一個碗，從鍋裡舀粥，不小心灑了一點出來，頓時燙得將碗也扔了出去，雪雪呼痛。綠肥紅瘦兩個丫頭立刻圍上去，拿帕子替她按住，呼呼吹起氣來，那些正等著領粥的百姓便傻傻地看著她們仨。

真兒皺了皺眉，這樣的嬌小姐是哪裡來的？

小丫頭露出了慎重的表情，低聲道：「那是新上任的知府大人的千金，楊小姐。」

真兒吃了一驚，知府千金？

新知府上任，李家還沒上門拜會過呢，怎麼知府千金巴巴地跑來替李家施粥？真是怪事。

她回到金秀玉身邊，將事情都一一說了，金秀玉也奇怪，便說先去跟老太太和阿喜會合，到時候一問便知。

家丁們護著，引著她往那糕點鋪子行去，果然老太太跟李婉婷正坐在裡頭，掌櫃的給了兩條凳子坐，還給了一壺茶水，兩人正喝著呢。

原來老太太同李婉婷一早來了東市，原本是親自給百姓們施粥，不料知府千金忽然到了，親親熱熱地就挽了老太太的手，一面又誇李家是積善人家，一面又說哪裡能讓老人家操勞。

知府家的下人們客客氣氣地將老太太跟李婉婷請到鋪子裡來歇息，楊小姐則跟綠肥紅瘦兩個丫鬟接替了她們的活計。

金秀玉道：「看來，這位知府小姐倒是個心善的。」

這會兒，那楊小姐也注意到這邊鋪子裡多了些人，便放下了手上的物什，讓下人接替了施粥的活兒，帶著那綠肥紅瘦兩丫頭過來了。

眼瞧著她走近了，金秀玉才看清她的模樣，圓圓的一張臉盤，眉毛挑得高，一雙眼睛眼角微微上挑，倒是顯得有些凌厲。偏偏她又努力擠出親善的笑容來，金秀玉瞧著便沒來由有些彆扭。

身材是比同齡女子豐潤了些，尤其顯得白白嫩嫩，一身的好皮肉，就是這麼著，走起路來，竟也能扭出些妖嬈姿態來。

楊小姐一步三搖地走進來，張嘴就是笑。「老夫人歇得可好？三小姐歇得可好？」

老太太笑道：「多虧小姐了。」

楊小姐擺手道：「老太太可是誥命呢，我怎麼當得起您一聲『小姐』，叫我惜君便使得。」

老太太點點頭。

金秀玉挑了挑眉，不知為何，渾身有些不舒服。

楊惜君這會兒才轉過身來，像是才看見她似的，「喲」了一聲，說道：「這位想必就是貴府大少奶奶了吧？」

金秀玉身子不便，微微福了福。「見過楊小姐。」

楊惜君忙抬手扶住，口中說道：「少夫人多禮了。」

金秀玉這會子知道為什麼不舒服了，因為楊小姐說話時嗓音比正常人要尖、且高，聽著便十分刻意，因此令人彆扭。

楊惜君扶起金秀玉後，拿開手時有意無意地碰了一下她的手背。

「呀！少夫人的手怎的這樣粗糙？」

金秀玉挑了挑眉角，其餘眾人也都覺得楊小姐這話有些莫名其妙。

楊惜君則突然用指尖輕輕遮掩了一下嘴唇，訕訕道：「我卻是忘了，聽說少夫人是蠟燭匠女兒出身，做慣了活兒的，手腳粗些，總是難免。」

不管是老太太、李婉婷、真兒等人，還是金秀玉本人，都微微皺起了眉。

金秀玉笑道：「楊小姐是知府千金，自然是錦衣玉食。方才瞧妳被那熱粥燙了一下，可見這粗重活兒還是交給下人做的好，妳這做小姐的，何苦親力親為呢！」

楊惜君拈著帕子在胸口前擺了一下，微笑道：「施粥贈衣乃是善舉，惜君不過是想為這些百姓盡份心力罷了。」

她自覺做了積德行善的事情很是得意，偏偏想做個謙虛的模樣兒，卻又不是真心想掩飾，於是人人都能看出她的用意來。

金秀玉點頭道：「楊小姐果然心善，不知楊家的粥棚在何處？」

楊惜君張了張嘴，頓時說不出話來。

在老太太和阿喜心目中，這位孫媳婦和大嫂一直都是厚道人，從來也沒見她在言語上挑釁過誰，這位楊小姐，不知哪裡不入她的眼，讓她反感上了。

金秀玉也說不上來，只是覺著這楊小姐做作得很，哪兒瞧著都不舒服，加上昨日知府大人那似乎還帶著敵意的古怪眼神，心裡頭總覺得梗著什麼東西。

楊惜君的尷尬不過是一眨眼的事情，很快她便重新笑了起來，說道：「洪水過處，百廢待興，父親初上任，日日夜夜都在為民計操心，惜君身為女兒，惟有早晚侍奉茶飯，以盡孝道，一時竟來不及設粥棚，只有借花獻佛了。」

金秀玉只是挑挑眉，抿嘴算是給了個笑容。

老太太咳了一聲，道：「楊小姐真是孝心可嘉。」

楊惜君拿帕子微微掩了一下唇，說道：「百善孝為先，惜君從來都謹記於心。聽說李府家教嚴謹，李大少爺最是孝敬長輩，父親也曾在惜君面前誇獎呢。」

金秀玉面露驚疑，道：「知府大人竟向小姐提起過外子？」

楊惜君瞥她一眼道：「李大少爺孝心可嘉，父親常常提起。」

「哦？這我倒有一事不明了，知府大人到任之時，外子早已遠行，不曾同大人會面，知府大人又怎知外子秉性？」

楊惜君一怔，一時又無言以對，恨恨地咬住了嘴唇。

金秀玉面上淡淡，心內暢快，悄悄地遞了個眼神給真兒。

真兒多麼伶俐，立刻就說道：「眼看時近中午，金奶奶想必已經備下飯菜，老太太、少奶奶，不如先用午飯吧。」

金秀玉和老太太都說是，一行人都起身準備去金玉巷。

楊惜君顯見得是想說話的，金秀玉卻搶在她前頭開了口。

「楊小姐貴為知府千金，必定衣食精細，秀玉是蠟燭匠女兒出身，娘家房屋簡陋，粗茶淡飯，不敢招待貴賓。今日便只有告辭了，改日再相請。」

她笑得眉眼彎彎，兩個梨渦深深，楊惜君被堵了口，只好默認了。

粥棚自然要留人看顧繼續施粥，這事兒不消主子們開口，青玉便已經分派好了人手。

老太太一手拉了李婉婷，一手撫著青玉；金秀玉扶著真兒，一同上了馬車，領著一幫子下人揚長而去。楊惜君冷冷地目送她們離去，眼神陰鬱，白森森的牙齒狠狠咬住了塗著鮮紅胭脂的嘴唇。

金家小院再次人滿為患，主子們自然是坐了桌子，熱熱鬧鬧吃飯。下人們也得吃飯呢，金老六想了法子，拿兩只條凳並排一放，將廚房大水缸上面的那塊四四方方大砧板給扛來往條凳上一架，就是一張現成的桌子。

金家一個女兒出嫁、一個兒子離家，只剩一對老夫老妻，平日裡自然是淒淒涼涼的，就是吃飯也靜悄悄的，今兒這樣熱鬧的場面可實在不多見，金老六紅光滿面，金林氏也是笑得滿臉桃花紋都開了。

老人家飯後易犯睏，剛撤了桌子，老太太腦袋便已經一點一點起來，幸好金林氏早有準備，將原本金秀玉和金沐生的房間都給收拾乾淨了，被褥也都換了新的，見老太太有了睏意，便吩咐青玉將她扶進屋裡去歇息。

李婉婷是不肯睡的，自有人帶她去逛街市，東市雖不如西市富貴，繁華程度卻不差的。

金秀玉雙身子，本來就愛睏，用完了飯，正午的太陽暖烘烘一照，眼皮也就沈重起來。真兒也扶著她進屋去睡了，睡得朦朦朧朧，眼皮半合半張之間，只覺身邊有個模糊的人影，臉上拂過一片溫暖。

她慢慢張開眼睛，才瞧清楚，身邊坐著的是金林氏，落在臉上的溫暖則是她的手。

「娘……」

金林氏輕輕「哎」了一聲，說道：「醒了？」

她先是仔細地看著金秀玉的臉，然後又認真地盯著她的肚子看了一會兒，臉上瀰漫開一種舒心的笑容。

「真好啊。」

她嘴裡發出一聲嘆息，將手輕輕覆蓋在女兒的肚皮上，柔聲道：「回門那天，身段兒還苗條著呢，如今肚子都有這般大了。」

金秀玉也伸手撫摸著自己的肚子。

金林氏將手重新移到她臉上，一面輕輕描繪著她的輪廓，一面說道：「臉兒圓了不少，人也胖了，可見是滋補的。」

金秀玉笑道：「李家頭一個曾孫，老太太比我還上心呢。」

一句話說得金林氏也笑起來。

「妳瞧，當初妳還死活不肯嫁到李家，如今怎麼樣？這日子過得有多舒坦，這樣的婆家打著燈籠，哪兒也找不著哇。」

將女兒嫁進淮安首富李家，是金林氏平生第一得意之事，如今還不只是淮安首富，要成天下首富了呢。

「聽人說，皇帝賜下來的匾額是金子做的、皇帝老爺親自寫的字？」這沒幾句話，金林氏便又本性暴露無遺了，瞪大了眼睛，一副尋究探秘的期待模樣。

金秀玉沒好氣道：「若是金子做的，那得多少人才抬得動？娘定是又聽坊間胡亂傳言了。不過有一樣不假，那上頭的字的確是皇上親筆，還蓋了國璽呢。」

金林氏長長地「哦」了一聲，十分之驚嘆，雙掌合十道：「將來這可是祖傳寶貝呢。」皇帝老爺賜下的東西呢，不是傳家寶是什麼？老百姓是怎麼說來著，將來就是犯了殺人的罪過，御賜之物還能當個免死金牌用呢！

這話金林氏沒說，說了準被金秀玉笑死。

驚嘆了一回，金林氏轉而又神色嚴肅起來，握住金秀玉的手道：「閨女，頭前不是說那柳氏已經叫妳給趕出府去了？」

金秀玉疑惑道：「她在家廟清修呢，好端端的，怎麼提起她來？莫非又有什麼傳聞？」

金林氏擺手道：「倒不是她，這回也不是別人傳說，是我親眼瞧見的。」

「妳瞧見什麼了？」

金林氏道：「前兒一早，我去木魚菜場，那菜市口不是有間米鋪嗎，方記米鋪，妳可還記得？」

方記米鋪，是金家常去的店鋪，金林氏愛買他們家的米，金秀玉做姑娘的時候也經常光顧。金秀玉當然記得，而且她還知道，這方家米鋪的東家，就是向李家求娶柳弱雲的方老爺。

「怎麼？」

金林氏神神秘秘道：「前兒我去方記米鋪，瞧見了柳氏的那個丫頭。」

「蓮芯？」

「可不就是叫蓮芯的。我那會兒正問夥計秤米，就見蓮芯和米鋪東家方老爺說著話走過去，冷眼瞧著，還像是蓮芯在囑託方老爺，一個米鋪老闆對一個小丫鬟客客氣氣的，豈不是很奇怪嗎？」

金秀玉也覺事有蹊蹺。不錯，蓮芯曾是柳弱雲的丫鬟，但如今她已經贖了身，是自由人，即使當日得知她那表哥表嫂是得了柳夫人的授意，那也同柳弱雲無甚干係。

然而，前不久方老爺才向李家問了柳弱雲的贖身價錢，如今又跟蓮芯見了面，這其中定有古怪。

金秀玉慶幸，虧得她有言在先，柳弱雲必須受完罰才能出府，這會兒既然又有奇怪之處，自然是要查一查的。

這事兒她記在心裡，等著回頭讓真兒再派人去打聽，母女兩個又說了一些閒話，直到真兒進來才停止。

金秀玉見真兒笑咪咪地背著手，便問道：「有什麼喜事不成？」

真兒笑道：「正是一件喜事呢！」她從背後拿出來，遞上來一封信。「瞧，大少爺來信了！」

金秀玉頓時又驚又喜，忙搶過信來，正待拆開，突又問道：「老太太可知道？」

真兒搖頭道：「府裡剛接到信，主子們卻一個都不在，便給送到這邊來，我接了信，頭一個便先來報給少奶奶了。」

金秀玉道：「妳怎麼也糊塗了，這樣的喜事，自然該先讓老太太知道才是。」她一面說著一面便下床，金林氏趕緊替她披外衣、穿鞋子。

真兒是丫鬟，哪裡能讓她做這些事，趕忙接過手來，一面回答著：「少奶奶是口不對心，難道不是想著第一個看到大少爺的信兒嗎？」

金秀玉笑道：「鬼丫頭，還不快扶我去老太太那邊。」

真兒脆生生應了一聲，扶著她去了老太太的屋子。

老太太剛巧才醒，青玉正替她整理最外層穿的罩衣，另有一個小丫頭替她攏著頭髮。

人逢喜事精神爽，金秀玉自己都沒發覺自個兒臉上已經是滿臉春風，老太太只瞧了一眼，就曉得必是有喜事了。

果然，金秀玉給她問了安之後，便說了李承之來信的事。

老太太也是又驚又喜，道：「當真？快與我瞧瞧。」

金秀玉將信封拆了，抽出疊得齊整的信紙遞上去。

老太太接過信紙，展開後發現有兩張，先看了第一張，第二張只是略掃了一眼，便說道：「人老眼花，字也看不大清了。豆兒，妳來瞧，唸與我聽聽。」

金秀玉伸手接了過來，正待唸，卻見那抬頭是「豆兒親啟」四個字，頓時明白這是李承之與她的私信，老太太哪裡是人老眼花，分明是目光如炬，調侃她來著。

「奶奶！」她嘟了嘴嗔怪。

老太太擺手道：「奶奶跟前有什麼好掩藏的，少年恩愛夫妻，正應該如此。信裡頭說的什麼，唸與我們聽聽？」

金秀玉不理會她，將信紙摺疊了，貼身收好。

李承之給老太太的信裡先問了老太太的平安，然後說了他自己的近況。他是二月裡走的，陸路轉水路，走了大半月，到了海邊某州，休整、進貨，三月裡才出了海。信是出海前一天寫的，快馬兼程送回來，也今日才到。

看完了李承之的信，老太太和金秀玉二人心滿意足，在金家院子裡多逗留了一陣。外頭的粥棚已經都施粥完畢，下人們便收拾了東西到金玉巷來同主子們會合，上了車馬，回西市府裡頭去了。

如今雖是春季，天兒還沒真正暖和起來，早晚都涼，日頭下得也早，一行人回到府裡的時候大門外已經挑起了燈籠，一聽說主子們回來了，大廚房立刻做起晚膳來。

春雲和秀秀是在西市施粥的，這會子兩張小臉都紅撲撲，透著興奮愉悅。

「少奶奶沒瞧見，咱們家施粥，老百姓們都說李家是淮安頭一戶積善之家，年前大少爺便已在城外設過粥棚，如今又施粥贈衣，好多人都說咱們家是他們的大恩人呢。」

春雲做了善事，受了別人的感激和誇讚，心裡頭高興，一見金秀玉和老太太回來便喋喋說起來。

李家樂善好施的名兒，如今算是全淮安都傳遍了。

用過了晚飯，回到明志院，屏退了丫鬟們，金秀玉獨自一人坐在燈下，才展開了丈夫的來信，信中寥寥數語，卻有訴不盡的繾綣關懷之意。她只覺心頭溫暖，甜蜜濃郁化不開。

少年夫妻，果然是經不得分離的，相思相見知何日，此時此夜難為情。

今夜，她將這一紙信箋貼在胸口上入睡。

第三十四章 奇怪的小姐

清明到了，天高雲淡，天氣也暖和了許多。

李越之和李婉婷終於搬出了老太太住的長壽園，有了自己的院落，李越之住的是槐院，李婉婷住的是竹院，都是因院子裡頭的槐樹和竹子取名。

依著往年的舊例，清明這天，李家一家子要出城去掃墓，又要去家廟上祭拜禱告，一來一去，也就做了踏青之行。

一大早李家便套了馬車，一家子出城去也。

到了先人墓地，李家其他幾房也都到了，各自下車的下車、下馬的下馬，將事先準備好的紙馬香燭都拿出來，將先人們都祭拜了一通，然後又各自上車上馬，往李氏家廟而去。

家廟所在的莊子名叫小王莊，雖然跟大王莊只有一字之差，卻隔著老遠，它的地勢高，並沒有受到淮安大水的影響。當初李婉婷就是被送到小王莊來清修養性，如今柳弱雲被罰在家廟灑掃，住所也在小王莊內，家廟裡頭除供佛，還供奉了李氏列祖列宗的牌位，妾室是不能進廟的。

李家四房人在廟外停車下馬，各房長輩打頭，按輩分排序，魚貫進入廟中祭拜禱告。

金秀玉是長孫媳婦，自然是進得了家廟的，她就跟在老太太身後，由真兒和春雲扶著，往那臺階上走去。臺階兩邊站的是看守家廟的下人們，其中有個修長單薄的身子，低垂著腦袋，她雖然跟其他人一樣躬身肅立，金秀玉卻一眼便瞧出來，正是柳弱雲。

她印象中的柳弱雲，想來是容貌精緻、嫋嫋婷婷，花兒玉兒一般的人物；如今竟只著一身灰色緇衣，腳下是一雙青色布鞋，頭上光光的，只打著一根長長的辮子，一色的首飾全無，渾身上下乾乾淨淨，哪裡看得出半分秀麗姿態？雖是低著頭，卻能看到她的下巴，尖瘦得只剩下骨架輪廓。

可見清修灑掃極為辛苦，金秀玉想著，只有真的辛苦，才能達到懲罰的意義。

祭拜祖先自然十分肅穆，金秀玉、李越之和李婉婷跟著老太太清香叩拜，寂寂無聲，四房之中等人人都祭拜完畢，也花費了半個時辰。

這小王莊是大房的產業，在莊子裡也有自家的別院。也是往年的慣例了，祭拜完先祖，四房便一同到別院裡頭歇息用午飯。李家也早早就有人到別院裡頭佈置妥當一切，只等主子們到來。

金秀玉捧著肚子往那椅子上坐了，到底還是長舒了一口氣，雖說如今胃口也好，身體也健朗，不過頂了這麼大的肚子，做什麼都不是輕鬆事，這一路車馬叩拜的，著實有些累了。

底下人進了茶水來，真兒掀起壺蓋瞧了瞧，才斟了一杯茶遞到金秀玉的手裡。

金秀玉拿了茶杯在手裡，卻並不喝，只是用食指慢慢地摩挲著杯沿，慢慢地出神。

雖只幾個月，但方才見了柳弱雲卻恍若隔世，變化之大，讓她吃驚。貪墨和放印子錢兩件事，就像是一根魚刺，雖然拔出來了，卻仍有些隱隱作痛。

還記得施粥那日在娘家，母親曾經提起，蓮芯在方記米鋪同方老爺見面。自那以後，她越發留心起來，將柳弱雲的事情從頭到尾想了一遍，總覺得尚有遺漏。於是便派人出去再次打探，連日下來，竟真的順藤摸到了瓜。

這時，門簾外頭小丫頭稟報，說是柳姑娘求見。金秀玉暗道一聲，說曹操，曹操到。

「讓她進來。」

柳弱雲掀簾進來，給金秀玉福了一福。「大少奶奶安。」

金秀玉抬了抬手道：「何事求見？」

柳弱雲剛站直的身體又跪了下去，端端正正給金秀玉磕了個頭，說道：「賤妾謝大少奶奶恩典。」

金秀玉不解道：「何出此言？」

「賤妾原是帶罪之身，意外與表親方老爺相逢，得蒙憐惜，願替賤妾贖身。日前，得知大少奶奶已開了口，賤妾感激少奶奶恩德。」她說著，又磕了一個頭。

金秀玉凝神望著她，淡淡說道：「妳抬起頭來。」

柳弱雲心頭一跳，一絲不安如同墨汁滴入水中，慢慢暈染開來。而金秀玉叫了她一聲，卻沒有任何下文，她心頭那一點不安，便愈來愈濃重，一聲淺淺的嘆息，從金秀玉口中逸出，柳弱雲只覺這嘆息，彷彿吹在自己的心尖子上。

金秀玉一字一頓說道：「若要人不知，除非己莫為。」

柳弱雲大驚，立刻垂下頸項，輕聲道：「賤妾不知，少奶奶此話何意？」

金秀玉微笑道：「柳家，原也是淮安的老姓人，但妳的父親原來只不過是一個小商人，直到娶了妳的母親，憑著妻子豐厚的嫁妝才將生意漸漸做大，慢慢成為淮安有名的商號。妳母親陪嫁來的珠寶生意甚至已經做到了京城，就連京中的達官貴人也愛買柳家鋪子裡的首飾。」

柳弱雲又驚又疑，對方將她的家世如數家珍，卻不知是何用意。

「柳家開始富貴，妳一出生便是千金小姐，錦衣玉食婢僕環繞。妳原是多麼嬌貴的身子，本該嫁給門當戶對的人家做正房嫡妻才是，妳的母親是那樣珍視妳，妳對妳的母親也是那樣的孺慕，妳原是這世上最幸福的人。可惜，天有不測風雲，人的命運實在是難以預料，誰又能想到，妳的母親正值壯年，竟突然便暴斃身亡了呢！」

柳弱雲心頭一顫，手指無意識地抓緊了衣角。

金秀玉像是沒有看見，她只是在說一個故事，娓娓道來。

「妳還沒有從喪母之痛中恢復，柳老爺卻很快便娶了新夫人。這位新的柳夫人進門沒多久就懷上孩子，為柳家添了第一個男丁。柳老爺一定很高興，柳家有後，這是在妳母親手上沒有完成的事，卻由這位新夫人完成了。於是，她得了妳父親的寵，她的兒子得了妳父親的愛，妳在妳父親眼中的地位開始漸漸淡了、漸漸弱了，那些原本屬於妳的幸福和榮耀，也開始離妳遠去。」

金秀玉的眼神朦朧，彷彿身臨其境，就連真兒，都慢慢將自己代入了這個故事之中。柳弱雲深深地垂著頭，額前長長的劉海，擋住了她的臉。

「妳原本也想，父親終歸是父親，就算有了弟弟，他一定也跟以前一樣愛妳。然而，妳的父親不久竟也去世了，就像妳的母親一樣，走得那麼突然。妳說，上蒼對妳是不是太不公平？奪走了妳的至親，卻留下了妳的仇人。」

金秀玉雙眼緊緊地盯著柳弱雲，柳弱雲依舊垂著頭，沈寂得如同一塊石頭，半晌，才沈沈逸出一句話。「繼母和弟弟，也是我的親人。」

金秀玉眼中淚光迷離。「將妳母親陪嫁來的產業據為己有，將妳從嫡女的位置上踢下來的，也是妳的親人嗎？」

柳弱雲雖然極力穩定著自己的心緒，但這個時候，肩膀輕微的顫動卻洩漏出她內心的不平靜。

「父親不在，弟弟年幼，自然是繼母當家，柳家的產業屬於柳家的子孫。」她的聲音又薄又輕，像是一縷霧，一吹就能散了。

「是嗎？」金秀玉瞇起了眼。「那麼，將妳送給管如意，也是親人所為嗎？」

柳弱雲渾身一顫，一隻手抓在地上，指甲與地板刮擦，發出刺耳的聲音，她臉色蒼白如紙，嘴唇死死地咬著下唇。

「柳夫人掌管家業之後，生意上雖是她一人作主，但妳母親在世時，原本就調教過妳經商之道，柳老爺未去時，妳又曾掌過家業，照料過外頭的生意。柳老爺去世後，妳也並未完全對生意放手，每月裡總要去商鋪巡視幾次，就算是有心擠兌妳的柳夫人，也不曾多說什麼。

「那一日，妳同往常一樣去商鋪巡視。柳夫人說有一位大客商欲向柳家進貨，邀妳共同商議，妳毫無防備，滿心歡喜地去了，三杯酒下肚，頓時人事不知。當妳醒來之後，卻發現，天地從此變色，妳的清白就毀在了柳夫人的手上。」

柳弱雲一下子跌坐在地，她的臉慘白慘白，就像是死人的白骨，所呈現的那種森森的顏色。

「那客商便是柳夫人找來的合謀人，他收了柳夫人的銀子，聽了柳夫人的計策，假借生意之名對妳下藥，破了妳的處子之身！」

柳弱雲的身子突然彈了一下，嚇得金秀玉立時住了口。只見她雙手緊緊抓著自己的衣裳，手指將布料絞出了一片褶縐，她臉上血色全無，死死地盯著金秀玉。

金秀玉反盯著她，一字一字道：「那位客商就是管如意管先生，是不是？」

柳弱雲唇上沁出絲絲血跡，慘然一笑道：「大少奶奶神通廣大，竟將一切都查清楚了。」

金秀玉道：「柳夫人一心要霸佔柳家家業，若妳是正正經經出嫁的，必要將一部分產業作為陪嫁之物帶走。她破了妳的身子，誤了妳的終身，並非完璧的妳，還如何出嫁？」

柳弱雲這會兒軟軟坐在地上，令人覺得她彷彿是一根羽毛，被風一吹，就會飄走。

「她用這樣的卑鄙手段謀害了我，又要將我送去尼姑庵，無非是為了柳家的家業，為了她的兒子。我恨不得食她肉、飲她血，又怎甘心將母親的嫁妝拱手相送?!」柳弱雲說到恨處，眉目盡都猙獰起來。

金秀玉嘆息道：「於是妳設了同樣的局，算計了我相公，一乘小轎進了李府。因為妳知道，只有財大勢大的李府，才能為妳提供容身之所，才能讓柳夫人望而生畏。」

柳弱雲慘笑道：「少奶奶實在是聰明絕頂。」

搖了搖頭，金秀玉淡淡道：「天下之事，從來不能夠真正埋入塵土，縱使只有半點蛛絲馬跡，也能尋根究底。」

她看著柳弱雲憔悴陰鬱的臉色，暗嘆果然可恨之人，必有可憐之處；可憐之人，又自有其可恨。

「少奶奶既然將種種前因都已查明，想必後來的事情也不須弱雲多言。」

金秀玉點點頭。「我初初進府，便知妳來歷古怪，府中上下人等均冷面相待。」
柳弱雲苦笑道：「殘花敗柳，在他人眼中必是骯髒不堪。」
「他們冷落妳，並非因為妳的不堪，而是因為妳的身分，妳素來都不像是這府裡的一分子，素來不像個妾。」
柳弱雲微微吃驚道：「我自問言行規矩恪守本分，並無踰越之處。」
金秀玉點頭道：「不錯，妳是規矩。然妳是金堂玉馬、豐食華服養出來的高貴氣質，真正的大家閨秀；妳的清冷孤傲與生俱來，身分卑下，卻仍心比天高。」
「污賤之軀，談何高貴。」
柳弱雲就如同枯萎了的花，臉上失去了所有的光彩。
金秀玉看著她，厲聲道：「妳原本是可憐之人，但妳的可憐，是因為柳夫人的迫害，李家與妳無半分仇怨，可妳卻將妳的可憐轉嫁李家身上。妳算計了我相公，攀上了李家的大樹，卻全無愧疚與感激，反而將這恩情拋諸腦後，虧空帳目也罷，放印子錢也罷，竟還敢串通來順貪墨河工銀子，妳可知，大王莊小李莊幾條人命，都是死在妳的手裡！」
柳弱雲只覺耳邊如洪閭大鐘，聲聲振聾發聵，整個身子都如同風中殘葉，不停顫抖起來。
金秀玉這口氣憋在心裡多日終於發洩出去，只覺後繼乏力，身子也跟著晃了一下。幸而真兒眼明手快將她扶住，屋子裡一時沈默起來。
不多會兒，柳弱雲從驚惶中緩了過來，臉色卻仍然有些蒼白。
金秀玉定了定神，望著柳弱雲道：「如今妳可還有話說？」

柳弱雲反問道：「少奶奶可知，我為何要挪用帳目去放印子錢？又為何要貪墨那筆河工銀子？」

金秀玉冷笑道：「我既查清了前因，自然也查清了後果。妳種種行為不過是為了斂財。然妳身為李府侍妾，雖不曾錦衣玉食，府中也不曾短了妳的花用，若為了生計，犯不著如此險著。妳為的，自然還是柳家的家業。」

柳弱雲張大了眼睛，像是從來沒認識過金秀玉一般，吶吶道：「從前只當少奶奶小戶出身，無甚見識。當初老太太將當家之責託付，少奶奶竟還要弱雲與真兒從旁協助，更將府中帳目也交給弱雲打理，弱雲只當少奶奶懵懂無知，原來是弱雲看走了眼，少奶奶分明是胸有成竹，智珠在握。

「少奶奶說的不錯，弱雲的確是為了柳家的家業。」柳弱雲自個兒接著說了下去。「那日柳夫人來到李府，少奶奶特許弱雲在清秋苑招待，只可惜，我們名為母女，實如生死仇敵。她素來視我為眼中釘，又怎會真心探望？她來，不過是與我談一樁買賣。」

金秀玉問道：「什麼買賣？」

柳弱雲突然笑了一笑，說道：「這買賣同李家還有些干係呢。」

金秀玉不解。

「我且問少奶奶，大少爺如今做的是什麼生意？」

「海運。」金秀玉剛答了兩個字，才猛然想起，李承之可從來沒跟柳弱雲說過生意上的事，況且他出行也在柳弱雲離府之後，她怎麼會知道李承之是做什麼生意去呢？

「莫非，柳夫人同妳談的也是海運生意？」

柳弱雲抿嘴一笑，說道：「少奶奶猜著了，正是海運生意，而且，正是大少爺走的這一趟海運生意。」

金秀玉顯然吃了一驚，柳弱雲接下來便詳細地解說了一番。

這次的海運，李承之當初便提及是跟京裡的幾個大人物合資的。其實從另一方面來說，這也是朝廷開拓海運航線的先鋒隊，之所以不由朝廷出面，一來是朝廷正值多事之秋，新皇登基，百業待興；二來是拓展海運一事在朝臣中阻力不小，所以新皇只好走曲線救國的路線，先由長寧王牽頭，利用民間力量，只要這次的海運能夠圓滿成功，那麼朝廷就會大刀闊斧地開闢出成熟的海運航線了。

而除了李家，柳家也透過京裡某位大人物的關係摻和了一腳進來。幾家合資出貨，按資金多少算股份，李家財大氣粗，自然是大頭，柳家預估到了海運的巨大利潤，柳夫人也是個心野的，想趁這個機會將柳家的產業再往上提個檔次，不說趕上李家的首富之名吧，至少也能將柳家商號在大允朝南北都叫得上名號。

柳夫人當初藉著探訪之名來找柳弱雲，為的就是集資。柳家的存銀不少，但對於這次的海運生意來說，尤其是跟李家相比，還是寒酸了，她思來想去沒什麼別的辦法，就將心思動到了柳弱雲頭上。

不錯，她的確已經將柳家的產業捏在了自己手裡，柳弱雲是半分都沒有，但是她也知道，柳弱雲的生母當年帶來的陪嫁，除了那些產業，還有更多的珍寶，柳老爺生前也說過，原配夫人留下的珍寶，都已經作為柳弱雲的陪嫁保存起來。

當初她設計破了柳弱雲的身子，本來是想用保全名聲的理由將柳弱雲攆到尼姑庵去，最好一輩子青燈古佛的，出家了才好，這樣才能徹底斷了她跟柳家的關係。然而，柳弱雲已經吃了一個大虧，當然不會再著她的道。這樣一介弱女子也是走投無路，才用同樣的計策設計了李承之，嫁入李府，為的就是離開柳夫人。她出嫁時什麼也沒帶，不過一乘小轎和一個丫鬟蓮芯，但柳夫人卻知道，她帶走了生母留下的傳家寶。

所以到了這個需要大量銀錢支援的時候，她想到了這位被自己擠兌走的女兒。

柳夫人對柳弱雲的心思一清二楚，知道柳弱雲不會平白無故地給她錢，她最想要的就是生母留下的產業，因此柳夫人也早就想好了辦法。她跟柳弱雲承諾，按照她出資的多少給她算股份，柳家在這次的海運合資中占了三成，那麼這三成的分額裡，柳弱雲可以占十分之三，前提是她要拿出五萬兩的白銀。

柳弱雲的人生早就已經毀了，李家給不了她希望，她所思所想只有一件事，就是拿回母親留給柳家的產業。如果按照柳夫人所說，她能夠在這次的海運中占到一定股份，就能藉此將手伸進柳家的生意中，可以藉著那一點股份再往上延伸擴展，她相信，以她的頭腦和手段，並不見得就會輸給柳夫人。

所以即使是仇家，她也答應了下來。

因此，才有她賣翡翠白菜的一幕，才有她瘋狂斂財的行為。她手上當然不止一個翡翠白菜，母親留給她的東西不少，但即使全部當掉也還差一點，所以她才會將腦子動到李家的銀錢上。

妳要問她為什麼不向李家求助嗎？真是笑話！

她是李家的侍妾，所有她的東西包括她這個人都是李家的，如果借了李家的錢，日後得了任何利潤與股份都得算在李家的帳上，同她沒有半分干係。

其實，就算是她帶來的翡翠白菜等珍寶，也得算是李家的財物，只不過當時李承之不願接觸她，也就沒查過她的行李，自然不知道她的財產，一直以來也沒人關心她在清秋苑的生活，所以就算她讓蓮芯去當了翡翠白菜和其他東西，也沒有人知道。

柳弱雲說道：「這就是全部實情，少奶奶這回應該一清二楚了。」

金秀玉微微瞇起了眼睛。「妳雖受了罰，但當物所得的銀錢已經轉交給柳夫人，所以當初李家並沒有從妳處查到任何銀錢。妳出府之前特意讓柳夫人為蓮芯贖身，為的就是讓蓮芯代替妳去同柳夫人做交易吧？」

柳弱雲點頭道：「確實如此。」

金秀玉道：「那麼方老爺呢？他當真是因為情義而要娶妳？」

柳弱雲微微低下頭去，以至於金秀玉和真兒都瞧不清她的臉色。

「方老爺原是弱雲的表親，從前也曾見過面的，原本是不相干的人，只怕也是緣分，他本就有續弦之意，又見我如今落魄，念著親戚一場，存些義氣，方才向少奶奶開口要買我去做填房。若非他心存仁德厚愛，以弱雲這般身軀，又哪裡配做他正正經經的妻房。」

金秀玉聽了她的解釋，不置可否，只是沈默著。

柳弱雲也不說話，默默地坐在一旁，垂低了頭，將臉兒深深埋在陰影中。

可問，妳去吧。」

屋內一時靜悄悄的，落針可聞。最終，金秀玉長嘆了一聲。「事情總算一清二楚，我已無話

柳弱雲吃驚地抬起頭來，失語道：「少奶奶，沒有處置……」

金秀玉瞥了她一眼。「妳不是已經在受罰了嗎？」

柳弱雲張了張嘴巴，想說點什麼，卻又說不出來。而真兒已經走到她面前，做了個讓她出去的手勢，她最終是沒說什麼，閉了嘴巴，起身出去了。

真兒候著她出去了，才走到金秀玉身邊，想了想，到底還是開了口道：「少奶奶這樣放過她，是不是覺得她可憐？」

金秀玉點了一下頭。「可憐。妳不覺得她可憐嗎？」

「是可憐，不過也更可恨！」

金秀玉側目看她一眼，問道：「怎麼可恨？」

「俗話說，冤有頭債有主。是柳夫人害了她，她若是問柳夫人討債倒也罷了，只是又虧空了咱們李家的錢，又因貪墨河工銀子而誤了大王莊和小李莊的逃生之機，以至於死傷十幾人。這樣的人，難道不可恨嗎？」真兒說得氣憤，顯得有些凌厲。

金秀玉看著她問道：「妳可是覺得，灑掃家廟，這懲罰輕了？」

其實這些話已經是頂撞了主家，但真兒一來是老太太教導出來，膽子大，二來也是覺得金秀玉不會為了這些話兒就對她生成見，才決定實話實說。

「若論她的罪孽，就是亂棍打死也是不為過的。」

真兒一句話出口，金秀玉默然了，最終嘆息了一聲。

「是啊，左右不過一個侍妾，打死了又有什麼打緊？」

真兒伺候她這麼長時間，對她早已十分瞭解，聽她說這話的口吻就知道口不對心，便問道：

「少奶奶可是為了肚子裡的孫少爺積福？」

這話卻讓金秀玉失笑了。「積福這話兒，不過是說給老太太聽罷了。」

「那是……」真兒疑惑了。

金秀玉抬眼看著她道：「真兒，妳可記清，審問柳姑娘的不是我，處置她的也不是我，而是妳家大少爺。妳家大少爺年紀輕輕就當上了李家的家主，難道會是個軟性子不成？他難道不知道柳弱雲犯下的是何等重罪？他難道不會覺得，僅僅灑掃家廟這樣的懲罰，對於柳弱雲這樣的罪人來說會太輕了？」

「是啊，大少爺素來賞罰分明，為何這次竟只將柳姑娘輕輕放過？」

真兒疑惑，金秀玉也同樣疑惑。

李承之對柳弱雲明顯是無情的，但又為何在她犯下這樣大錯之後，只是輕輕地責罰了事？他存的，到底是什麼心？

主僕兩個一時都靜默著，直到外頭響起小丫鬟的聲音。

「回少奶奶，飯已得了，請少奶奶至前廳用飯。」

一時間，主僕兩個都收了心思，真兒扶了金秀玉起身出門。

到了前廳，見果然滿滿兩桌子的菜色，就照著正月初三的例，老少爺兒們一桌，太太奶奶們一桌，姨娘們這回可上不得桌子，都在一旁站著伺候呢。

金秀玉挨著老太太的手邊坐了，習慣性地將在座的諸位都掃了一遍，卻在看到其中一個人時，眼睛瞬間張大，差點把眼珠子都瞪出來了。

那明目張膽坐在老太太另一邊的，驕傲如同花孔雀一般的女人，不就是新知府的千金，楊惜君？

楊惜君今兒明顯是經過精心打扮的，從頭到腳都透著富貴華麗與青春洋溢，金秀玉屁股剛一坐下，她便已經春花燦爛地笑起來。「老太太，妳瞧我說什麼來著，少夫人見了我定然十分驚訝，瞧，她一對眼珠子都要瞪出來了呢！」

老太太齜牙笑了，若不是眾人在場，金秀玉忍不住就想朝天翻個白眼，這位楊惜君小姐，說話依舊是語不驚人死不休啊，沒看出來老太太那笑容有多麼勉強嗎？

她微笑道：「楊小姐何時來的？」

楊惜君回答道：「清明這樣的好日子，惜君自然不敢辜負時光，今兒是帶了家裡的丫頭們出來踏青，因聽說貴府別院就在此處，特意過來拜訪。」

金秀玉點點頭，原來是個蹭飯的。

「怎不見楊大人和楊夫人？」

楊惜君挑了挑眉，道：「家父公務繁忙，無暇分身，故而家母留守家中操持內務，以為家父分憂。」

老太太插了一句道：「楊大人果然是清正廉明的父母官呢。」

楊惜君笑道：「謝老太太讚譽。」

李家這些內眷們雖然都是內宅之人，但丈夫子弟都是經商的，見識皆不小，眼睛都毒著呢，老太太、金秀玉跟楊惜君說了這麼幾句話，她們這些明眼人也都看出來了，老太太和金秀玉明顯是敷衍著，這位楊小姐卻似聽不出其中門道，只顧吹噓顯擺，大抵腦子缺了根弦。於是，大家只是笑著，也並沒有同她說什麼話。

當然，說明眼人只是指大部分，總有那麼一、兩個例外、同樣腦子缺根弦的，鐸大奶奶就是一個活生生的例子。

今兒是家宴，內眷之中沒有那麼講究，都是自家人挨著坐了，不按著輩分，因此鐸大奶奶正巧就坐在楊惜君旁邊。她上下瞧著楊惜君，眼睛裡特別有光彩。

「呀！瞧瞧，到底是官家出身的小姐呢，瞧著一舉手一投足的，哪兒都是大家風範。小婦人斗膽問一句，楊小姐今年芳齡幾何？」

楊惜君笑著回了一句。「十六了。」

鐸大奶奶追問了一句。「虛歲實歲？」

楊惜君眉尖微蹙，似乎略有不快，不過她掩飾得很好，並沒有人看出來，答了一句。「虛歲。」

鐸大奶奶點了頭，似乎十分滿意。

方純思正好坐在金秀玉旁邊，微微側了身子，在她耳邊悄悄道：「瞧，鐸大奶奶問人家這些事兒，是什麼用意？」

金秀玉腦子一轉，便領會了她的意思，是說鐸大奶奶在用挑媳婦的眼光看待楊惜君呢。

這楊惜君再怎麼不濟，起碼是知府千金，四房的李勳不過是一介平民，無任何功名在身，況且還在淮安城中擔著爛名聲。除非楊知府的腦袋跟那位米鋪方老爺一樣被驢踢了，否則怎麼可能將女兒嫁給李勳這種紈袴子弟？鐸大奶奶真是癡心妄想了。

金秀玉和方純思相視一眼，心照不宣。

不過鐸大奶奶顯然不這麼認為，她這會兒正認真地打量著楊惜君，似乎越看越美的樣子。

「楊小姐早已及笄，可曾說了人家？」

金秀玉正喝著湯，差點叫那湯匙給燙到，鐸大奶奶近來真是越來越大膽了，這話有多麼突兀，她抬眼看了看，果然人人都側目望著她。

楊惜君大約也沒想到對方會問得這樣直接，畢竟是大姑娘家，自己的婚事還是不好意思說的，只是咳了一下，輕聲道：「還不曾。」

鐸大奶奶眼裡的亮光立時又增了幾分，她哈哈笑道：「定是楊大人愛女心切，捨不得將小姐嫁出去呢！只是俗話說得好，男大當婚女大當嫁，咱們淮安人傑地靈，多得是少年才俊，楊大人既然已經上任，定然也會為小姐物色一位才貌雙全的好夫婿。」

楊惜君多少有些害羞，臉泛起了一層紅暈。鐸大奶奶沒有再追問她的境況，只快速轉移話題，說到了自家兒子李勳身上。

「前兒我們勳哥兒去了一品樓當差，這不昨日才聽壽哥兒說呢，說是勳哥兒人機靈、學得快，他做酒樓生意才算是做對了。壽哥媳婦兒，妳說是不是？」

方純思被點了名，只得放下筷子，用帕子揩了下嘴角，微微笑道：「是聽相公提起過，勳哥兒交遊廣闊，替酒樓招徠了不少生意呢，如今一品樓日日都是熱熱鬧鬧的。」

鐸大奶奶春風滿面，自認為兒子的才能終於被眾人所知曉了。

然而，瞭解四房一家子德行的內眷們，卻都能猜到方純思話裡的意思，交遊廣闊招徠生意，什麼意思？只怕是狐朋狗友們借著李勳的名兒去一品樓打秋風吧，誰知道有沒有付帳呢。

不過大家都是出來鬆快的，也沒人將話挑明白來說，省得找不自在。

鐸大奶奶素來沒有自覺，別人不說，她就真以為自己兒子是人中龍鳳了，轉了頭對楊惜君笑道：「瞧，才說淮安少年才俊多，我們勳哥兒不就是一個！」

楊惜君腦子裡再缺根弦，也聽出鐸大奶奶是王婆賣瓜自賣自誇了。她既不認識李勳其人，更對他不感興趣，因此對鐸大奶奶的行徑有些反感。

於是便沒接她的話茬，而是說道：「淮安是風水寶地、魚米之鄉，人才輩出。惜君一路隨父母從京城來到淮安，父親母親均曾詢問惜君，嫁夫之人選秉性。惜君曾言，立願宏遠，所嫁之人必是人中龍鳳。若不是少年丞相大將軍，也該是商業奇才、天下首富。」她一面說，一面還比了一個大拇指，放在鐸大奶奶眼前。

鐸大奶奶笑道：「小姐是千金之軀，將來的夫婿自然也該英武不凡。」

她這邊笑著，那頭金秀玉卻蹙了眉。

楊惜君方才的話，莫非有什麼影射之意？商業奇才、天下首富，若是旁人跟前說倒也沒什麼，偏偏在李家跟前說，李家是什麼樣的人家？當今皇帝剛剛御賜匾額「天下第一商」，這跟標榜李家是天下首富，又有什麼區別？

老太太對楊惜君所說的話也起了一些猜疑，旁邊一些女眷們如方純思之流，都不是傻子，也聽出楊惜君似乎意有所指，但大家都聰明地沒有開口接她的話茬。

這一頓飯吃下來，楊惜君對待老太太那叫一個親熱，端湯布菜、奉茶水、遞手巾，凡是該丫頭們做的，她都搶過來做了。青玉和秀秀頭一次在用膳期間如此清閒，只好乾巴巴地站著了。

老太太面上笑咪咪的，又誇了幾次楊小姐真是知書達禮的賢慧女子，誰又曉得內裡是不是不耐煩呢。金秀玉一面是起了危機意識，一面又覺得十分好笑。

等到用完了飯，各家各房便相繼告辭，下午的時光正好，這樣的天氣不冷不熱，萬里無雲，一片晴空，大夥兒都遊興大發，紛紛要踏青玩耍去。

這時候，有幾個人就顯得格外糾結了。

第一個是李勳，他倒是很想跟大房一道，說是兩家一起，人多熱鬧，至於存的是什麼意，就是司馬昭之心了。這個不消金秀玉說，老太太就一口回絕了，她笑言，娘兒們整日價為男人操持家務，今日也要自個兒找找樂子，李勳這個男人就別跟著摻和了。

事實上，她對這個子姪本來也就不怎麼喜愛。

第二個是鐸大奶奶，鐸大奶奶跟自己兒子不是一條心，她是想邀楊惜君同行踏青。她的心思嘛，其餘女眷們都猜得出一二，但楊惜君不肯，說是父母均在家中，不敢自行尋樂，要趕回城裡家中侍奉雙親，便也回絕了。

鐸大奶奶和李勳都沒達成心中所願，只好怏怏不樂地走了。

第三個就是楊惜君，她跟鐸大奶奶說是那麼一回事，等四房一行走了，她回頭卻又說，捨不得老太太，想同李家一道遊玩，說是前兒頭一次見老太太，便覺得像是自家的長輩倍感親切，今兒也想陪老人家多說會兒話。但是老太太和金秀玉心裡都存了疙瘩，不想多招惹她，便用她方才拒絕鐸大奶奶的話，又反過來堵了她自己的嘴巴，於是也拒絕了。

楊惜君心裡自然是十分不快，但面上不好顯露，只有表示了遺憾，然後上了馬車笑咪咪與李家道別，自行去了。

大房這一支是最後離開別院的，還是如前頭一般，老太太一輛車子、金秀玉一輛車子，只不過李婉婷被趕到了老太太的車子裡頭。

清明下午倒真是好時光，天正高、風正輕，又是滿眼花紅柳綠碧草如茵的，李家一行人就沿著那官道一路行行停停，欣賞著美妙春光，眼瞧著前面一片曠野，遊人如織，正巧沿著那綠坡下去便是淮水岸，楊柳依依，果然是個好去處。

李婉婷隔著車簾看見這地方，立時就喜歡起來，嚷著下去作耍，李家一行車馬就擱這兒停了。

她人小輕快，推開車門便一躍而下，惹得老太太在身後一個勁兒喊：「慢著些！」

「銀碗，快拿我的風箏來！」

李婉婷就跟那出籠的小狗兒一般，只差滿地打滾撒歡了。

銀碗望了望天，從車裡取出一只大大的綠蜻蜓風箏。

金秀玉在後頭車子裡，正打瞌睡打得迷迷糊糊的，一會兒是柳弱雲在眼前打轉，一會兒是楊惜君笑嘻嘻迎面而來，走馬燈一般，一個激靈醒了過來，卻聽隔著車板，一波一波的人聲。

「這是到哪兒了？」

真兒笑道：「在淮水邊上呢，阿喜要放風箏。」

金秀玉點點頭，道：「咱們也下去透透氣。」

「哎。」

真兒和春雲小心翼翼地扶著她下了車，前頭老太太也剛下車，就著青玉和秀秀的手搭涼棚，往遠處瞧。

她們一行人說說笑笑，因背對著官道，沒瞧見李家四房的車馬正從官道上行過——

原本四房是走在頭裡的，不過也是見路上風光明媚，停下戲耍了一番，竟也就落到金秀玉她們後頭去了。

李勳騎著馬跟在鐸大奶奶的馬車後頭，得得得得小跑而來，一眼就瞧見了金秀玉等人，不由心頭暗喜，扯了轠繩便一路跑過去了，前面鐸大奶奶也不曉得，家丁們習慣了自家少爺的行徑，都沒有多加理會，車馬自顧自地走著，很快便與李勳拉開了一大段距離。

青玉和秀秀扶著老太太慢慢在那草地上走著，往那邊坡下河岸走去，漸漸便離得遠了。

金秀玉也走了兩步，覺得身子著實沈重，便立住了，真兒和春雲一左一右陪著她，三人正仰著脖子看李婉婷放起來的風箏，這芳草香氣令人心曠神怡。

「嫂嫂！」

一聲呼喚讓三人集體回頭，只見李勳正踩著青草款款而來。

真是陰魂不散！金秀玉三人暗罵，李勳卻已經走上前來。

「原該是我們走在頭裡，不曾想路上一耽擱，倒被嫂嫂搶了先，在此相遇，可見也是緣分。」

金秀玉只是淡淡笑了一下，也就是嘴角略略抽動，李勳卻自發地就靠近，真兒和春雲立刻警剔地移動位置，巧妙地將他跟自家主子隔開。

他也不惱，只是嘻嘻笑著望金秀玉，也不說話，眼睛就像是黏在了她身上。

金秀玉極為頭疼，叔叔盯著嫂嫂瞧，這算怎麼回事？他夠膽子，她可還要臉面，只好側頭看了他一眼，開口道：「勳哥兒在一品樓的差事做得可好？」

李勳笑道：「極好的，壽堂兄對勳十分指點照顧，嫂嫂哪天來一品樓，勳親自為嫂嫂布席。」

金秀玉道：「家裡的廚子倒不錯，做的飯菜極合我的口味，怕是沒什麼機會去一品樓了。」

春雲眼珠一轉，緊跟在她後面接話道：「可不是，咱們又不是那等沒臉沒皮的小人，仗著自己是李家親戚就到酒樓裡打秋風。勳少爺，你說是吧？」

李勳咳了一聲掩飾臉上的尷尬。

真兒馬上也說道：「春雲，妳瞧妳說話就是口沒遮攔！一品樓有勳少爺在，誰敢去打秋風？就算是有人打著李家親戚朋友的幌子，勳少爺也一定會公事公辦，該收的銀子定然是一分都不會少的，勳少爺，你說是不是？」

李勳這會子臉上更加不自在了，金秀玉身邊這兩個丫頭的尖牙利嘴，他都曾領教過，只是每回都學不乖，好了傷疤忘了疼，下次依舊要被嘲諷。就像他對金秀玉有非分之想，每回都被李婉婷和李越之算計報復，卻依然沒有學精。

要不怎麼說，這種人是草包呢？

不說他們這邊口角調侃，綿裡藏針，單說那官道之上又轔轔走來一行車馬，這回卻不是李姓人，而是那位知府千金楊惜君了——

楊家的車馬到了這邊，也慢慢放緩了速度，楊惜君掀開了車簾一角，遠遠望著那草坡上的景象，放風箏的李婉婷、樹下眺望的李越之、沿著草坡走下去只剩上半身可見的老太太，還有正站在一起說話的金秀玉和李勳。

綠肥紅瘦兩個丫鬟也坐在她旁邊，正說道：「還是小姐算得精，故意放慢了速度，瞧，果然就遇上李家人了。」

兩丫頭相視而笑，卻見小姐並沒有回應，只是瞇著眼睛看著外頭。

「小姐在瞧什麼？」

楊惜君揚起了嘴角道：「瞧一幕有趣的風景。」

「什麼有趣的風景？」

綠肥紅瘦兩個丫頭擠過來也趴到窗口上看，卻什麼也沒看出來。

楊惜君搖頭撇嘴，抬手一指金秀玉和李勳那一群人，說道：「妳們就沒瞧出點貓膩來？」

兩個丫頭瞧了半天，瘦丫頭到底先看出點門道來了。

「那位李勳少爺，似乎對李家大少奶奶動了什麼心思呢！」

楊惜君讚賞地看了她一眼，點頭道：「妳還不算笨，跟著我倒也長了些眼力。」

瘦丫頭嘻嘻笑道：「都是小姐調教有方。」

胖丫頭撓著腦袋，皺眉道：「小姐的意思是，那李勳，對李少奶奶有不軌企圖？叔嫂之間……」她沒接著說下去，這事兒可不好亂說。

楊惜君卻冷笑道：「妳也瞧出來了？他們叔嫂之間，只怕有什麼見不得人的關係。」

胖丫頭忙擺手道：「小姐還是未出閣的姑娘呢，這話可不許亂說，別人的名聲倒也罷了，壞了小姐的名聲，才虧呢！」

楊惜君沒好氣地看了她一眼。「與我有什麼相干，真是人頭豬腦！」

她一指頭戳在胖丫頭額上，胖丫頭往後一倒，差點沒摔車上。

瘦丫頭卻若有所思道：「小姐的意思是？」

手指拈著帕子從額角拂過，楊惜君斂了眼睛看了看自個兒的手指尖，淡淡說道：「妳猜呢？」

瘦丫頭領會了她的意思，點頭露出一個詭異的笑容。

「真真假假，誰又分得清？」

楊惜君掀起眼角斜看她一眼，抿嘴笑了。

這一番次序，就好比螳螂捕蟬黃雀在後，但到底誰吃得了誰，卻還是個未知之數，又或者貌似強大的敵人，也會失了算計呢。

楊惜君沒有在這裡逗留，隨手將簾子一放，便吩咐趕車的家丁們加緊行程，趕回城裡去。

李家一行人玩夠了，也就收了風箏上車回城，這小半天倒也快活，只是多了李勳這個牛皮糖，令人有些倒胃口。

回到城裡，李勳自然不好再跟到家裡去，只好半路上與她們分道揚鑣。

他一走，金秀玉才算鬆一口氣。

春雲撇嘴道：「這位勳少爺，越來越沒臉沒皮了，真當大少爺不在，咱們一家子女人就好欺負不成！」

金秀玉咬著牙，做出凶狠的表情道：「總有一天要狠狠教訓他一頓，叫他吃個大虧，長長他的記性！」

她這回真下了狠心了，每回看到李勳，她便會想起賈瑞，緊跟著便想起鳳姊的手段。人家鳳姊能夠毒設相思局，生生弄死了賈瑞；她雖沒那麼狠心，從來沒想過弄出人命。但若姑息下去，只會助長李勳小人的氣焰。丈夫遠在重洋外，家裡老的老、小的小，只能指望自己。她可得好好計劃一番，非得一招治了李勳不可。

但沒等她想出整治李勳的法子，那頭知府楊家的請帖卻送上門來了——

第三十五章　宴無好宴

四月初十，楊惜君十六歲誕辰，楊夫人作東，請相好女眷們赴宴。

金秀玉也收到了請帖，到了這一天，就備了禮物，帶了真兒和春雲並丫鬟小廝若干，坐了馬車去了楊府。

楊府的宅院就是當初侯知府的宅院，金秀玉在府門前下車，看著同樣的宅子，就換了個匾額，不由暗嘆一聲物是人非。

府門上張燈結綵，雖然只是女眷的宴會，也有十幾家的馬車呢，金秀玉來得不早也不晚。從前跟這些太太奶奶們也見過面，有相熟的，便一起拉著手進去了。

宴會設在花廳裡，不是常見的大桌子，而是十幾張小几圍成一圈兒，每張小几上六、七個攢盒小碟，並酒盅、湯碗、烏木銀筷、湯匙等物，每家女眷單坐一小几，又方便又鬆快。

於是大家紛紛落坐，楊夫人是東家，上座了；楊惜君是壽星，今兒她最大，但讓著母親，便在她左手邊坐了。

金秀玉這是頭一回見楊夫人，略略打量一眼，方曉得楊惜君就是繼承了楊夫人的相貌。

眾女眷都說楊夫人這宴客的法子好，既新奇，又方便。

「在京城的時候，也見過官家人這般宴客的，就是圖它便宜，正好方便咱們吃吃笑笑，這才做了這擺設。」

別人沒見過，金秀玉倒記起來，《紅樓夢》裡劉姥姥二進賈府，鳳姊和鴛鴦商量好了戲弄她的那回，就是這樣吃飯的。

「這要是我呀，反倒愛那大桌子宴席，滿滿當當，瞧著熱鬧。不過今日是我這女兒提議這樣安排，到底她是姑娘，偏愛這些小巧心思。」

眾女眷於是又誇楊惜君有心思，楊惜君也不推辭，笑著受了。

金秀玉挾了那菜一口，放在嘴裡嚼著，覺著口味有些熟悉，正巧那邊楊惜君就說話了。

「今兒的菜色，別人不覺著，李家大少奶奶必是熟悉的，正是請了一品樓的大師傅來做的呢。」

金秀玉笑道：「怪不得有些熟悉。」

楊惜君拿帕子掩了下嘴，笑道：「一品樓還派了一位管事來替咱們張羅，前兒清明日也見過一面的，就是貴姓那位李勳少爺，李家大少奶奶可要見一見？」

金秀玉笑道：「我今兒是來作客，勳哥兒是來做活，哪有什麼特特見面的道理？倒是多謝楊小姐的美意了。」

楊惜君沒多說什麼，只是笑了笑。

在座的除了太太奶奶們，自然還有各家的媳婦小姐，有像金秀玉這樣的年輕少奶奶，也有楊惜君那樣待字閨中的姑娘。

這太太奶奶們一面吃酒吃菜，一面就說著話，這說來說去，便說到各自女兒的婚事上來了。

就聽楊夫人那頭嘆道：「要不怎麼叫天下父母心呢？女兒小時養著她，女兒大了還得替她張羅婚事，等一成親，又成別家的媳婦了。」

就有跟楊夫人相厚的太太笑道：「楊小姐這般花容月貌的，求親的人只怕早就踏破門檻了吧。」

楊夫人擺手道：「提親的媒人倒是不少，偏生我這丫頭啊，好生古怪，高不成低不就，若是我們違了她的意，可有煩惱要生呢。」

「貴府就這麼一位千金，寶貝得跟什麼似的，能做知府大人女婿的，自然也得是人中龍鳳才是。」

楊夫人嘆道：「妳莫說，她眼光高著呢，早年就跟我們放了話了，將來的夫婿呀，不是少年丞相大將軍，就得是天下第一富人！」

眾女眷們只當是玩笑話，都嘻嘻哈哈議論起來。

楊夫人挑了挑眉尖道：「話說回來，我家這丫頭說的也在理，婚姻之事，到底還是要門當戶對，柴門可配不得木門，李家少奶奶，妳說是不是？」

金秀玉這邊安安靜靜地坐著，不提防對方把話題引到她這裡來，透過楊惜君也不難想到楊夫人說這話時含沙射影，她就知道對方不懷好意。

「楊夫人說的是。不過俗話說，姻緣天注定，半點不由人。這女子嫁什麼漢子、男子娶什麼妻子，都是月老牽的紅繩兒，是妳的就是妳的，不該是妳的搶也搶不著。這呀，就叫各人有各人的命。」她一面說了，一面扭身對旁邊的一位太太道。「您說是吧？」

於是眾女眷也點頭起來，紛紛稱是。

這算是給楊夫人和楊惜君碰了個軟釘子，楊夫人年紀大涵養足，臉上半點變化都無，楊惜君卻微微地變了臉，看著她的目光便有些不善起來，但是這麼一來反倒更被人看出她居心叵測了。

金秀玉不動聲色地打了場漂亮的嘴仗，心中略有些得意，暗示真兒過來扶她，便起身離席了。因防著楊家母女趁她不在說些什麼，便讓春雲留在了席上。

真兒扶著她出了花廳，往那後花園走了幾步。花木扶疏，小橋流水，這小花園倒有些別致，主僕兩個都覺得胸中一清。

「少奶奶，那楊夫人和楊小姐說話含沙射影、綿裡藏針，只怕是不懷好意。」真兒提醒了一句。

金秀玉側頭望了她一眼，說道：「妳也瞧出來了？」

真兒點頭，笑道：「不過少奶奶更是聰明，一個軟釘子就把她們母女都頂回去了。」

金秀玉也笑了笑。

那屋子裡氣悶得很，主僕兩個便在這花園裡歇了一會兒，正待回到席上，那邊假山後頭沙沙作響，腳步聲由遠及近，從假山後頭繞過來一個年輕男子。

「咦，嫂嫂？」

金秀玉聽到這熟悉的聲音，不消回頭就已經知道是誰，不由暗嘆一聲，不是冤家不聚頭。但既然已經碰面，又不好視而不見，只得扶著真兒的手轉了過來。

「勳哥兒也在？」

李勳見到金秀玉，自然是十分驚喜的，走上來幾步道：「原來嫂嫂也是楊小姐的座上賓。」

他站得過近，金秀玉忙退了一步。

「是啊，席上聽楊小姐說，今兒是一品樓做宴，勳哥兒是管事，真是越發能幹了。」

李勳笑道：「嫂嫂過獎。聽說老太太近日身子不爽，勳正想過府探望。」他一面說著，一面那雙眼睛就盯在金秀玉臉上。

金秀玉渾身不自在，剛想說老太太已經好了，但腦中突然劃過一個念頭，說不定這是個整治李勳的機會，便改了口道：「那敢情好，正巧老太太今兒才說呢，想吃這個季節的春湖鯉魚，勳哥兒若是來，便帶幾尾過來。」

李勳立時拍胸脯道：「沒問題，自家生意，正好便宜，勳一定替老太太挑幾尾新鮮的。」

金秀玉笑吟吟道：「那就多謝勳哥兒了。」

她衝李勳微微福了一下，一對眼睛成了兩彎月牙兒，還向上撩了撩，李勳頓時心頭一熱。

「離席過久，怕是那些太太奶奶們要唸叨呢，我這就回席上去了，勳哥兒也自去忙。」

金秀玉又笑了一下，扶著真兒的手轉身去了，正巧輕風拂過，她手上的帕子滑了下去，順著風勢落在李勳的鞋面上。李勳俯身撿了起來，正待叫她，卻見她已經同真兒走遠了。

李勳仔細瞧了瞧手上的帕子，粉色的緞子，絲絲柔滑，角上還繡了一個「秀」字，正是金秀玉閨名中的一個字。他有些怔忡，鬼使神差地將帕子放到鼻尖聞了一下，一絲餘香殘留，嘴角微揚，珍而重之地將那帕子貼身藏了。

他自以為無人知曉，卻不料這一切都被那樹叢後頭的三雙眼睛瞧了個一清二楚。

這三個不是別人，正是楊惜君，和綠肥紅瘦兩個丫頭。

「不出小姐所料，李家大少奶奶跟那位李勳少爺果然有些瓜葛。」穿著紅衣裳的瘦丫頭先就奉承了楊惜君一句。

楊惜君冷笑道：「我早瞧出那女人假正經。」

她轉了轉眼珠子，心中有了主意，得意地抿了抿嘴。

「走，咱們回席上去。」

楊惜君和綠肥紅瘦兩個丫頭回席時，金秀玉自然早已坐下多時了。

她不動聲色地往楊夫人旁邊坐下，正正經經地吃菜，聽著眾女眷們說著家長裡短的瑣事，裝作不經意地「咦」了一聲，指著金秀玉說道：「李少奶奶，我方才瞧著妳那塊帕子鮮豔好看，怎麼這一眨眼的工夫竟不見了？」

金秀玉見她不懷好意的眼神，心中微微一動，笑道：「許是方才落在花園裡頭了，一塊帕子罷了，不妨事的。」

「噯！」楊惜君不以為然道。「這花園裡頭人來人往的，帕子是閨閣之物，若是叫哪個粗野漢子撿去了，豈不骯髒？」

金秀玉驚詫道：「堂堂知府內宅，竟還會有粗野漢子不成？」

楊惜君一滯，這才意識到自己一時失言，忙改口道：「就算是被丫頭婆子們撿去了，她們也糟踐了好東西不是！」

金秀玉擺手笑道：「若是叫哪個丫頭婆子撿了，便只當是我賞了她了。」

楊惜君又開始咬牙，暗恨對方言辭犀利，頂得她無可辯駁。難道她還能說我們知府家有錢有勢的，誰稀罕妳一塊帕子?!

被連續頂了兩個軟釘子，楊惜君總算學了乖，不敢再用言辭挑撥金秀玉。

金秀玉也樂得輕鬆，她早就看出楊惜君不懷好意，卻不料是個蠢笨如豬的，說話一點也不小心，自個兒留了漏洞給她鑽。

一時宴畢，眾女眷紛紛告辭離開，金秀玉走得不早不晚，掐在中間走的。

走街串巷，車輪軋在青石板路上轔轔作響，金秀玉眼神放空，腦子裡卻開始盤算起來，設計李勳上門的藉口是放出去了，要想個什麼法子整治他才好呢？

真兒和春雲見她一忽兒皺眉，一忽兒眼睛發亮，一忽兒微笑，一忽兒又搖頭，均不知她在謀算什麼，只是饒有興味地看著。

這一路思思想想的，很快就回到了李府。

金秀玉也終於想到了法子，就連安排什麼人、細節該怎麼處理，都已經盤算好了。反正這事兒是趁早不趁晚，誰也保不準李勳會不會明天就上門，因此一下車，金秀玉沒回明志院，而是吩咐丫頭們扶著她去了竹院。

她想的法子裡頭，還得借助李婉婷和李越之的力量呢。

早上出門的時候，丫頭們就稟報過三小姐正在竹院書房裡頭寫信，結果金秀玉都去了楊府赴宴回來了，一進門，見那妮子還在跟紙墨筆硯奮鬥呢。

「阿喜，我這裡有件有趣的事情要妳幫忙。」

聽到「有趣」兩個字，李婉婷唰地抬起了頭，兩隻眼睛亮亮的，盯著金秀玉道：「什麼事？」

金秀玉附在她耳朵邊上，悄悄將自個兒的計畫說了一遍。李婉婷果然越聽越高興，拍著手道：「這事兒好玩！那得等阿平回來再同他商量？」

金秀玉點頭稱是。

不多時，李越之下差回來，果然在二門上就被銀碗給請了過來。

於是，金秀玉召集了真兒、春雲、李婉婷和李越之，五人密謀了一個詳細的計畫，各人都仔細記住了自個兒要扮演的角色，深深地期待起整治李勳的那一刻來臨。

不曾想，這李勳還真是個不經唸叨的，第二天便抬了一只小木桶上門來了。

李勳到了李府，先在前廳奉茶，不多時，金秀玉身邊的大丫鬟春雲就來了。

「喲，怎麼勞動了春雲姑娘！」李勳殷勤地起身。

春雲道：「勳少爺來，少奶奶十分重視，奴婢自然要來伺候的。」

李勳今天來，本來就是懷著不清不楚的心思，這會兒見春雲這般說，越發覺得今兒來得對，頓時一顆心肝兒就開始雀躍跳動。他將自己帶來的小木桶拎上來，裡面清水養著三條春湖鯉魚，正是鮮活的時候。

「我聽說嫂嫂愛吃魚，可巧今天得了新鮮的幾尾鯉魚，正是好吃的時候，請春雲姑娘代嫂嫂收了吧。」

春雲笑咪咪地接過來，道：「只有勳少爺記得少奶奶的喜好。奴婢這就拿去廚房，叫她們好生侍弄，少奶奶必定要謝勳少爺，奴婢要去廚房，帶不得路，左右勳少爺是自家親戚，請自行去明志院吧。」

李勳巴不得，一迭聲地答應了。

春雲便拎著桶走了，李勳收拾了一下自己，也走出了前廳。

到了明志院的院門口，因李承之不在，這院子裡只有內眷，不敢擅入，先由看門婆子指派了一個小丫頭進去通報。那小丫頭進去了半天，才領著真兒姍姍來遲。

「奴婢見過勳少爺。」真兒端端正正地一福。

李勳隨便抬了抬手，問道：「嫂嫂可方便見我？」

真兒不好意思地說道：「勳少爺來的真不是時候，少奶奶這會兒正歇著呢。」

李勳本來是抱著滿腔希望的，一聽金秀玉在歇息，頓時心裡就涼了半截，上回也是這樣，說是正小睡著，連院門都沒讓他進。

原以為有了昨日的邂逅，嫂嫂好容易眉眼間有了那麼一點子意思，他滿心歡喜地來了，不曾想又要吃個閉門羹。

真兒見他臉色立時灰下去，不由暗暗腹誹，卻故作神秘地衝他擺了擺手，道：「勳少爺，借一步說話。」

門外有一小片樹叢，李勳跟她走遠了幾步，估摸著那看門婆子聽不見了，真兒上下瞧了他一眼，抿嘴一笑，李勳頓時有些莫名，不知她何意。

真兒斜著眼瞧他，嘴裡說道：「少奶奶叫我問問勳少爺，今兒來問安，可是有什麼東西要送她？」

李勳先是一愣，繼而見真兒眼帶暗示，頓時腦中靈光一閃，手忙腳亂地從袖口拿出一方帕子，道：「煩勞姑娘將這帕子送還給嫂嫂。」

「咦？這不是少奶奶的帕子？昨兒還說找不著了呢，因何到了勳少爺手中？」

李勳道：「昨日嫂嫂將這帕子遺落在楊府花園中，我既撿著了，認得它是嫂嫂之物，今兒自然得送回來。」

真兒點點頭，露出個原來如此的神情，然後就用帕子掩了掩嘴，笑道：「少奶奶早有言在先，若是勳少爺今兒有送這帕子，足以證明您是個有心人；若是沒有送，那便是她看走了眼。」

李勳聽她話裡有些個說不清道不明的意思，便張大了眼睛問道：「嫂嫂這麼說？」

真兒道：「自然是少奶奶說的。她還吩咐過，只有您還了這帕子，才能告訴您一句話。」

李勳立刻上前一步。「什麼話？」

真兒用手指虛點兩下。「湖邊柳條下，假山石洞前。」

李勳將這句話默唸一遍，頓時心頭暗喜，這是金秀玉告訴他在哪裡會面呢！他這一高興，身子就開始有些飄飄然，再不跟真兒多說，撩起袍子就往花園的方向快步走去。

真兒望著他的背影，哼了一聲，回到明志院裡。

一掀簾子進屋，迎面便見金秀玉抬頭道：「他去了？」

真兒冷笑道：「去了，比猴兒還性急呢！活該狠狠教訓一頓，什麼壞心眼兒都敢起！」

金秀玉低頭撫了撫肚子，想著別的倒也罷了，她如今可是身懷六甲，這麼大的肚子呢，李勳是色慾熏心，竟然連孕婦的心思都要動，天打雷劈都不為過。

不說她們主僕等著看笑話，單說李動，一路火燒火燎地到了花園，繞著湖邊走了一圈，果然在那角落隱僻處，見到假山下樹叢中露出一抹淺黃色，依稀便是心中所念之人。

他忍不住喉結滾動了一下，放輕了腳步，躡手躡腳地走了過去。

因此處正是死角，假山背面，又有繁木掩映，光線十分暗淡，他只能瞧出是個女子的背影，這會兒一顆心正撲通亂跳，似乎已經聞到了幽幽的脂粉香味。

他兩隻眼睛奇異地張大著，張開了雙手，一個猛撲，將那身子緊緊地抱住了，嘴裡還發出了一句尖細的叫聲：「我的心肝兒！」

被他抱住的人脖子一扭，臉就轉了過來，一咧嘴，露出白生生的兩排牙齒。

李動彷彿見了鬼，發出「啊」一聲尖叫！媽呀，這哪裡是嬌俏可人的嫂嫂金秀玉，分明是李越之這臭小子。

李越之衝他一咧嘴，一口白牙森森的，嚇得李動見鬼一樣大叫起來，他還沒來得及撒手，背後就又跳出來一個人，高高地舉著一根木棍。

「你這狂徒！竟敢打我嫂嫂的主意！」

話音未落，木棍已經劈頭蓋臉地衝李動頭上砸下來。

腦袋上砰一聲，李動頓時就暈了頭，閉著眼睛大叫道：「哪個狗奴才？妳知道少爺是誰嗎?!」

「管你是誰！打的就是你這個蠢貨淫賊！」

噼噼啪啪，李勳也不知肩上、背上、臉上、頭上被打了多少下，這會兒可是什麼也來不及想，只能抱頭鼠竄。打得沒有逃得快，李勳撒開兩條腿，很快就跑掉了。

李越之可沒追，掀開了披在身上的淺黃色斗篷哈哈大笑起來，前面那個舉著棍子的人一轉身，正是李婉婷這個混世魔王。

「哈哈，這回打得才過癮呢！」

兩兄妹對視大笑，李婉婷扔了棍子道：「還沒完呢，快去瞧瞧下面的好戲！」

李越之點頭，將那斗篷胡亂一捲挾在腋下，拉起李婉婷的手，兩人沿著湖邊輕快地往李勳逃走的方向跑。

話說李勳抱著頭閉著眼睛一跑，也不知自己到了哪個角落，只等後面沒有追趕的聲音才停了下來，頓時周身上下的疼痛都叫囂起來，尤其頭上肩上幾處，那叫一個鑽心的疼，李勳齜牙咧嘴的，背都快挺不直了。

「哎喲！」這外傷還沒來得及檢查，肚子不知怎麼痛了起來，還骨碌碌發出一陣一陣的響聲，小腹立刻便沈重起來。

「定是方才茶水喝多了。」

他捂住了肚子，左右一瞧，不遠處正有個茅房，忙躬著腰一溜小跑進去。

這茅房裡頭就是個蹲坑，坑上頭是兩塊木板，一陣米田共的臭味襲來，李勳趕緊捏住了鼻子，不提防肚子又是一陣吸溜，噗一聲響屁，差點拉在褲襠裡頭。

他忙抖抖索索地解開腰帶，兩腿往坑上一踩，一蹲。

嗵——

水花四濺。

不對，確切地說，是屎尿四濺。

李勳就剩一個頭露在外面，他呆滯地仰起腦袋，望著頭頂上空蕩蕩的坑，還有一片破掉的半截木板掛在坑邊上迎風搖晃。

「啊～～」

茅房裡一聲慘烈的尖叫，聲震九霄，差點把屋頂都給掀飛了。

李越之和李婉婷就躲在不遠處的樹叢裡，聽到這一聲，立刻捧腹大笑起來。

「叫你還敢起壞心眼兒！」李婉婷一面笑著，一面說道：「咱們快去告訴嫂子！」

「嗯！」

李越之點了頭，兄妹兩個立時又拉起手繞著湖面一陣跑，穿過月洞門，跑出了花園。

明志院裡頭，金秀玉正跟真兒、春雲等著呢，這兒離花園有段路程，可聽不見裡頭的動靜。

「嫂子！嫂子！」

李婉婷和李越之咋咋呼呼地跑了進來，那小胸脯一起一伏的，兩張小臉都泛著紅光。春雲的一雙眼睛立時就亮了，蹭一聲跳起來，道：「中計了？」

李婉婷小雞啄米般地點頭，大笑道：「妳們真該去瞧瞧他的模樣，那叫一個慘哪！」

這計謀就是金秀玉想出來的，這位幕後策劃者這會兒正糾結著呢，這麼教訓李勳，是不是有些太不人道了？這得噁心他多少天才夠，往後還吃得下飯嗎？

不過看著李婉婷手舞足蹈地描繪教訓李勳的場景，說得口沫橫飛，又是阿平怎麼喬裝打扮了，又是她怎麼棒打落水狗了，又是李勳怎麼跑茅房了，掉進去之後又是怎麼鬼吼鬼叫了，說得活靈活現，兩隻大眼睛都透著狼光。

真兒和春雲都捂嘴大笑起來，就連金秀玉自個兒也覺得好笑，實在是解氣。

屋內就他們五個人，嘻嘻哈哈笑了一陣，李越之開口道：「不會把他給淹死了吧？」

春雲擺手道：「不會，那茅坑就半個人高，除非他躺著，否則就是蹲著，也能露個頭呢，哈哈……」話還沒說完，她自個兒又撐不住捧腹大笑起來。

金秀玉喘著氣，對她招手道：「行了，我問妳，他帶了幾個人來的？」

「就一個小廝，我叫幾個小夥伴把人叫去打牌作耍呢。」

金秀玉甩了一下帕子道：「找個人去叫那小廝，就說他家少爺交代下來的，讓他去花園接他，好歹是親戚，可別真淹死了。」

「哎。」春雲應了一聲，出門去挑傳話的人。

卻說前頭正跟人打牌打得高興的小廝，聽了傳話，正是玩得高興的時候，但主子的吩咐又不敢不從，只得嘟嘟囔囔著退了出來。

外面院子廊下路上也沒個人影兒，幸而這府裡他是來過幾次的，基本上都還認得，便徑直往花園方向去了。進了園子，繞著湖邊走了大半天，也沒見自家少爺李勳的人影，正納悶呢，就聽見某處傳來撕心裂肺的喊叫，一聽不正是少爺的聲音?!

他趕緊順著那聲音找到了茅房，這還沒進門呢，那臭味就把他熏了一跟頭。

他試探性地叫了一聲：「少爺?您在裡頭沒？」

裡面立時便響起慘烈的叫罵：「你個死奴才，死到哪裡去了！還不快來撈你少爺出去！等我出去了，看我扒了你的皮！」

這沒來人之前，李勳只覺悲憤，身陷這骯髒污穢之中，簡直死的心都有了；這一來人吧，他更加惱羞成怒，本少爺在這裡受苦受罪，你倒不知去哪裡逍遙了！這會兒不是悲憤得想死，是想殺人了。

這小廝也莫名呢，少爺怎麼沒頭沒腦就罵起人來，難不成是便秘了，撒火到他頭上?他頂著一頭霧水進了茅房。

茅房裡頭就那麼大點地方，一眼就瞧完了，人呢?正疑惑著，地下傳來罵聲，他一探頭，哎喲我個親娘，這少爺怎麼鑽茅坑裡頭去了，白生生一張臉，整個身子都埋在米田共裡頭，那個噁心啊！他差點沒吐出來。

但是這是少爺主子啊，要不趕緊撈出來，回頭可就不只是扒他皮那麼簡單了。他只得忍著不時作嘔的感覺，胡亂找了根木棍，伸進去給李勳握住了，慢慢將人拖出來。

「少、少爺……」

人倒是出來了，小廝卻反而更不知道該怎麼辦了，說話都結巴了。

李勳是壓根兒就不敢低頭往自己身上看，他就那麼直著脖子、架著兩條胳膊，跟個拔了毛的鴨子似的，瞪著那小廝厲聲道：「還愣著幹什麼，還不給少爺找水去！」

「哎，哎！」

那小廝也領悟過來了，拔腿就往外跑。

一出茅房，一眼就瞧見了那一大片湖水，他左右一掃，門外正有一只空木桶，隨手一抄便往湖邊跑去。

拎回來滿滿一桶水，也甭管清明剛過的天氣還冷不冷，兜頭就往李勳腦袋上澆去，李勳渾身一個激靈。

小廝來回跑了十來趟，總算是將李勳身上沖乾淨了，只是那臭味始終還是難以完全消除，稍微靠李勳近點，他肚裡就得翻湧起來。

李勳這會兒心裡也翻湧著呢，他這副樣子可不能再被其他人瞧見了，若是被李家的下人瞧見，傳揚出去，他就成了淮安城的大笑話，那他還要不要做人？

他滿腦子胡思亂想，終於想起從這花園過去的小樓旁邊有道角門，門外就是一條冷巷，素來人跡罕至。

「你，去向大少奶奶借一輛馬車，到後邊巷子裡等我。」

小廝忙應了，正要走呢，又轉身回來道：「這，大少奶奶若問為什麼借馬車，奴才該怎麼回答？」

李勳恨得一腳踹出去。「蠢貨！這還要少爺教你！」

「奴才明白了！奴才明白了！」小廝小雞啄米地點頭，縮著脖子溜出去了。

他也是一時傻了，這個還用問？就算說少爺摔破了腦袋，也比說他掉進茅坑要好得多。

金秀玉會不知道李勳是為什麼借馬車？她也不管那小廝說的是什麼，點頭就答應了，吩咐人給他套了馬車去。

那小廝還覺得佩服，這大房的大少奶奶到底是族裡長孫嫡媳，瞧著做派多麼大方。他感恩戴德地去了。

這邊眾人就等著他前腳出了門，立時便捧腹爆笑起來。

金秀玉心裡頭那叫一個暢快，咱這回也算是學了一把鳳姊了。

李勳回去之後，當天晚上便發起了高燒，迷迷糊糊人事不知，嘴裡一個勁兒地胡言亂語。

上官老太太和鐸大奶奶慌了神，連忙把跟他出去的那個小廝叫來問話。

沒把主子少爺看住，叫他掉進茅坑裡去了，這話小廝怎麼敢說？若是說了，一是他要受重罰，二是少爺李勳也沒臉，因此咬住牙只說是外頭吹風受了涼。

鐸大奶奶是傻子，上官老太太可不傻，一看他閃爍其詞的模樣就知道沒說真話，一發話，把人吊起來打了一通，總算掏出了實情。

可這實情也叫人哭笑不得，這怎麼生的病？掉茅坑裡弄的，難不成跟人說是熏得發燒了？這像話嗎！

可這是四房的獨苗啊，兩人怎麼能不著急，又想著沾了這樣的污穢之物，只怕也是晦氣纏身，一口氣把大夫跟道士都請來了，裡頭診著脈，外頭作著法，這叫雙管齊下。

這邊府裡折騰開了，大房這邊清清靜靜，啥事兒也沒有。

當然金秀玉不可能不知道四房那邊的事兒，她，還有真兒、春雲，包括眼下不在場的李越之和李婉婷，都是狠狠地解了一回氣。

接下來的日子，稱得上風平浪靜，誰也沒來招惹李家，包括李勳在內。

李勳那天掉進茅坑，發了一回燒，在床上整整躺了十天才好。若說從前他覺得金秀玉是個有縫的蛋，經過這回也曉得了，她對自己壓根兒就沒那方面的想法。倒不知是羞愧了，還是惱恨了，總之這些日子來，從未曾踏足李家的門。

金秀玉也沒空暇想那些亂七八糟的東西，她現在是越來越為生產擔心了。

她眼下才十五歲，虛歲也才十六，放在現代那就是一個國中生。儘管來潮也有幾年了，到底還是稚嫩的身子，就這般即將生產，她不禁擔心自個兒的身子能平平安安生下孩子嗎？生下來的孩子是健康的嗎？

她這種擔憂表現在外頭，就是白日裡心神不定，夜裡又輾轉反側，時常夢魘。原本前兩月因胃口開的緣故，身子都一圈一圈地發胖，這會兒竟又瘦了回去，下巴都尖了。

真兒和春雲都急得不行，偏生自個兒是沒經驗的，就是大夫也不曾提到這樣的情形，只得求問老太太和張嬤嬤、林嬤嬤這些過來人。

老太太勸慰了金秀玉一次，為了安她的心，又提前兩個月把穩婆給請到家裡來養著。

兩個穩婆，一個是甄嬤嬤，一個是賈嬤嬤，都是接生經驗十分豐富的，進了李府之後，天天就跟在金秀玉身後，就等著哪一天她肚子一痛，就好接生了。

金秀玉的肚子一天比一天大，天氣也跟著一天比一天熱，過了端午，就進入了酷暑。離她的產期越是近，真兒、春雲等丫頭便伺候得越仔細。

李承之的家信，初時每月都有兩封，後來改成一月一封，又變成兩月一封，最近又開始頻繁起來，信中提及是歸期不遠了。

金秀玉每回接到家信都會一字一句認真地唸，說是唸給肚子裡的孩子聽的。別人家的孩子在母親肚子裡，天天都能聽到父親的聲音，她家孩子不行，她就唸父親的信給他聽。李承之信裡頭也總提及孩子，透露出的都是即將為人父的激動，金秀玉就愛唸這些話給肚子裡頭的孩子聽。

今兒下午，金秀玉正在院子裡頭休息。

明志院裡頭就有一大片樹蔭，樹蔭底下置了一張籐椅，她眼下就躺在籐椅上，身上只穿了薄薄的葛紗衣裳，兩隻袖子都挽到手肘。

旁邊一張籐桌子上放了一大盤的雪瓜，瓜瓤散發著撲鼻的香味，真兒、春雲、甄嬤嬤、賈嬤嬤，都拿了小方凳坐著，一面吃瓜一面說話，一眾丫頭僕婦們就在旁邊或站或坐，也是人手一片瓜。

李家有錢，雪瓜雖稀罕，倒不是買不到的東西，老太太嫌這些天悶得慌，又不出門，花錢都沒地方花，買瓜就買得特豪爽，一口氣買了三大筐，於是下人們就跟著主子享福了。

賈嬤嬤長得富態，手腳都胖胖的，正笑著對真兒說道：「前兒聽說大少爺又來家信了，可是快回來了？」

真兒點頭道：「快了，也就這幾日吧。」

賈嬤嬤笑道：「回來得好，說不定能趕在孫少爺頭裡呢。」

大家都笑，大夫已經確診了，金秀玉的肚子十有八九是個男胎。

金秀玉聽著她們笑，手上的帕子滑了下去，真兒等人都沒瞧見，她也沒叫人，自己就抬了一下身子，往旁邊俯身去撿，突然，腹部痛了一下，就跟針扎似的！

她頓了一頓，那疼痛沒消，反而迅速擴張起來，開始一陣一陣地發作。

「哎……」她輕輕地叫了一聲。

真兒頭一扭，略吃驚道：「少奶奶又疼了？」

因產期將至，金秀玉偶爾也會痛一、兩下，但並不是真的要生，所以真兒以為這次也是一樣，問是問了，倒沒有起身。

金秀玉皺著眉，才想說句話，突然一陣劇痛。

「啊！」

她這次叫的聲音既尖且利，把眾人都嚇了一跳。

賈嬤嬤和甄嬤嬤到底是經驗豐富的，蹭地就站了起來。

「怕是要生了！」

一句話驚得真兒和春雲跳了起來，果然金秀玉也捂著肚子叫起來了。

雖然事先已經問了大夫和賈嬤嬤、甄嬤嬤，知道生產的時候該做些什麼，可是真到了這個時候，真兒、春雲還是慌了，看見金秀玉咬著嘴喊疼，兩人手腳都發軟了。

賈嬤嬤和甄嬤嬤早一個箭步竄上去，她們兩人力氣大，合力就把金秀玉給抱起來了。「還愣著做什麼！還不快去燒水！」

真兒頓時反應過來，一推春雲道：「妳跟兩位嬤嬤進屋去！」

春雲拔腿就搶在賈嬤嬤和甄嬤嬤前頭，跑進屋去準備床榻。真兒指揮著眾丫頭，燒水的燒水，拿盆的拿盆，又叫人端了剪子、帕子、帶子等物。

眾丫頭雖然聽到自己的名字，知道自己要做什麼，但禁不住心裡頭惶恐，也都慌裡慌張、橫衝直撞的，撞人的有之，將那雪瓜翻倒的有之，瓜瓤掉在地上，被腳一踩，吧唧成了泥。

真兒一口氣指揮完所有人，又忙叫了花兒去通知老太太。

「還有參片！」她又想起，大夫和兩位穩婆都曾經說過，若是金秀玉生得不那麼順利，那就是持久戰，保住力氣是第一要緊，得拿參片吊著。她趕緊又跑去開庫取人參，還得拿去切片。

上房裡頭，金秀玉已經躺在床榻上，褲子已經脫掉了，就剩一條襦裙。賈嬤嬤看了她的下體，羊水已經破了，產道口也開了，果然是要生了。

甄嬤嬤站在金秀玉肚子邊上，見了賈嬤嬤的眼神，就知道好了，於是便開始教導金秀玉呼氣、吸氣、用力。

金秀玉緊緊閉著眼睛，頭髮被汗水打濕，黏在脖子上，肚子和下體都是一陣一陣地發疼，耳邊是轟隆隆的混響，卻彷彿都隔在雲端外，在雲端那頭，傳來甄嬤嬤鎮定的聲音，叫她呼氣、吸氣、用力，於是她便跟著呼氣、吸氣、用力。

可是那些聲音還是漸漸都越來越遠，眼皮開合之中見到的那些攢動的人影都越來越模糊。

明志院裡頭亂成了一團，滾滾的熱水燒來，丫鬟們在門檻上來來去去，賈嬤嬤和甄嬤嬤叫著用力，真兒和春雲叫著少奶奶，紛紛亂亂，眼前都是人影，耳邊都是聲音。

長壽園這邊，老太太剛得了花兒的稟報，知道孫媳婦兒要生了又驚又喜，立刻扶了青玉、秀秀的手就匆匆往明志院走。

剛打花園的月洞門前經過，就有個小廝飛奔過來，高叫一聲：「大少爺回來了！」

老太太心頭一跳，腳下一扭，摔在了地上，丫頭們忙去扶她，她卻一嗓子吼道：「什麼也別管了，快叫他來，他媳婦兒正生孩子吶！」

報信的小廝頓時嚇了一跳。

大少奶奶生了?!這可是大喜事，小廝立刻拔腿飛奔而去。

「跑得倒快！」老太太嘀咕一聲，忙又催眾人道：「快走快走！」

眾人扶起她剛要走，就聽後面傳來李婉婷的叫聲。

「奶奶，等等我！」

老太太回頭一瞧，李婉婷提著裙子跑在最前頭，林嬤嬤、張嬤嬤還有一眾丫鬟都氣喘吁吁地跟著。李婉婷跑到老太太跟前，氣兒還沒喘勻，就被老太太一把拽住了手腕，祖孫兩個三步併作兩步地往明志院趕。

明志院裡頭，一聲一聲的叫聲，越來越慘烈。

嘴裡含了真兒塞進來的參片，金秀玉這才重新有了力氣，能看見東西了，也能聽見聲音了。

她這會兒也知道了，自己的生產果然如之前所預期的有些困難。

但是賈嬤嬤和甄嬤嬤都十分鎮定，什麼也沒說，什麼也沒露，就跟她說用力，已經看見孩子的頭了。

她也感染了這一份鎮定，咬住了參片，再次開始用力。

「豆兒，奶奶在這兒呢，別怕！」

老太太的聲音透過窗櫺傳了進來，金秀玉頓時覺得身後有靠，心頭不知怎麼的就安定下來，只專心地跟著甄嬤嬤的指揮，她怎麼說，自個兒就怎麼做。

老太太一聲一聲地叫著「別怕」，李婉婷也跟著喊「嫂嫂」，真兒和春雲一邊一個握著金秀玉的手，兩人的手掌都被抓得生疼，甚至還被她的指甲抓出了血絲，卻一聲痛都沒喊，一口一個叫著「少奶奶」。

這麼多人的鼓勵，金秀玉都收到了，她再不想別的，就跟著甄嬤嬤、賈嬤嬤的指導，盡她最大的力量。

老太太手裡握著一串佛珠，不停地唸著經，唸幾句就叫一聲「豆兒別怕」。

李婉婷是早就不敢說話了，她雖然膽子大，到底是小人兒，沒經過這些事，眼見身邊所有人都一臉凝重，心裡頭就怕起來。咬著嘴唇拉著老太太的袖子，靠在她身上，死死地盯著上房的門簾子。

「大少爺！」

不知是哪個下人慘烈地嚎了一嗓子，引得老太太和李婉婷都轉過頭去。

果然，李承之一身青袍，差點一腳把跪在地上的下人給踢飛了。他手上提著袍角，腳下飛奔過來，及至近了，才瞧見他滿臉鬍渣，眼睛裡都是紅色血絲，臉上也是風吹雨打的痕跡，比走的時候生生老了十歲的樣子。

老太太心裡一酸，眼睛就紅了。

「奶奶！」李承之撲過來就跪下了。

老太太一把扶住，沒叫他膝蓋磕到地。「回來得好。」

李承之站起來，看向上房的門簾子，正巧金秀玉尖叫了一聲，他的心頓時一抽，就跟有一隻大手狠狠地抓了一下似的，李婉婷撲上來抱住他的腰。

「哥哥，嫂嫂……嫂嫂……嗚嗚……」她話沒說出口便先哭起來，只有這個時候，她才不是混世魔王，而是一個小女兒。

李承之把手放在她頭上，輕聲道：「嫂嫂在生寶寶。」

他聲音平靜，眼睛卻緊緊盯著上房的門簾子。

老太太一陣心酸，轉過頭去，衝著上房喊了一聲：「豆兒，承之回來了！」

金秀玉耳邊亂哄哄的，偏生這一句像破開了驚濤駭浪的利刃，一下子就被她捕捉到了。

「相公，相公……」

她的聲音明明很細小，然而屋外院子裡的李承之就像是心靈相通一般，一下子就聽見了。他再也忍不住，捏住拳頭便高聲一叫。

「豆兒，我回來了！」

第三十六章　楊家的圖謀

屋外的人焦急，渾然不知屋裡的人比他們更緊張。

金秀玉剛才暈過去一次，剛剛才醒過來，甄嬤嬤拿帕子替她擦了額上和脖子上的汗水，微笑著說道：「少奶奶是好樣兒的，孩子的頭已經看見了，再用把力就能生出來了，老太太和大少爺都在外頭守著您呢，別怕！」

她的聲音又慈祥又親切，金秀玉就覺得心尖子上軟軟的，熨帖極了。點了點頭，她輕聲道：「嬤嬤，您再教我。」

甄嬤嬤笑著點頭，再次教她呼氣、吸氣、用力。

真兒和春雲雖然一直抓著金秀玉的手，這會兒卻實在忍不住都轉過頭去，眼淚撲簌而下，忙拿帕子捂了眼角，生怕叫她看見。

院子裡頭可看不見這些情形，老太太和李承之都是面上鎮定，心裡就跟火油煎一般。

尤其是李承之，妻子在裡頭幫他生孩子，他卻只能乾巴巴地在這裡站著，什麼忙都幫不上，就連握著她的手給她一點鼓勵和力量都不能夠，他實在是從沒有像現在這般，感到自己是這麼地沒用。

「豆兒！豆兒在哪裡?!」

院門口又是一陣混亂，李承之轉過頭去，竟是金家兩口子，金老六和金林氏來了。

老太太剛得到花兒的稟報說金秀玉要生的時候，就已經派人去東市通知金家，還特意讓駕了馬車去。果然，這會子金家二老就來了。

「老太太！」

金林氏撲過來，一把就抓住了老太太的手。

「豆兒她怎麼樣了？生了沒？」金林氏一張臉焦急的，兒子不在身邊，可就這麼一個女兒了，她生孩子真是比自己生孩子還擔心。

老太太握住她的手，忙安慰起來。李承之也給金老六見了禮，叫了聲「岳父」。金老六倒是鎮定，只拍了拍他的肩膀，什麼話也沒說，就看著上房的門簾子，臉上波瀾不興。

大約是受他感染，李承之不知怎麼的，心裡突然也就鎮定起來。

金秀玉一使勁，再次「啊」尖叫起來。

「出來了出來了！」賈嬤嬤欣喜地叫起來，聲音頓時高了八度。

甄嬤嬤忙大叫一聲：「用力！」

金秀玉聚起了所有的力量，往身下一使力，只覺得有什麼東西從下體滑了出去。

「出來啦！」

伴隨著賈嬤嬤驚喜的叫聲，她渾身一鬆，所有的力量都消散了。

賈嬤嬤倒提著孩子啪啪兩聲，「哇——」嬰兒洪亮的哭聲彷彿金雞報曉，一聲就破開了滿天的陰霾。

院子裡所有人都齊齊鬆了一口氣，尤其是李承之，放下心中大石的同時，一股初為人父的欣喜便油然而生。

屋裡頭，賈嬤嬤和甄嬤嬤忙著給孩子清洗身體，給金秀玉清理下身，又給她擦汗更衣，合力抬到了床上，丫頭們都高高興興地收拾著狼藉的屋子，嘴巴笑得合不攏。

賈嬤嬤拿早就準備好的襁褓將嬰兒一包抱在手裡，掀開簾子出了門，早就等得心急的眾人一擁而上，七、八隻手伸過來都是要搶孩子的，賈嬤嬤趕緊往後面一退，上了一個臺階，眾人也才意識到不妥，都傻乎乎地笑起來。

老太太最心急，開口就問：「男孩女孩？」

賈嬤嬤哈哈一笑，說道：「恭喜老太太喜得曾孫！」

老太太一聽賈嬤嬤說，知道生的是個兒子，忙從她手裡接了過來。

金老六和金林氏搶不到，只好圍在老太太身邊，三個腦袋六雙眼睛都盯著孩子瞧，嘴裡欣喜地發表評論。

「瞧這孩子，多漂亮啊！」

「這眼睛，像承之！」

「嘴巴像豆兒！」

「鼻子像我！」

「去你的！哪有人說鼻子像外公的！」

李承之望著眼前的嬰兒，傻傻的不知道該說什麼，心裡只有個聲音在說：這是我的孩子！這是我跟豆兒的孩子啊！

老太太正誇曾孫誇得高興，一抬頭見李承之傻乎乎的，不禁開口點醒他：「傻站著幹什麼？還不快去瞧瞧你媳婦！」

老太太一句話，李承之就驚醒過來。是啊，豆兒怎麼樣了？

他忙轉身往屋裡頭走，用力一掀簾子進了內室，一轉過屏風，就見金秀玉躺在床上，身上蓋著薄薄的被子，小小的身體顯得這張拔步床特別的大而空曠，被子只蓋到胸口，露出她雪白的脖子和巴掌大的一張臉，臉色有些蒼白，嘴唇顏色也是淡淡的。

剛剛生產過的屋子有一絲淡淡的血腥味，但是在李承之聞來，這絲血腥味都透著溫馨。

他輕手輕腳地走向她，在床榻上輕輕坐了下來。

金秀玉察覺到有人，慢慢張開了眼睛，李承之亂糟糟的臉就映入了她的眼簾。小夫妻兩個眼對眼地看著，千言萬語盡在不言中。

金秀玉突然微微一笑，說道：「真醜！」

李承之一愣，摸摸自己的臉，都是風塵之色，還有來不及清理的鬍渣，是夠醜的。不過他想起方才嬰兒那張皺巴巴的臉，便笑道：「咱們的兒子也挺醜的！」

金秀玉當然知道剛生下來的孩子都很醜，臉沒張開，什麼也看不出來。

「醜不醜，都像你！」

李承之嘻嘻笑著。

雖然他這會兒臉上黑乎乎的，又有鬍渣子，一點兒也不好看，但他一笑，金秀玉發現他的眼睛還是一樣漂亮，甚至比原來更多了一股內斂的神采。她很想抬起手來摸摸他，但是無奈現在一絲兒力氣都沒有，連根手指頭都動不了。

李承之見她極為虛弱，說話也是有氣無力，知道她實在是辛苦，便說道：「妳先休息吧，我去洗個澡，將這些鬍子都刮了，再來看妳。」

金秀玉微微點了點頭，閉上了眼睛。她實在是累極，連開口要求看孩子的力氣都沒有了，閉上眼就睡了過去。

李承之俯身在她額頭親了一下，生怕自己的鬍子扎到她，只輕輕碰了一下就離開了。正巧老太太抱了孩子進來，金林氏也跟在身後。

「怎麼樣？」老太太壓低了聲音問。

李承之擺擺手。「睡了。」

老太太點頭，抱著孩子跟金林氏一起輕手輕腳地進了內室，將孩子放在金秀玉旁邊，母子兩個臉挨著臉，兩老太太就這麼一個坐床頭，一個坐床尾，傻呵呵地看著。

李承之出了門，自去叫丫頭給他燒水洗澡。

金老六沒進屋，覺得眼下似乎不大方便，坐在那大樹蔭底下盤算，自個兒同金林氏是不是要在這裡住個幾天？一面多看外孫兩眼，一面也能等豆兒恢復了元氣見見面。

滿府下人都知道自家大少奶奶生了個兒子，都歡天喜地的，有機靈的早就想到，府裡頭定然又要發喜錢了，這樣的大喜事，喜錢可不少。

李承之洗了澡，換了乾淨衣裳，把鬍子一刮，果然又恢復了原先的俊朗。他重新回到產房裡，見兩老太太還傻乎乎看著熟睡的金秀玉和孩子呢，見他進來，也就知情識趣地起身出去了。

到了院子裡，見金老六正坐在樹蔭底下，就走過去一同坐了，這時候，丫鬟們早就把地上收拾乾淨了，還沏了涼茶、上了瓜果，仨老人就相對坐著，說的無非是金秀玉和孩子的事，又取笑了頭一次做父親跟個呆頭鵝一樣的李承之，慢慢就說起給孩子取名的事情來。

而屋子裡，李承之在床邊坐著，親了金秀玉一下，又親了孩子一下，見兩張小臉都是白生生的，閉著眼睛睡得極熟，就像兩隻柔弱的小羊羔，就覺得心裡頭有個什麼軟軟的東西輕輕地撥著，連心也跟著柔軟了。

他背靠在床欄上，想著在海上的時候是怎麼地思念自己的小妻子，又是怎麼擔心她懷孕的日子，今天一回來她就給了自己這麼大一個驚喜，越是想，心裡越是軟，慢慢地就泛上蜜一樣的甜，思緒也跟棉花雲朵一般越來越綿軟飄渺，不知不覺，竟也就那麼靠著睡了過去。

一時間，內室裡靜日玉生香，一家子三口組成了極為和樂安詳的畫面。

李家喜獲麟兒的事，其他幾房還有李家的近親們很快就得了喜訊，眾家都忙忙碌碌地準備賀禮，又想到很快就是洗三（註一），於是便一起準備洗三的禮物。

正如下人們所料，老太太果然給府裡發起喜錢來，人手一個紅包，喜錢多寡按照等級劃分，不管是多的還是少的，總之每個人拿到手裡時都是喜笑顏開，極為滿意的。

金老六和金林氏果然就在李府住了下來，他們兩個反正回去也就是兩口子，冷清得很，老太太就吩咐下人們收拾了院子讓他們小住，等洗三完了再回去。

兩天一過，就到了洗三的日子。

一大早，李府上下就動了起來，因洗三請的都是近親，也就是同一個太老爺的三房人，另外還有金家兩口子，但算在一起也有不少人，因此青玉一早就指揮著眾人登高踩地，抹擦灑掃起來。

金秀玉起得早，抱了孩子正餵奶，李承之也一早就過來看她和孩子。

孩子的大名還沒取，不過已經有了小名，叫海兒，是李承之取的，是他還在大海上漂泊的時候想的。

坐月子的女人可不能吹風，因此洗三禮就在明志院上房外室進行。

剛撤了早飯，兩位收生姥姥甄嬤嬤、賈嬤嬤就帶著丫鬟們在外室佈置起來了，上頭供了一溜兒十三個神像，金秀玉是一個也不認得，少不得偷偷一一問了真兒。

奶娘已經給海兒穿好了衣裳，天熱，他穿的是個百福的肚兜、湖水綠的小褲子，腦袋上就一點點青色，扯不起半根頭髮，不過臉倒是長開了些，飽滿飽滿的，像個福娃娃，一雙眼睛若是睜大了，黑白分明，跟白水銀裡養了兩丸黑水銀似的。

金秀玉將孩子抱過來，跟李承之兩個一人伸出一根手指逗他。

海兒這麼點點大，大約除了睡，也就知道吃，見了兩根手指以為是好吃的，這個伸過來張張嘴，那個伸過來也動動唇。

小夫妻兩個彷彿覺得這是個十分有趣的遊戲，玩得不亦樂乎，不多時，春雲開了內室門，說

註一：洗三，為是中國古代誕生禮中的一個儀式。嬰兒出生後第三日舉行沐浴儀式，會集親友為嬰兒祝吉。

是親戚們都到了。

小夫妻兩個抱了孩子出來，果然見滿滿當當一屋子人，二房、三房和四房自然都來了，老太太也坐著，李婉婷和李越之站在她兩邊。

金秀玉抱了孩子一出來，李婉婷和李越之兩人就衝上來圍住了這個小姪子，睜大了眼睛瞧，李承之咳了一聲道：「給親戚們都瞧瞧。」

金秀玉抱著孩子走了一圈，大夥兒都說這孩子長得有福氣，鼻子像爹啦，嘴巴像娘啦，跟著就有人問孩子叫什麼名兒，她就笑咪咪地跟眾人說道：「大名兒等滿月再起，小名叫海兒。」

眾人又說這小名倒也上口，就只有四房的鐸大奶奶多嘴了一句，說是孩子得取賤名才好養活，不過也沒人理會她。

當走到李勳面前的時候，金秀玉微微頓了一頓，下意識地離得遠了一點。自從李勳掉進茅坑，這還是第一次上門，也是金秀玉這麼久以來第一次看見他，比起從前可大有不同，整個人消瘦了不說，眼神也沒像以前那麼外放，目光裡開始有一些複雜的東西。

金秀玉沒在他跟前多晃悠，轉身就回了丈夫身邊。

甄嬤嬤端了一個銅盆，裡面是以槐條、艾葉熬成的湯，她將盆子擺在榻上，賈嬤嬤也堆了一些禮儀用品上來。

然後，甄嬤嬤從金秀玉手裡接過了孩子。

老太太先往那銅盆裡添了一小勺清水，撒了一把金銀錁子，這就拉開了「添盆」的序幕，眾房親友們都紛紛往盆裡頭添東西，有金銀錁子的，有珠玉翡翠的，還有紅棗之類的喜果，這個時候就看出李氏一族的富有了，添的都是真金白銀呢。

看到這些東西，兩位收生姥姥比金秀玉還高興，要知道這一盆子的真金白銀可都是歸她們倆的，沒見過這麼闊氣的，李家不愧是首富，瞧那盆裡頭都是一片黃白，連個銅錢都少見呢。

添完盆，賈嬤嬤就拿棒槌往盆裡一攪，嘴裡說道：「一攪二攪連三攪，哥哥領著弟弟跑。七十兒、八十兒、歪毛兒、淘氣兒，唏哩呼嚕都來了。」

然後就著甄嬤嬤的手給海兒洗起澡來，一邊洗，一邊說著祝詞：「先洗頭，做王侯；後洗腰，一輩倒比一輩高；洗洗蛋，做知縣；洗洗溝，做知州。」

尋常孩子受了涼總是要哭的，這海兒倒好，睜大了兩隻烏溜溜的眼睛盯著賈嬤嬤看，她的手到哪裡，他的目光就跟到哪裡，就算賈嬤嬤洗他屁股，他也努力地轉頭。嬰兒雖然軟綿綿的，倒是有把子力氣，甄嬤嬤只得盡力抱著護著，別讓他真給扭了。

賈嬤嬤拿了艾葉點著，拿一片生薑做托，在海兒腦門上虛炙了一下；又拿了剝殼的雞蛋在他臉上滾了兩滾，說是「雞蛋滾滾臉，臉似雞蛋皮兒，柳紅似白的，真正愛人兒。」

金秀玉這也是第一次看洗三，凡事瞧著都新鮮，也目不轉睛地瞧著賈嬤嬤的動作。

賈嬤嬤拉拉雜雜做了一堆事情，最後拿個小鏡子，衝著海兒屁股照了一照，說：「用寶鏡，照照腚，白天拉屎黑下淨。」

金秀玉差點噴笑出聲，但海兒不知怎麼的，突然哇一聲哭起來。

賈嬤嬤非但不驚慌，反而高興道：「響盆兒了！」那意思是十分地吉祥。

這就算是都弄完了，甄嬤嬤便將海兒遞到金秀玉手上，金秀玉接過兒子，晃著手臂哄他。大約是母子連心，海兒一到了她手上，哼哼兩聲馬上就不哭了，仔細一看，一滴眼淚也沒有。

眾親戚們便又圍上來看孩子，李家這四房加在一起，也很久沒有新生兒了，因此瞧著這麼點點大的孩兒，哪兒都覺得新鮮，尤其未生育的媳婦子們都想抱一抱他，借點喜氣。

海兒倒是不怕生，誰抱都是咯咯笑，跟個年娃娃似的，真是人見人愛。

方純思抱了海兒就捨不得放手，用手指逗弄他軟軟的臉蛋，海兒便咯咯咯地笑，跟母雞下蛋似的，很是逗樂。

她抬頭看著金秀玉道：「嫂嫂，妳這孩子實在是叫人愛！」

鐸大奶奶正站在她後面，聞言笑道：「妳眼熱什麼呢，趕明兒自己生一個，包管更覺得可憐可愛。」

方純思笑容一僵，回頭笑道：「我是辛苦人，沒得空。這不，四房不是剛說要做新夏裳嗎？」

鐸大奶奶眨眨眼睛，把嘴閉上了。

眼看著時近中午，大廚房便派人來通報，說是午飯已經備下了，是否現在就擺？老太太便吩咐擺到前廳。

眾親戚相繼出了明志院，都往前廳而去。

按照淮安風俗，產婦是一月內不可出房門的，而海兒又要吃奶，金秀玉跟兒子便沒有同去前廳。

既然眾親戚都來了，酒菜自然十分豐盛，不過今兒是洗三，主食便不是米飯，而是麵條，稱為「洗三麵」。

金秀玉這邊的午膳自然是單獨備的，多用了一些補血、催奶的食材。海兒就給甄嬤嬤抱著，洗三前給他餵了個飽，他這會兒還不餓，等金秀玉吃完了再餵他。

真兒舀了一碗蓮藕排骨湯遞給金秀玉，她接過來剛喝了一口，就有一個小丫頭掀了簾子進來，跟春雲耳語了一句，春雲皺了皺眉頭，擺擺手，那小丫頭便退出去了。

「什麼事？」

春雲走上來說道：「丫頭來稟報，說是前頭來了位客人。」

「客人？」金秀玉很是奇怪，今日是洗三，來李家的都是近親，該來的都來了，這會兒是哪來的客人？

她見春雲面色有異，便問道：「什麼客人？」

春雲撓了撓頭，答道：「楊惜君楊小姐。」

金秀玉一時張大了眼睛。

楊惜君，這位不速之客，還真是不速慣了！

這一位到來可不見得是好事，金秀玉想了想，便想叫個人去前頭看看，但若是真兒的話，太伶俐，回來說話定然是修飾過的；倒不若春雲去，這丫頭直肚直腸，凡事只會據實以報，雖然難免有誇張的成分，不過倒更加能反映真實情況。

「春雲，妳去前頭，只裝作是去伺候大少爺用飯的，然後回來將席間的言論都學給我聽聽。」

「哎！」春雲應了一聲，興高采烈地去了。

真兒笑了笑，對金秀玉道：「這活兒她最愛幹了。」

金秀玉也笑，端了那蓮藕排骨湯起來喝。

她吃得已經極為緩慢，哪知吃完了，桌子都撤了，春雲還沒回來，她便從奶娘手裡接過海兒，敞了衣襟餵他。

這小子在洗三時精神了一會兒，這時候早就睏了，迷迷糊糊地含了母乳在嘴裡，有一搭沒一搭地吸吮著。

金秀玉就看著他的臉，怎麼瞧怎麼愛，心兒跟化了一灘水似的蕩漾著。眼看著海兒吃飽了，便根據甄嬤嬤教的，拿手從下往上在他背上撫著，只等他打了嗝才算放心。

正在這時，春雲一臉陰鬱地進了屋，福了一福道：「少奶奶，楊小姐在席上叫湯水打濕了衣裳，老太太讓少奶奶借一件衣裳與她。」

金秀玉同真兒相視一眼，說道：「請進來吧。」

金秀玉將已經睡著的海兒交給奶娘，奶娘自抱進裡屋去了。

楊惜君進了屋，照例後面是跟著綠肥紅瘦兩個丫頭的。她一進門就先笑開了，說道：「恭喜李少奶奶喜得貴子。」

金秀玉忙回禮道：「多謝楊小姐。」

楊小姐笑咪咪道：「照例，今兒是洗三日，原不該我這外人來的，只得滿月才能來祝賀呢，只是家母當初見少奶奶第一面就覺得親切，聽說妳得了麟兒，怎麼也要來恭賀。惜君想著母親近日身體違和，便自告奮勇代母前來了。只是方才席間不小心打濕了衣裳，只得厚臉皮跟李少奶奶借一件更換。」

金秀玉掃了一眼她身上，果然胸腹間有一片水漬痕跡，便點頭，對真兒道：「我前兒不是才做了新的夏裳嗎，取來與楊小姐更換。」

真兒福了一禮，正要去取衣裳，楊惜君忙阻攔道：「別，本來叨擾已是不該，哪裡好意思再佔用少奶奶的新衣裳呢，取件舊衣與我換也就是了。」

既然是她自己的意思，金秀玉也樂得留著新衣裳自個兒穿。

真兒見楊惜君身上穿的是鵝黃色的衫裙，便去內室取了金秀玉懷孕之前穿的一件舊衣，也是鵝黃色的，款式不同，花樣也不同。綠肥紅瘦兩個丫頭伺候著楊惜君換了，又向真兒討了一張包袱皮，將那弄濕的舊衣捲起來包了。

楊惜君和金秀玉的身量差不多，穿上倒也合適，她整理好自個兒，便說道：「原想著還能看一眼小公子呢。」

金秀玉道：「犬兒剛睡下。」

「啊，那便不打擾了。」

楊惜君於是先道謝，然後就告辭，帶了綠肥紅瘦兩個丫頭掀了簾子去了，自有小丫頭帶她們回前廳。

金秀玉回頭，見春雲一臉鬱悶，就跟吃了蒼蠅似的，料想定是前面席間楊惜君說了什麼惹她不高興了，便問是怎麼回事。

春雲氣哼哼道：「我今兒才算見了臉皮厚的，哪有她這樣沒羞沒臊的大家閨秀！就是尋常的丫頭們，也不會像她這般！」

金秀玉暗暗納罕，春雲雖然說話素來直，卻從不曾刻薄，今兒這楊惜君是哪裡惹她了？

就聽春雲一邊氣憤，一邊將前面席間的事情詳詳細細都說了一遍。

她那會兒去的時候，席面都已經上好了，眾人正吃著呢，楊惜君也已經落了坐，因她是知府千金，眾人都敬著她，讓她坐在主桌，就在老太太左手邊的位置。偏偏李承之正巧坐在老太太右手邊，這麼一來，在春雲眼裡，這位置也是楊惜君刻意的安排。

楊惜君開始倒也說是奉了母親之命來恭祝李家，眾人也都應著她，老太太還請她代為向楊夫人道謝。她便打蛇隨棍上，揪著老太太的話尾親親熱熱說起話來了，老太太又不好冷待她，自然也得有所回應。

這麼說著說著，不知怎麼便扯到婚嫁上頭了，老太太自然問她說親了沒，楊惜君於是又將那些個要嫁就嫁天下首富的話說了一遍——

「惜君不是那愛攀龍附鳳之人，嫁天下首富這樣的話可不是自個兒說的，當年惜君剛出生，滿月之時便有一位大師批命，說是惜君命裡帶煞，必要富貴氣方能壓制，將來嫁人，若不是少年得志的達官貴人，就該是天下首富，又說命旺在南，命裡的夫君屬南方之人。也因此，父親求職之時特別留意往南，這才來到了淮安地界。惜君也曾同母親笑言，若是那天下首富已然娶妻當如何？母親就說，大師當初批了，即便是做平妻也使得，總之不可嫁予他人，否則便壓不住那煞氣，到了年滿二十，必生大禍，性命尚有憂患，恐還累及家人。」

「少奶奶妳聽聽，又是天下首富、又是平妻，這不明擺著是看上咱們大少爺了？」因著氣憤，春雲臉都紅了。

真兒也道：「原只道這位楊小姐只是愛爭強好勝，凡事要壓人一頭，方才言語之間多有刻薄，竟不知還會說出這樣不知分寸的話來。」

「豈止不知分寸，簡直是不知廉恥。她那話一出，別說老太太和大少爺，就是其他親戚們也是變色，妳們是沒瞧見，那會兒滿屋子都咳成一團呢。」

春雲這般說，金秀玉便能想像出當時的情形，親戚長輩們一定覺得大失體統。李家雖是平民之家，到底是淮安望族，是最重德義的，像楊惜君這樣公然坦露自己嫁娶意向的女子，定然已經被打上了不知檢點、婦德有虧的印記。

春雲又說了楊惜君接下來的一些話，總之話裡話外都是暗示著要嫁進李家做平妻的意思。金秀玉越聽便越疑惑，照理說楊惜君身為知府千金，在淮安算是身分最尊貴的大家閨秀了，難道會不知道禮義廉恥四字嗎？況且以她的美貌和身分，嫁給達官貴人做正妻，那也是門當戶對理所應當，怎麼還會自降身分，以求嫁到平民商賈之家做一個平妻？

平妻雖是名義上的平等，但以李家的情況，大少爺與大少奶奶伉儷情深人所共知，況且如今金秀玉是當家主母，就算楊惜君嫁進來也只有伏低做小的分兒，得指望著她過活。

如此種種，難道楊家就沒有想到？若是想到了，又為何處處透露出要進李家門的口風呢？楊惜君為的是什麼？楊家又為的是什麼？難道就因為所謂的大師批命？

難道楊惜君是圖李承之的美色？那也不對，她今天才頭一回見他吧！難道楊家圖李家的錢？也不對，堂堂知府，就算圖財，也不必讓女兒做平妻這般委屈。

她百思不得其解，一點頭緒都沒有，最後還是決定問李承之。

晚間李承之過來陪她吃飯，她便將楊惜君的事情揀出來說了。

「說起來，那楊小姐也是個難得的美人，與你做個妻妾，倒也不委屈了你。」她斜睨了眼睛說道。

李承之道：「我若是娶了她，妳這醋缸子豈不是日日都要打翻？」

金秀玉哼了一聲。「那你看，她到底是圖什麼？」

李承之瞇了眼睛道：「既然妳說，這不僅僅是她一個人的態度，連著楊夫人也是這般，那麼料著楊知府只怕也是這個心思。若是這樣，那根源指不定就在楊知府身上。」

金秀玉疑惑地看著他。

「這事兒我回頭就讓人去查，妳呀，就放寬心做妳的李大少奶奶，誰也分不了我去！」

金秀玉翹了翹嘴唇，嘴角有掩不住的笑意。

果然到了第二日，李承之便派人去打聽新知府楊家的底細，他身邊的小泉一連幾天都沒跟著他。

金秀玉一個月不能出產房，也就不能給老太太請安，倒是老太太，一把年紀了也不嫌煩，天天一大早就過來明志院瞧她的曾孫子，每次身後總跟著李婉婷這個小尾巴。

李越之倒是也愛看看小姪兒，但是他要去貨棧當差，早上沒工夫過來，也就下午回來能過來瞅瞅。

剛出生的嬰兒一天一個樣，比起剛出娘胎那會兒，海兒已經完全長開了，小臉兒蓬勃粉嫩，頭髮也蹭蹭往外冒，小手小腳都跟藕節似的，顯得健壯有力。老太太總愛握著他的小腳丫，說他長得像李承之小時候。

李婉婷也愛握海兒的腳丫子，不過是愛撓他腳底心。海兒不怎麼怕癢，但每回她撓，總是咯咯地笑，很是逗人喜愛。

這一老一少，加上個不怎麼靠譜的母親金秀玉都愛折騰海兒，這才沒幾天呢，就想教他說話，老太太總在他耳邊說「祖奶奶」，李婉婷便搶著說「姑姑」，金秀玉倒是想讓他學「媽媽」，但放在這時代總不像話，只能讓他學「娘」。

反正每回總讓旁邊的金林氏、真兒、春雲，還有青玉、秀秀、銀碗等人哭笑不得。

一個月的日子就跟水一樣的流過，洗三過後，金老六和金林氏顧著家裡的蠟燭生意還有活兒要做，反正對女兒和孫子的生活都很放心，他們住了一小段日子，便告辭回自家小院去了。到了海兒滿月前一天，金秀玉狠狠地洗了個澡、洗個了頭，光那大浴盆裡頭的水就換了四趟。

這會子，她正坐在春凳上，由著春雲和真兒拿棉布毛巾替她擦頭髮。

海兒坐在金秀玉懷裡，就正對著她，咧著一張小嘴，兩隻眼睛烏溜溜的發亮。金秀玉越看越覺得自個兒的兒子是個好胚子，將來一定會長成他爹那樣漂亮的男兒，桃花只怕是不斷，不知要禍害多少大姑娘小媳婦呢。

海兒只顧著看自己的娘，小嘴因為一直張著，哈喇子都流下來了，奶娘趕緊拿帕子給他擦拭了。若是他知道自己母親腦袋裡正幻想著他將來是如何風靡萬千少女，不知這張福娃娃般的小臉，會不會皺成一個包子？

丫鬟們瞧著這對母子互望，都覺得有趣，那邊門簾一動，李承之就走了進來。

金秀玉笑道：「今兒回來倒早。」她頭髮擦得差不多，擺擺手，讓真兒、春雲歇了。

李承之先逗弄了一下兒子，海兒剛出生時最黏著金秀玉，這會兒倒是更愛跟父親玩了，一見李承之，嘴裡便「哈，哈」地興奮起來，張著兩隻手要他抱。

金秀玉略有些吃味，皺著鼻子嘟囔道：「這臭兒子！」

李承之見她還跟兒子吃醋，不由暗笑，抱了抱海兒，他還是將孩子放回奶娘手中，說道：「抱他去給老太太請個安。」

奶娘應了一聲，抱著海兒，帶著丫頭們出門去了。

「怎麼？有事要講？」金秀玉一面問，一面拿了一把梳子，攏著頭髮繞過右肩放在胸前，一下一下地梳著，真兒便替李承之斟了一杯茶。

李承之道：「妳不是疑心楊惜君的事兒嗎，我讓小泉多方打聽，總算有了眉目，那楊家，果然是有所圖的。」

金秀玉道：「他們圖什麼？」

李承之賣了個關子。「妳說李家什麼最多？」

她毫不猶豫地道：「錢。」

「不錯，楊家圖的，就是一個錢字！」

俗話說，家家有本難唸的經，升斗小民為每日生計奔波辛苦，達官貴人也不見得就能躺在金山銀山上舒心度日。

楊知府雖然是從四品的官，在淮安算得上是大人物，但在京城就不值一提了。其實官大官小也得看在哪裡，三年清知府，十萬雪花銀，楊家如果單單是為斂財，儘管慢慢來就是。然而，對於楊知府來說，卻片刻都等不了了。

就像李家背後有個李氏家族一樣，楊知府背後也有個楊氏家族。楊氏家族的根基不在淮安，在江南，領著織造的差事。

金秀玉不懂這些官場上的事，但是讀過《紅樓夢》的她知道織造府是個肥差，每年手裡流過的錢財不計其數。

楊氏的確也是富甲江南，但是近來日子卻不大好過，因為涉嫌了虧空一事。虧空的數目，李承之自然是查不到的，但估計著幾百萬還打不住。新君登基，正收拾著前面留下的爛攤子，百業待興，一時沒工夫來查織造的事，但是上頭已經暗示下來，今年年底就要查帳了，對於楊氏一族來說，無異於晴天霹靂。

楊氏的榮辱都在織造一事上，若要保全楊氏，人人都得出力。由楊氏族長攤派下來，楊家各房各支如今都在籌錢填補漏洞，誰的肩上都擔負一筆不小的數目。

楊知府來到了淮安，淮安可是富庶之地、遍地黃金，可是對他來說，籌錢迫在眉睫，將這淮安的大人物們一掃，他就瞄上李家了。

聖上御賜「天下第一商」，可見李家多麼富有！

就算領了個御賜牌匾，老太太誥命加身，李家還是一門布衣，在楊知府眼裡，這就跟三歲孩童身懷千金差不多。只不過李家到底是淮安的地頭蛇、土皇帝，強龍不壓地頭蛇，硬搶當然是不行的，楊知府也沒什麼生意同人家合作，思來想去，就把主意動到了自己女兒身上。

若是女兒能夠嫁入李家，光是聘金就先能撈一筆，她若是能施展手段將丈夫攏住，拿婆家的錢貼娘家，不是輕而易舉？退一萬步說，實在不行，問李家借錢，有著一層姻親關係也好開口，這淮安地面上，也就李家能拿出這麼大一筆現銀了。

就是這麼著，楊家三口子才統一了心思。

只不過可惜的是，李承之已經成婚，而且正妻已經懷了孩子，好死不死生的還是個男孩兒。原本楊惜君還想著用個什麼法子把這金秀玉給攆下去，自個兒好進李府做當家主母，眼下看來是不成了，因此才退了一步，在洗三那天，跟李家暗示她想做李承之的平妻。

楊惜君也嘔氣呢，她堂堂知府千金，嫁給李承之這天下首富倒也不虧，大允朝的商人地位可不低。可是要她做平妻，還得給金秀玉這個布衣主母低頭服小，她就覺得自個兒掉價了。

可是有什麼辦法呢，一榮俱榮一損俱損，她身為楊家子女，難道能眼看著家族敗落？家族敗了，她父親的官路也就沒什麼往上爬升的希望了，三年任期一到，還不知往哪個荒涼地界去呢。

她從小嬌生慣養，可是吃不得苦的，若是去了貧瘠之地，還不如留在富庶的淮安做個富家少奶奶。平妻就平妻唄，以她的手段，難道還攏不住男人的心?!

當然李承之可不曉得楊惜君的心思，他也不關心這個，只見他將楊家的事情這麼一分析，金秀玉的臉色就不好看了，皺得眉頭都成了川字。

李承之心疼地抱住她，柔聲道：「妳擔什麼心，她想嫁，我還不想娶呢。」

金秀玉斜睨了一眼道：「你要是敢娶，我就帶了海兒離家出走去。」

李承之擰住她的鼻子道：「妳若是再說這話，小心我家法伺候。」一面說著，一面目光便往她下身臀部瞄去。

金秀玉自然聽懂了他的意思，下意識地就覺得屁股隱隱作痛，狠狠瞪了他一眼道：「沒正經。」說完了，她又把眉頭給皺起來。

李承之就不解了。「妳愁什麼呢？」

金秀玉瞟他一眼道：「我不是愁，是在算計呢。」

「嗯？」

李承之一好奇，金秀玉就有些小興奮，她可想到了一個點子，就是不知道算不算餿點子。

「你想，這楊家既然是要圖李家的財，楊惜君貴為知府千金，連做平妻這樣的話都已經當面說出來了，可見是鐵了心，臉面也不要了。咱們若是一口回絕，豈不是打楊知府的臉？淮安城裡，他可是老大，得罪了他，於咱們家的生意怕也有阻礙。」

李承之摸了一下她耳邊的頭髮。「妳說的沒錯，那妳心裡是有什麼算計了？」

金秀玉像偷了油吃的老鼠一般賊笑起來，小聲說道：「我就算著呀，咱們李家四房人呢，又不是只你一個適齡人選。」

李承之多聰明，略一思忖就猜到了她的心思，斜睨了眼道：「我不在的這大半年，四房那混帳小子又找妳麻煩了？」

他說這話有些沒頭沒腦，但金秀玉卻完全明白他為什麼這麼問，便也沒隱瞞，一五一十地說了，包括自己跟阿平、阿喜等人一同捉弄他的事情，也都老老實實交代了。

聽到李勳掉進茅坑，李承之便在她額頭上戳了一指頭，哭笑不得道：「原來妳也有古靈精怪的時候。」

金秀玉抱住了他的胳膊，嘻嘻一笑，燭光下一照，小臉含俏，不像個已生育的少婦，倒有些姑娘未出閣的風韻，李承之心頭便是一熱。

抱著自己身體的胳膊發緊，倚靠著的胸膛發熱，頭上的呼吸變粗重，金秀玉不是不經人事的姑娘，當然知道這是什麼反應，她立刻伸手抵住了丈夫的胸膛，紅著臉道：「說正經事呢。」

李承之在她耳邊哈了一口氣，低聲笑道：「人倫大道，豈不是天下最正經的事？」

砰一聲，一團熱氣在臉上爆開，金秀玉覺得自己整張臉都跟燒著了一樣。而李承之，已經用牙齒咬住了她的耳珠，輕輕地用舌尖抵著，沿著耳輪一刮。

從腳底升起一股戰慄，讓金秀玉渾身一顫，登時就軟綿綿使不上力氣，李承之乘機將她攔腰抱起，她頓時慌了起來，雙手緊緊抓住李承之的衣襟道：「別、不行，現在還不行……」

李承之一愣，低聲道：「滿月了。」

他的嘴唇就貼著她的耳朵，隨著嘴唇的張合，若有似無地碰觸，金秀玉羞得幾乎將臉埋進他的胸膛裡，聲音小得就跟蚊子似的。「再、再過幾天……」

李承之不是什麼也不懂的毛頭小夥子，想著或許她身子還沒恢復，回憶起當時她生海兒的情景，怕是的確得再調養一陣。這麼想著，心頭的憐惜更甚，輕輕地親著她的臉道：「我就只抱抱妳，好不好？」

金秀玉微不可察地點頭。

其實這會兒倒不是她的身體沒恢復，而是她的身材沒恢復。懷孕的時候，她的身材發福，幾乎有原來的兩倍，生完了海兒，肚子鬆垮垮，坐下來能有三層。坐月子的時候，一是為了身體著想，二是為了海兒的乳水著想，她是能補就補，如今身材完全沒有一點恢復的跡象。

女人總是愛美，尤其在所愛的男人面前。雖然她知道丈夫是真心愛她，但是依然擔心，怕他看到自己現在的身材，會產生失望。她還是想等身材恢復了，再完美地展現給他。

見李承之果然將臉離得遠些，金秀玉鬆了口氣，說道：「咱們還是談楊家的事兒吧。」

然而，李承之卻壞壞地一笑，道：「咱們上床去談。」

金秀玉錯愕，李承之卻最愛看她這樣呆呆的表情，抱著她的身子顛了一下，哈哈一笑，大步走進了內室，往拔步床上一坐，金秀玉就坐在他膝蓋上，整個人都被圈在他懷裡。

這樣子怎麼談事情？

金秀玉又是害羞，又是窘迫。夫妻兩個分開不過大半年，沒覺得生疏，但這個程度的親密舉動卻已經讓她心頭狂跳了。

只聽李承之說道：「說吧。」

他的語氣明明再平常不過，金秀玉卻覺得，他眼裡閃爍著狡詐似狐的光芒，令她一顆心如墜半空之中，難以平靜。

「這個樣子怎麼談，你還是放我下來。」

李承之嘻嘻一笑，反而更圈緊了手臂道：「老夫老妻了，還是如此羞澀？」

金秀玉一張臉紅得幾乎可以滴出血來，越發地低下頭去，恨不得將下巴埋進脖子裡才好。

李承之終於不再逗她，鬆了手臂，只輕輕搭在她腰上和腿上，說道：「說吧，妳心裡頭是怎麼想的？」

金秀玉也終於能夠正常呼吸了，調整了氣息和思路，說道：「楊家圖的是財；李勳圖的是色。咱們李氏一族因你當家，大房的名頭便最響，但其餘三房同樣也家財萬貫，別看四房只李勳一個人當差，且是個遊手好閒的，鐸大奶奶又是個二愣子，但上官老太太可是個精明人，每年分去的紅利可不少，四房又沒個大事操辦，花銷自然比別家都少，那麼他們家的錢去了哪裡？自然是存著替勳哥兒娶媳婦了。」

李承之點點頭。

金秀玉便笑道：「這麼一看，四房就有了娶楊惜君的本錢；楊惜君是個美人，想必也能入勳哥兒的眼，這不是天造地設的一對？」

李承之見她兩隻眼睛彎彎如新月，精明之中透著純真可愛，不由伸手又刮了一下她的鼻子。

「妳這是想來個一箭雙鵰呢，但人家豈是任妳擺佈的？」

李承之雖是說著不同的意見，但臉上卻全是寵溺的笑。金秀玉彎彎的一雙笑眼，此時便散發出狡黠的光芒，像是一隻有了壞主意的小狐狸。

「明兒不是海兒的滿月嗎，楊惜君連洗三都來了，滿月又怎可不請人家，今兒我已經讓人給楊家送請帖去了。明日，各房親戚、你生意上的好朋友，包括楊家都會來人，到時候，你自看我的手段。」

她揚著下巴，很是自信，越是這種神情，李承之便越是生出揉捏她的心思。

果然，搭在她腿上的手，已經沿著她寬鬆的下襬慢慢爬了上去。

「你！」隔著衣裳，金秀玉一把按住了正在作怪的大手，瞪著眼睛道。「方才不是說好了嗎，再過幾日。」

李承之將臉湊到她頸彎裡，嘴唇已經開始輕啄她粉嫩的肌膚，熱熱的鼻息就拂在她脖子上。

「好豆兒，體諒體諒為夫，這大半年的時間，可不好過……」

他一面輕啄著，一面手已經握住了她一只豐盈，揉捏著，用拇指在頂端輕掃。一股快意從頂尖處瞬間蔓延到四肢百骸，金秀玉只覺渾身的毛孔都發出一股奇異的輕顫。

李承之的氣息已漸漸粗重，並且不穩，金秀玉的臀彎就抵著他的火熱，明顯感覺到了那裡的硬度，還有經過稍稍的摩擦之後尺寸的變化。

金秀玉努力控制著自己不斷淪陷的身體和理智，顫抖著說道：「別，再等等……再等等……」

李承之可不管她這般柔弱無力的抵抗，對於自家小妻子的身體，他幾乎比她自己還要瞭解，一隻手摟住她的腰，一隻手隔著衣裳便熟練地解開了她的肚兜，一把扔在腳下。

粉色光滑的綢面上繡著桃花點點，軟軟落在他鞋面上，腳一抬便踢到了一邊。

金秀玉的眼皮就像黏住了一般，無論怎麼努力都睜不開，她整個人被圈在李承之懷裡，上半身緊緊貼著他的胸膛，擱在後腰的手臂是她唯一的借力點，整個腰向後彎成驚人的弧度。

那單薄的中衣早在對方手掌的撫弄下散開了衣襟，露出一大片雪白的肌膚，還有半只粉彎飽滿的玉兔，一點子殷紅在布料的邊緣若隱若現。

李承之的吻濕熱濕熱，像是蘊含著火種，落到哪裡，哪裡便燃燒起來。

金秀玉只覺渾身燙得厲害，渾然不知身在何處，粗重的氣息就噴在她耳垂上。

「豆兒，相思苦矣……」

他輕淺的嘆息像是來自天外，隔著棉絮般的雲朵，飄渺又迷離。那低醇的嗓音又像是陳釀的美酒，令她醺然欲醉。

不知何時，她渾身上下只剩一件薄薄的中衣，掛在肩上欲下不下。而他的上衣，也早就已經落在床邊，露出精壯結實的胸膛。

她的手攀在他肩上，觸手的肌膚細緻光滑，如同上等暖玉，肌膚下的肌肉結實而富有彈性，她毫不懷疑那裡蘊含著即將爆發的巨大力量。

燭光搖曳，香爐裡青煙嫋嫋，薰染出一室的朦朧。

細碎的吟哦，奏出美妙的樂章。

第三十七章　引狼入室

第二天早上，她是被李承之給親醒的，濕潤溫熱的吻從她的額頭一路延伸到嘴角，像羽毛一樣輕觸，她舒服地呻吟了一聲才睜開了眼睛。

李承之衣冠整齊玉樹臨風的，狹長的桃花眼裡有著十分的得意。金秀玉瞇著眼睛，暗暗說了兩個字：妖孽。

李承之俯身湊到她耳朵邊上，低笑道：「還不起，待會兒丫鬟們進來了，又該笑話妳。」

她略動一動身體，結果渾身都在叫囂著痠痛，一點力氣都使不出來，只得幽怨地瞪了床邊的男人一眼。「都怪你！我今兒還怎麼見客！」

李承之抿嘴一笑，伸手將她連人帶被抱了起來，金秀玉還來不及驚呼，就見衣架後頭大大的浴盆裡氤氳著白色的霧氣。

「料到妳體力不濟，一大早就讓小丫頭燒了熱水來。」

熱呼呼的一個澡泡完，果然身上的疲乏去了許多，雖然還是手軟腳軟，但在人前做個精神的樣子還是可以的。

兩丫鬟伺候她洗浴完畢、更衣，然後小丫頭們便擺了早飯上來，才剛吃了兩口粥，奶娘便抱著海兒進來了。

等到一家子三口都吃完，撤了桌子，她便叫真兒和春雲兩個替她綰髮梳妝。

春雲替她簪了頭，又挑了耳環等首飾與她戴了，真兒從箱籠裡挑出了一套雪紫的裙裝，高腰的淺紫色雲茜紗襦裙，胸口是精緻的白色梔子花刺繡，雪紫兩色過渡的外裳，原來還有條披帛，但想著今兒得抱孩子，恐有不便，金秀玉便讓拿掉了。

這麼一裝扮，顯得她整個人又是修長，又是別致，高腰的款式便將她略微寬鬆的肚子都給掩住了。

其實她的身材發福，只不過是她自己的感覺，在李承之看來，綿軟光滑，反而比以前更有韻味，不然昨夜也不至於那般荒唐了。

「成了，少奶奶瞧著可滿意？」

金秀玉長身玉立，在鏡子前左右照了兩下，點頭道：「不錯，走吧，咱們去長壽園給老太太請安。」

這是她生產完第一次走出房門，邁出明志院院門的門檻時，她忍不住深呼吸了一口。海兒是她親手抱著，這小搗蛋是今天的主角，也很是打扮了一番，只不過這會子吃飽喝足，縮在娘親懷裡已經睡著了。

金秀玉先去長壽園，把孩子託付給老太太照料，然後自個兒才領著丫鬟們到前院察看擺宴事宜安排得如何了。

李家孫少爺滿月禮，這樣的好日子，請的客人當然不會少。前院搭了彩棚，擺了幾十桌，場面稱得上盛大，發出去的請帖上寫的是午時初開席，這會子是巳時四刻，已經有客人陸陸續續上門了。

前頭果然已經忙開了，凡是重要的客人，都是李承之親自迎接，其餘的自然有負責接待的下人們各自引導入坐。

金秀玉帶著一眾丫鬟們到的時候，前院正流水一般地進人，端著茶盞和瓜果點心的丫鬟們蝴蝶一樣在人群中穿梭。

她並沒有直接進彩棚，而是在人少的廊下停了，對春雲耳語幾句。

春雲點頭，隻身一人進了彩棚，不一會兒便領著李承之過來。

「妳怎麼來了？這會兒還用不著妳招呼呢。」李承之笑咪咪地說著，眼睛卻是將她從頭到腳都看了一遍，目光流露著驚豔。

金秀玉無奈地指了指長壽園的方向，說道：「老太太含飴弄孫，嫌我礙眼呢，將我趕到前頭來了。」

李承之抬手刮了一下她的鼻子。「就愛說笑。」

金秀玉笑了笑，伸長了脖子，揚眉瞧了瞧前頭進客人的情形。

李承之側身，眼睛看著前面彩棚的情況，嘴裡卻說道：「我知道妳要趁這個時機辦那件事兒，只是今天的場面太熱鬧，怕是不易妳行事吧。」

金秀玉微微一笑道：「要的就是熱鬧！」

李承之挑高了眉。「妳可別胡來。」

金秀玉挽了他的胳膊道：「你只管放一百二十個心，我又不是傻子，不會給自家找麻煩的。」

李承之挑了挑眉，捏了一下金秀玉的手，轉身自去前頭迎客了。

大門口迎賓的家丁，是進一撥客人便唱一個名兒，這時候特意又拉長了嗓子，抬高了聲音，響亮清脆地唱了一聲：「楊知府攜楊夫人、楊小姐到——」

金秀玉頓時精神一振，對真兒和春雲兩個丫頭挑了一下眉，笑道：「正主兒來了。」

賓客們都來齊了，彩棚裡座無虛席，黑壓壓一片人頭。

主桌上，除了東家，在座的就是楊知府、楊夫人以及楊惜君，作陪的還有家族裡幾個德高望重的長輩。

滿月禮倒是不分外席和內眷席面，因為無論男女，都是同等列席。

先是李承之淨手之後，拈了三支清香，朝祖先位拜了三拜，然後金秀玉便抱了孩子出來。

海兒今天可是被著意打扮了一番，身上穿的是百福肚兜兒，繫著鵝黃色的褲子，穿了一件雪白雲茜紗的外裳，以金線繡了一小朵一小朵的菊花，很是清爽醒目。白生生的小臉兒蓬蓬勃勃的充滿了朝氣，一雙眼睛烏溜溜亮晶晶，胖胖的手背、腳背可愛得緊。

眾親朋賓客自然都稱讚生得好福相，楊知府笑咪咪問了一聲：「叫什麼名兒？」

李承之答道：「大名李譽。」

金秀玉正抱著孩子，接了一句：「小名海兒。」

楊知府點點頭，眼角往女兒楊惜君的方向瞥了一眼。

海兒長得快，金秀玉指著近親們一個一個地叫他認。「這是某奶奶……這是某姨……這是某姑姑……這是某叔伯……」

海兒反正還不會說話，金秀玉指一個，他就笑，兩隻眼睛黑亮黑亮地盯著人家瞧，倒是人人都喜歡他。

到了七少奶奶方純思跟前，她最喜愛這孩子，拿手指輕輕地點著他的臉蛋，海兒便咯咯笑起來，跟糖豆兒往外蹦似的。方純思心裡實在愛得緊，從隨身荷包裡取出一個小南瓜模樣的金錁子，穿了一條細細的銀鏈子，塞進了他手裡。

「拿著玩吧。」

金秀玉捉了海兒的手，逗弄他。「快謝謝七嬸嬸。」

這麼點子大的孩子會說謝謝就奇怪了，海兒瞧著那金南瓜有意思，抓了便往嘴裡塞，方純思和金秀玉忙捉住了。

金秀玉笑罵一句：「這傻孩子！」

方純思立時瞪她一眼，啐道：「聰明著呢，知道南瓜是吃食。」

這麼走了一圈，將近親都認了個遍，那些遠的就算了，也不怎麼走動，都是仰仗著官中生意吃飯的，今兒也算是來巴結捧場，沒必要再一個一個去認。

金秀玉抱了孩子往主桌走，正路過楊惜君的座位，就聽她開了腔。「洗三那天沒瞧見小公子，今兒再見不著可就太不甘心了。」

她既然這麼說了，金秀玉當然不好意思不給她看，便微微傾了身子，托著海兒的後背，哄道：「海兒瞧，這是知府千金楊小姐。」

楊惜君拿帕子點了點嘴角，抿嘴一笑道：「少奶奶也逗樂，他這麼小的孩子，哪裡知道千金小姐了。」

她今兒的帕子是桂花香的，有些濃烈了，金秀玉聞著不大自在，面上當然一絲兒不顯，笑得熱情著呢。

楊惜君盯著海兒看了幾眼，海兒也拿亮晶晶的眼睛看她，突然一笑。

她頓了頓，臉上似乎有些不明快，但不知心裡轉了個什麼念頭，突然又笑開了，拿帕子在海兒嘴角下一點，道：「瞧這小臉兒，真是可人疼呢，將來必是個有福氣的。」

金秀玉笑道：「承楊小姐吉言。」說完，托著孩子站直了，往自己位子上走去。

奶娘一直跟著她，這會兒才能接過手來，金秀玉身上一輕，頓時暗暗地鬆了口氣。

這時候便正式開席了，美酒佳餚流水一般地上來，賓主都動了筷子，席間談笑風生，很是熱鬧。

碧玉巷，凡是經過李家大門口的都能看見這府門的張燈結綵，都能聽見裡頭的推杯換盞、歡聲笑語，猜也能猜到裡頭是在辦喜事。何況，首富李家新得了小公子的事情早就在坊間傳遍了，還有哪個不知道是在辦滿月禮呢？

裡頭的客人們吃得歡快，外頭看門兒的家丁們可累得半死。

這樣熱的天，知了在樹上吱吱地叫，宴席上搭了彩棚，還放了好幾盆冰，又涼爽，又能吃著山珍海味；看門兒的家丁可就無法享受了，一身臭汗，門外就幾條板凳，方才迎客又累得半死，這會兒正癱軟得跟狗兒似的，只剩耷拉著舌頭大喘氣了。

這會子該進門的都已經進門，外頭除了明晃晃的大太陽，就只有一、兩個行人，沒多久，從巷子口晃晃悠悠過來一個衣裳襤褸的乞丐。

家丁甲就瞇著眼睛看他一路顛顛兒地過來，在自家府門前一站，抬了黑乎乎的臉，伸長了脖子往門裡頭瞅。

李家的家丁素來教養好，這會子也沒趕他，況且這樣的大喜日子都是有準備的。當下，家丁甲便提了一個小錢袋，下了臺階，一抓一把銅錢往乞丐手上的碗裡一放，叮叮噹噹的有十幾個銅子兒。

「主家有喜，小哥兒同喜了。」

這乞丐一身破爛，又都是泥巴，臉上長的啥模樣也看不清，瞧著身量未足，估摸著還是個未長成的男孩兒。

家丁甲也不細看，賞了銅錢回身就走，不料卻被那小乞丐一把抓住了袖子。

「我說大哥，李家可是淮安首富呀，小公子滿月禮這麼大的排場，就這麼幾個賞錢兒，打發叫花子呢！」

家丁甲一看自己袖子上黑乎乎油汪汪五個指印，這可是今兒才上身的新衣裳呢，登時又心疼又生氣，一聽乞丐說的這話，嬉皮笑臉的還抖著一條腿，一看就知道是個破落戶，頓時那臉就拉下來了。

「怎麼著？敢情我看走了眼，這位小爺還不是叫花子哪！」

乞丐就跟沒聽出他話裡的嘲諷似的，一笑露出一口白森森的牙齒。「嘿嘿，叫花子嘛自然是叫花子，不過咱可是有名號的叫花子，你這幾個銅板兒還不夠我塞牙縫呢。」說著，便將銅板往地上一扔，嘿嘿直笑。

家丁甲一氣，反而樂了，回頭對臺階上的另外幾個夥伴大聲道：「多新鮮吶，叫花子還有名號，哥兒幾個都過來聽聽。」

幾個家丁早瞧見他跟乞丐拉扯，都知道他生氣了，大約是要教訓人，這大喜的日子，誰喜歡來門口搗亂的？他們自然也就笑嘻嘻地圍了過來。

乞丐倒像真沒發現他們的用意，豎了三根手指道：「本叫花子有三不要，非山珍海味不要，非綾羅綢緞不要，非真金白銀不要。」

他說完了嘿嘿直笑，露著白牙，太陽底下顯得明晃晃的。

家丁甲哈哈大笑三聲。「你個破叫花子，還想吃山珍海味、穿綾羅綢緞、用真金白銀？我去你的。」

他話音未落，抬起一腳便將那乞丐踢翻在地，其餘幾人乘機也伸腳猛踹，那小乞丐就地一個打滾，撒腿便跑，一邊跑一邊還回頭嚷著：「你等著！你等著！」

家丁甲大聲叫：「我等著！我等你祖宗八代！」

就見那乞丐跟隻夾了尾巴的狗兒一樣，灰溜溜就跑沒影兒了。幾個家丁大笑了一回，重又回到門前做起了枯燥的看門活兒。

小乞丐順著李家的牆根跑了一圈，在後牆下停了，明明見他方才跑得飛快，跟屁股著了火似的，這會兒竟臉不紅氣不喘。

「回頭得說說李越之，就他們家這看門兒的，得得罪多少人！」

他啐了一口，手搭涼棚順著牆往上一看，手掌底下一雙眼睛黑亮黑亮的，配上那口白牙，怎麼看都跟他這一身的狼狽不搭。

左右一瞧，別說人影，連個鬼影子也沒有。

他將雙手摩擦了一下，往上一跳，李家的院牆可不矮，他這一跳得有一丈，啪一聲，兩隻腳踩住了牆，上面兩隻手已經攀上了牆沿兒，再一使力，整個人就跟騰空飛起來一般，嗖一下就進牆裡頭去了。

牆外邊兒就一個破碗，滴溜溜轉了一圈，吧嗒歪倒在地上。

這番變故，府裡頭的賓主可一點都不曉得，正太平盛世地吃著喝著呢。

金秀玉輕輕地咬了一下筷子，暗想，楊家的人可真積極呀。

瞧，楊知府正同自家相公相談正歡，楊夫人帶著楊惜君正同老太太說得高興，不過楊惜君偷偷瞧她相公也就罷了，抽空偷偷盯她幾眼也算正常，目光老是往她兒子海兒身上飄，那又算怎麼回事？

她下意識地就覺得這女人沒安好心，正想著，就見許久不曾在她跟前出現的李勳，提了個大酒杯，抿著嘴唇就過來了。

她心頓時往上一提。

「承哥，小弟敬你一杯。」

幸好李勳只是向李承之舉了杯子，她不由暗中鬆了一口氣。

「李少奶奶嘆什麼氣呢？」

耳邊突然響起一個聲音，頓時把她嚇了一跳，一轉頭，楊惜君不知什麼時候站在她後面。

這女孩，屬貓還是屬鬼？

楊惜君露出了一絲歉意，道：「小公子實在叫人憐愛，惜君忍不住想多看幾眼，不料竟嚇著了李少奶奶，這是惜君的唐突了。」說著，便盈盈地往下拜去。

金秀玉忙伸手去扶，人多擁擠，不知是不是楊惜君動作大了些，竟撞到了右邊的李勳。李勳正提了酒壺往杯裡倒酒，叫她一撞，手一抖，那滿滿一杯的酒就灑了出去。

巧得很，金秀玉和楊惜君一人一半，將那一杯酒水給接在衣裳上了，一滴不落，澆了個透，金秀玉、楊惜君、李勳都傻了眼。

「都是勳的不是！」李勳立時便拱手深深地彎腰下去。

金秀玉忙側身讓了，說道：「不過是意外罷了，勳哥兒不必放在心上。」回頭又對楊惜君道：「楊小姐也需要換身衣裳，請隨我來吧。」

楊惜君苦笑道：「每回來都得叨擾少奶奶，惜君實在慚愧。」

金秀玉忙擺手，想著海兒也該餵了，乾脆便讓奶娘抱了海兒，帶著一眾丫鬟，領了楊惜君，告退暫時離席。

她們一撥子人一走，主桌旁邊頓時空了一片。

李承之沒跟李勳喝完酒，還站著呢，李勳轉過身來，臉上酡紅一片，扶著額頭，瞇著眼睛對李承之說道：「勳不勝酒力，且去發散發散。」

說著，便扶了一個小廝的手，腳步虛浮地去了。

李承之瞇了瞇眼睛，見凳子上、地上還有一些殘餘的酒水，隨手喚了丫鬟來收拾乾淨。

金秀玉帶著一幫子人，浩浩蕩蕩回了明志院。

連今天在內，楊惜君總共才來了李家兩次，結果兩次都弄濕了衣裳，兩次都得借金秀玉的衣裳更換。

她苦笑道：「今兒又得問少奶奶借衣裳了。」

金秀玉笑道：「大約是楊小姐與我有緣。」臉上笑著，手上已經指揮了真兒去開箱取衣裳。

一直跟在楊惜君身後的綠肥紅瘦兩個丫鬟之中的胖丫鬟，突然快步跟在真兒身後，嘴裡說著「我幫姊姊的忙」，一面已經搶進內室去了。

金秀玉古怪地看了楊惜君一眼，楊惜君尷尬地笑道：「我這丫頭就是毛毛躁躁的，失禮了。」

「哪兒的話，我身邊這個才叫毛躁呢。」金秀玉一面說，一面瞥了一眼春雲，惹得春雲不高興地癟了癟嘴。

且不說她們兩個客套，那胖丫頭跟著真兒進了內室，轉過屏風，果然見地上有個精緻的落地香爐，正燃著絲絲清香。

真兒開箱先取了一套衣裳，察覺身後無人，回頭一看那胖丫頭正背對著自己站在香爐前。

「這位姊姊？」

那胖丫頭一驚，回身笑道：「這香爐好生別致。」腳下則快步走上前來，接了她手上的衣裳，壓在衣裳下面的右手則悄悄握緊了。

真兒回頭又取第二套，暗地裡卻腹誹著，什麼知府家的丫鬟，見個香爐還大驚小怪的。

兩人捧出來兩套衣裳，一套淺綠色，一套銀紅色。

金秀玉接了那銀紅色的道：「這是才新作的衣裳，還沒上過身，楊小姐且先將就著穿吧。」

楊惜君忙擺手道：「叨擾已是不該，哪裡還好意思穿了少奶奶的新衣呢，只拿舊衣與我替換吧。」

因她上次也是這般，只要舊衣，金秀玉讓了兩回，沒再堅持，取了那淺綠色的，楊惜君旁邊綠肥紅瘦之中的瘦丫鬟走上來接了。

那瘦丫鬟福了一福，算是替主子道了謝，轉身同抱著海兒的奶娘擦身而過，「哇」一聲，原本安安靜靜的海兒突然間大哭起來。

奶娘忙去哄，結果竟怎麼也哄不停。

「怕是小公子餓了，少奶奶還是趕緊餵他吧。」楊惜君笑言。

金秀玉詫異地看她一眼。「楊小姐未出閣的姑娘，竟也懂得這些？」

楊惜君笑容一僵，支吾道：「我如何就懂了，只是隨口一說。」

金秀玉從奶娘手裡抱過海兒，見他雖是聲音小了一點，仍是哭個不停，便也以為大約是餓了。

「丫頭們去閂了門，委屈楊小姐就在外室更衣吧。」

楊惜君知道她要進內室去奶孩子，忙擺手道：「原來就是我叨擾了，哪有委屈之說，小公子身體要緊，少奶奶請自便。」

金秀玉點點頭，抱了孩子進內室，真兒、春雲、奶娘自然是跟進去的。

外室還留了李家幾個丫鬟，那瘦丫頭板著臉道：「我們小姐更衣，不便有外人在場。」

李家幾個丫鬟之中一人出列道：「奴婢們給小姐守門。」說著，便領了其他幾個姊妹退到外頭廊下。

胖丫頭立刻上前重新閂了門，這時候內室的門也已經關上了。

兩個丫鬟快手快腳，先伺候楊惜君換了衣裳，然後主僕三個都不說話，躡手躡腳地走到內室門口，趴在門板上聽裡頭的動靜。

就聽先是衣料磨擦窸窸窣窣，接著便是金秀玉疑惑了一句「海兒是怎麼了」，然後似乎是那個叫真兒的丫鬟嘀咕了一句「今兒的香怎麼濃了些」，沒多會兒，就聽裡頭撲通幾聲，陷入了一片寂靜。

楊惜君使了個眼色，那胖丫頭開口輕聲叫道：「李少奶奶？」

內室寂然，無人回應。

綠肥紅瘦兩個丫頭立刻對視點頭，楊惜君提了裙子，走得離內室的門遠遠的；兩個丫頭則走到桌前，用茶水浸濕了自己的帕子。

兩人用濕帕子捂住了口鼻，推開了內室的門。楊惜君下意識地用袖子捂住了口鼻，等著兩個丫頭開了內室的後窗，然後再出來。

明志院後頭是一小片林子，平時可沒什麼人，今兒這麼忙的日子，自然就更連個鬼影子都沒了。

楊惜君一見兩個丫頭出來，便問道：「如何？」

瘦丫頭壓低了聲音道：「都放倒了。」

楊惜君眼裡滑過一抹惡毒的興奮，低聲快速說道：「快去開窗。」

那瘦丫頭也點頭，將屋子裡的一排後窗數了一遍，抬手指了其中一扇，那胖丫頭會意，快步走過去，推開了窗子，搬了一張春凳放在窗下。

不多會兒，就見窗外冒出來一顆腦袋，緊跟著是身子，這窗子本來就不高，對方又是個成年男子，一提氣，手腳並用攀上來，踩著那凳子就進了屋。

胖丫頭一等他落地便去關了那窗子。

男人整了整衣裳，理了理髮絲，抬頭衝著楊惜君一笑，竟然就是李家四房出了名的紈袴子——李勳。

他方才說不勝酒力、發散發散，竟然就發散到明志院的上房來了。

「楊小姐，好乾淨俐落的手段。」

楊惜君對他可沒什麼好感，沈著臉道：「少廢話，接下來可都是你的事兒了。」

「妳就瞧吧，好戲這才開鑼。」

李勳詭異的一笑，眼裡露出一抹陰騖。

楊惜君顯然對李勳並無好感，看到他陰鬱猙獰的面孔，更是下意識地遠了一步。

「我們會在外頭拖延時間，但至多不過一刻鐘，你可得俐落些。」

李勳抿了抿嘴。「我省得。」

楊惜君便帶了綠肥紅瘦兩個丫頭走到外頭。

主僕三人站在廊下，往院子裡一掃，突然覺得有些不對勁。

她們進來之前，院門有看守的婆子、院裡有收拾花木的下人，更衣之時退出來的幾個丫鬟應該也在廊下守著才對。可是這會子四下一瞧，竟是靜悄悄的，半個人影都沒有。

那瘦丫頭立時覺得有點不妙，疑惑道：「莫非是李勳少爺的安排？」

楊惜君皺眉道：「這裡可是李家大房，不是四房的宅子，他既不是主人，哪裡能夠將內院中的下人都支走？」

瘦丫頭也皺了眉。

這些動腦筋的事情，胖丫頭素來摻和不上，在她看來，李勳既然要行那苟且之事，自然要支開外頭這些下人，又有什麼好奇怪的。

她正待開口發表意見，忽覺腦後一陣涼風吹過，還來不及轉頭，後腦一陣劇痛，登時暈了過去。肥胖的身子往地上一倒，跟推倒了一座小山似的，發出沈重的悶響，還掃起了一片塵土。

楊惜君和瘦丫頭被這突然的變故嚇了一跳，剛把眼睛瞪大，同時都是後腦一陣劇痛，緊跟著便步上了胖丫頭的後塵。

一個人影從屋頂上輕輕躍下，落地悄無聲息，用腳尖踢了踢地下的三人，見全無動靜，這才抹了一把臉，嘀咕道：「生的好皮囊，竟然有這樣惡毒的心腸。」

這位打昏了楊惜君主僕的不是別人，正是方才被李家家丁嘲笑、翻牆進來的小乞丐。

他身量不高，瘦瘦小小的，力氣倒是不小，隨手抓住楊惜君往肩上一甩，跟扛麻袋似的將人扛了起來，也沒見走多快，居然幾步就到了書房門口，進了屋，將人隨手往地上一放。

書房裡頭橫七豎八倒了好幾個人，正是方才惹起楊惜君疑心的看門婆子、收拾花木的下人，以及幾個丫鬟。

小乞丐返回，又將綠肥紅瘦兩個丫頭如法炮製扛到了書房，跟楊惜君堆在一起，出了屋子隨手就帶上了房門，這前後不過眨幾下眼的工夫。

出了書房，他一刻也沒有耽誤，幾步就到了上房門口，踢開門就往裡闖，沒幾步就到了內室門口，又是一腳踢開。

就聽屏風後頭，李勳壓低了聲音不悅地道：「怎的去而復返？」

他這裡才剛剛把金秀玉抱上床，正待成就好事，被人打擾了自然是十分不滿，但見到從屏風外頭走進來的並不是楊惜君，也不是她那兩個丫頭，而是一個邋裡邋遢滿臉泥污的小乞丐，頓時就大吃一驚。

「你是何人?!」

他吃驚的同時更是驚慌，楊惜君主僕不是在外面看著嗎，怎麼會讓一個陌生人進來，何況還是這樣一個乞丐？

小乞丐卻不答話，只盯著他冷笑。

李勳已經察覺不對勁，一抬腿就朝他踢來。小乞丐出手如電，扣住他的腳腕，往自己懷裡一拉，腳下一個箭步上去，一個手刀砍在他後頸上。

李勳頓時雙眼一翻白，暈了過去。小乞丐隨手抓住他的後領，往牆角下一扔，啐了一口，惡狠狠說了一句：「狗東西！」

接著往四周一掃，果然真兒、春雲、奶娘等人，有的倒在地上，有的軟在凳上，而金秀玉則已經被李勳抱到了床上。

他快步衝到床前，見金秀玉衣裳還算完整，看來那狗東西還沒有得手。目光過處，見她身邊還有一個小嬰兒，也是一般的昏迷著。

這個就是李家今日滿月禮的主角了吧！

小乞丐先是一喜，然後又皺了眉，陰鬱道：「黑了心腸的，竟連小孩子都不放過。」

他既然破壞了李勳和楊惜君的陰謀，自然也知道她們是用迷香將這一屋子人放倒。迷香是害人的藥物，對於成年人來說，也不過一時的昏迷，醒來後並不會有後遺症，但對小孩子就不一樣了，若是藥性凶猛的，搞不好就會造成傷害。

因此，這會子他雖然很想先叫醒金秀玉，但為著孩子考慮，還是先將海兒抱了過來。

內室沒有茶水，他抱著海兒到了外室，倒了一杯茶，含在嘴裡，一口噴在海兒小小的臉上，然後又捏了他胖胖的小手，用拇指、食指捏住了虎口。

幸而沒過多久，海兒便悠悠醒了過來，先是茫然地看著小乞丐，然後小嘴一咧，哇一聲便哭了起來。

小乞丐聽著他哭聲雖然無力，但還算清亮，又見臉上並無呆滯，便鬆了口氣。以海兒醒轉的速度來看，這迷香很是尋常，並沒有多大危害，想來也是，楊惜君一個深閨女子，兩個丫頭也只是普通姑娘，哪裡能夠弄到奇特藥物，這迷香估計是從什麼江湖鈴醫手裡弄來的。

他猜得倒是差不離，楊惜君主僕都是大門不出二門不邁的姑娘家，哪裡能弄來什麼凶猛的迷藥，何況還得瞞著家裡。這迷香，還真是從一個江湖鈴醫手裡買來的，不過是鈴醫平時用來救治急傷病人時做麻醉用的，只能讓人暈個一時半刻，並沒有多大的危害。

雖然海兒一直哭，他卻沒什麼工夫來哄，端著這麼一個小寶貝疙瘩，他只覺得渾身不舒服，跟有蟲子在咬似的，連忙快步走回內室，手忙腳亂地將孩子放回床上。

然後，重新去外室提了茶水進來，就跟剛才救治海兒一般，將金秀玉也弄醒了。

金秀玉悠悠醒轉，只覺腦袋有些沈重，手腳也有些發軟。她迷迷糊糊扶住了額頭，想起方才她本待寬衣餵海兒，真兒那邊嘀咕一句香濃了些，她便失去了意識。

恍惚間覺得有些不妥，睜開了眼睛，便看見了腦袋上方一臉擔心看著她的小乞丐。

「啊！」她驚嚇地叫起來。

小乞丐反而鬆了一口氣，搖頭道：「金豆兒，妳今日可是欠我一份大大的恩情了。」

金秀玉愣愣地看著他，聲音聽著很熟悉，但對方一身污泥，臉上也是髒兮兮的，依稀看著也有些熟悉，但一時間還是認不出來。

「你是？」

小乞丐望了望天，右手正提著茶壺呢，往左邊手掌倒了水，往臉上唏哩呼嚕一抹，臉上立刻乾淨了不少。

「啊！」金秀玉又驚叫了一聲。

小乞丐對她這個叫法似乎不怎麼喜愛，挑高了眉毛，用手撓了撓頭。

金秀玉卻從床上跳起來，一巴掌拍在他腦袋上。「金沐生，你這混蛋！」

金沐生哎喲一聲抱住了頭。「妳下手還真狠啊！好歹我是妳的救命恩人呢！」

金秀玉雙手一插腰，瞪著眼睛道：「你什麼時候就成我救命恩人了?!」

敢情這位還不知道自己剛剛虎口脫險呢，金沐生忍不住朝天翻了個白眼，將楊惜君和李勳合謀迷暈了一屋子的人、欲對她不軌的事情都說了一遍。

金秀玉臉色頓時變了。

她原想著趁這個機會將李勳和楊惜君攀扯到一起，卻沒想到，對方竟然有這樣狠毒的心腸，要壞了她的名節。沐生說得對，若不是他恰巧碰上，破壞了他們的陰謀，她事後醒來，怕是只能一頭撞死在這床柱上了。

「真真是狼心狗肺，連海兒這般小的孩子，竟然也敢對他用迷香。」

聽到他的感嘆，金秀玉才猛然想起兒子來，轉頭見海兒躺在床上，立刻抱在自己懷裡。

「海兒？海兒？」

海兒不知何時早已經停止了哭聲，睜著一雙眼睛看她，她一臉驚惶地叫他名字時，還以為是娘親跟自個兒玩，反倒嘰嘰咯咯笑起來了。

「我方才已經瞧過了，沒大礙，當然為著保全，還是請個大夫來看看的好。」

金秀玉點了點頭，用手拭去了眼角的淚，想到方才兒子可能被這迷香傷到，心裡又氣又急，差點滾下淚水來。

她深深地呼吸了一下，對金沐生道：「咱們姊弟倆回頭再敘舊，先把眼前的事情料理了。」

金沐生點點頭。

金秀玉咬住嘴唇，瞇起了眼睛，這會子她已經將事情都想通了。

她實在是沒有想到，楊惜君和李勳這兩個毫不相干的人竟然會勾結在一起，而且竟然還設下了這樣的毒計。顯然，他們這是一石二鳥的辦法，先是李勳逞了色慾，又報了當初被她羞辱的仇恨；而楊惜君必定會藉機將事情鬧大，讓人人都知道她金秀玉失了清白、毀了名節，按照常理，李家必定會休了她，而楊家就會乘機將楊惜君嫁進來，接替她當家主母的位置。

好一條毒計！

金秀玉幾乎咬破了嘴唇，楊惜君和李勳已經觸犯到她的底線，她可萬萬再不能手軟了。

既然這個局是你們自己布下的，那我若是不利用一下，豈不是太可惜了！

第三十八章　又出么蛾子

金秀玉帶著真兒、春雲等人，還有抱著海兒的奶娘回到了席上，往自個兒座位上一坐，神色如常，彷彿什麼也沒有發生過。

楊夫人見女兒並未出來，便笑問道：「為何不見惜君？」

金秀玉看了一圈，見楊惜君果然不在，驚訝道：「莫非楊小姐尚未歸席？這卻是奇了，我倆同時更換衣裳，因著要照料海兒，秀玉便在房中滯留片刻，楊小姐先行，難道夫人並未見著？」

楊夫人搖頭道：「不曾見著。」

「這卻是怪了。」金秀玉蹙了蹙眉。

楊夫人笑道：「大約是府中道路曲折，她迷了路也未可知，還得煩勞少奶奶派些下人幫忙尋找一番。」

金秀玉點頭道：「這是自然。」

她轉頭抬手正要叫人來，卻見自家的丫鬟花兒匆匆忙忙走來，臉上神情十分慌張，差點撞到了上菜的丫鬟。

「少奶奶……」花兒走到金秀玉跟前，臉紅氣喘，像是要哭出來似的。

金秀玉皺起了眉，似乎對她在客人面前失禮感到不滿，沈聲道：「慌張什麼，沒的衝撞了貴客。」

按理主母訓斥，花兒應當賠禮謝罪才是，但她這會兒像是遇見了什麼不得了的大事，顯得六神無主，不知如何是好。

「奴婢有要事稟告。」

她蹲到金秀玉耳邊悄悄說了什麼，還刻意地避著楊夫人的視線。

但楊夫人坐得近，竟也能聽見一絲兒聲音，隱約聽到了「楊小姐」、「勳少爺」等幾個字眼，心頭隱隱浮起一絲不安。

金秀玉越聽越是蹙眉，待得花兒說完，已是滿面怒容，喝斥道：「胡說八道些什麼！」她雖是生氣，卻似乎不願讓其他人聽見，因此聲音壓得很低。

但楊夫人卻意識到這事情似乎同自己女兒有關，便開口問道：「莫不是我家惜君出了什麼岔子？」

金秀玉一驚，反射性地答道：「沒有的事，夫人切莫猜疑。」

然而她越是這般，楊夫人反而越是懷疑。

這邊廂，花兒卻急得一頭大汗，乾脆拉住了金秀玉的衣袖道：「少奶奶若是不信奴婢，便隨奴婢去瞧瞧，否則若是出了什麼事，可就難以收拾了。」

金秀玉想了想，依言站起身來，對楊夫人笑道：「有些小事處理，秀玉暫且離席，夫人安坐。」

因海兒這會子正坐在老太太腿上，祖孫倆很是樂呵，她便命奶娘留守，自己帶著真兒、春雲和花兒要走。花兒似乎想對楊夫人說點什麼，欲言又止，猶豫間被金秀玉狠狠拉了一把。

「愣著做什麼，還不快些帶路！」

花兒看了楊夫人一眼，咬了咬嘴唇，轉身帶著她們主僕三人去了。

楊夫人看著她們的背影，略一想，喚來自己的貼身丫鬟，對她耳語幾句。這丫鬟穿了一身湖藍色的衫裙，一面聽一面點頭，然後不著痕跡地退了下去，悄悄地跟上了金秀玉等人。

金秀玉一行人在花兒的帶領下走得飛快，一路經過數個院落，過了月洞門，進了花園，沿著湖邊快步行進，不多會兒就到了一棟小樓前。

這棟小樓，就是當初管如意在李家做先生時所住的小樓。自從他私逃之後，金秀玉便吩咐人將他的行李都收拾出來另外放置，而小樓在打掃之後便空置了下來。

花兒抬手指著一樓最左邊的屋子，輕聲道：「就是這裡。」

金秀玉點點頭，正準備往臺階上走，就聽得身後一陣凌亂的腳步聲。主僕幾人回頭看，竟是李承之帶了兩個孔武有力的家丁提著棍棒趕了過來。

「莫非你也得了信兒？」

金秀玉一問，李承之便皺眉道：「李勳這個不爭氣的東西，越來越無法無天了。」

他見金秀玉只帶了三個丫鬟，便知她也是不想將事情鬧大。

就在此時，屋內傳出一聲尖叫，明顯是個女聲，緊跟著是個男人的驚訝叫聲，然後便是一片慌亂的衣袂磨擦聲音。

李承之大驚，叫道：「踢門！」

一個家丁衝上去一腳就踢開了門，兩扇門板撞到了牆壁，發出沈悶的響聲。

眾人一齊闖了進去，一見屋內情景，頓時都傻了眼。

這屋子原本是間臥室，屋內設了一張寬大的軟榻，此時鋪蓋凌亂，兩副白花花的身體糾纏在一起。

「啊！」

頓時爆起幾聲驚叫，真兒等三個未出閣的丫鬟何時見過這種陣仗，都滿面羞臊地轉過臉去。

金秀玉雖然已為婦人，但也是不能見這般醜陋姿態的，也立刻背過了身子。

真兒一轉過臉，正對著門外頭，眼見遠處太陽底下一抹湖藍色的衣角縮進了樹叢裡。她暗暗對金秀玉使了個眼色。

金秀玉會意，偷偷就向李承之遞了個眼神。李承之立刻雙目圓睜，大罵一聲：「好一對狗男女！」

他臉上的神情非常憤怒，又透著深深的厭惡。但這會子真正發懵的可不是他們，而是軟榻上的兩人——

一個是知府千金楊惜君，一個是四房獨子李勳。他二人一醒來，就發現自己身無寸縷、清潔溜溜，而且正以不堪入目的姿勢四肢交纏著。

驚恐之下，兩人幾乎同時發出了驚叫，還來不及反應這是怎麼一回事，李承之和金秀玉等人就闖了進來，頓時兩人光裸的身體暴露在眾多眼睛之下，完全沒有掩藏的餘地。

楊惜君何時遭遇過這樣的尷尬和羞辱，只覺心魂俱裂，完全不知所措，腦中唯一飄蕩的就是羞恥二字，恨不得長出千百雙手，將自己渾身上下都遮住。

即便她努力縮起了身子，她的胳膊、大腿、腰、背，甚至女孩家最寶貴隱秘的地方，都無奈地暴露在空氣中，除了感受到颼颼的涼意，還有眼前所有人直勾勾的目光。

這些目光射在她身上，就像一把一把的刀子，一刀一刀都在割她的肉、她的心。

「出去！出去！」她一面拚命地縮起身子，一面尖利地嚎叫，驚惶之下，臉上早已經涕淚縱橫。

被她壓在身下的李勳也不見得好過，雖然身為男子，被人家瞧見了身體並沒有什麼大不了，但是現在的情況是，他跟楊惜君被當眾看見了苟合之態！

這就不得不叫他發懵了，尤其是闖進來的人當中還有金秀玉時。雖然尚未弄清來龍去脈，但他卻已經下意識地知道，闖大禍了！這個意識猶如從天降下一塊巨石，將他砸得暈頭轉向，六神無主。

而此時，金秀玉和三個丫鬟已經捂著臉衝出了屋子。

李承之隨手抓起地上胡亂丟著的衣裳，往李勳和楊惜君身上一扔，喝道：「還不快遮了醜態！」

他脹紫著臉，回頭對兩個還瞪著眼睛直勾勾看的家丁怒喝道：「跟我出去！」

兩個家丁頓時反應過來，低頭跟主子出了門。

房門一關，李勳和楊惜君立刻手忙腳亂地抓起衣裳穿起來，但不知為何，兩人都是一般地手腳發軟、渾身無力，而他們的衣裳又是亂七八糟纏在一塊兒，十分難解。

楊惜君這會子也已經意識到，自己一定是被算計了，她沒工夫去想是誰害了自己，在還弄不清楚自己是否失身的情況下，她恨不得一刀將李勳給活劈了。

她的想法未必就不是李勳的想法，只不過他這會子雖然又氣又急，眼睛卻是大大地飽了一會兒豔福。楊惜君可是個黃花大閨女，又是嬌生慣養的千金小姐，那一身的皮肉，端的是細緻豐潤，耀眼無比，就算是西市頭牌花魁，也不見得有她這般姿色。

李勳可是女人肚皮上打過滾的人，一眼瞧見了，便像餓狼見了食，哪裡還能管住自己。只不過眼前這個女人可不是西市的那些青樓姊兒，她老爹可是知府大人，若是知道他們兩人發生了這樣的事情，只怕他的下場，只剩下個死字。

因此李勳也不敢多瞧，努力控制著自己的目光，手忙腳亂地往身上扯衣裳。

楊惜君如何察覺不到他猥褻的目光，只是眼下必須先掩了自己的身體，擺脫這個困境，才能回頭細想這其中的陰謀。

而屋外的眾人，兩個家丁和三個丫鬟們低著頭，儘量藏著自己的神情，一句話都不敢說，他們都深刻地意識到，這件事情是絕對不能張揚的。

李承之則站在廊下，背脊挺得筆直，整個身體都緊緊繃著。金秀玉咬著嘴唇，手上緊緊絞著一塊帕子，看著遠處的眼睛卻驀然瞪大。

「相公，楊夫人來了！」

眾人頓時一驚，抬頭一看，果然楊夫人正陰沈著臉色飛快往這邊奔來，而她身後跟著的正是那個穿湖藍色衣裳的丫鬟。

楊夫人剛走到臺階前，金秀玉便攔了上去。

「夫人怎麼來了？」

她雖是極力鎮定，臉上的驚慌卻仍然難以掩飾。

楊夫人既然已經得了丫鬟的稟報，又怎麼會不知道屋子裡頭是什麼場景，此時正是十萬火急的時候，一定要趁早將事情掩蓋住才行。因此她並不理會金秀玉的阻攔，抬腳便要往上衝。

「夫人，去不得！夫人，去不得！」

金秀玉大叫，真兒等三個丫鬟也立刻圍上來幫著阻攔楊夫人。李承之和兩個家丁不方便上前，卻是一臉驚慌失措。

楊夫人急得不行，大怒道：「讓開。」

她手上竟有幾分力氣，抓住袖子一甩，金秀玉竟生生地被甩了出去。

就在這個時候，門開了。

衣裳凌亂的楊惜君一眼便看見了楊夫人，大叫一聲「母親」，聲音悽惶無比。

但是正當她抬起腳來的時候，後面也要往外衝的李勳卻腳下一軟，往前一撲，正好將她給撲倒了。

兩人頓時滾作一團，而本就胡亂披著的衣裳再次地散開了衣襟，楊惜君白花花的胸口再一次暴露在眾人的目光之下。

楊夫人慘叫一聲，兩眼一翻，人直直地往後倒下。

楊夫人醒過來的時候，楊惜君正坐在床前，衣裳倒是已經穿好了，但臉色始終是十分地沈重。

才醒來的楊夫人上半身一挺，抬手就在楊惜君身上打了一下。

「妳呀，十六年錦衣玉食養得妳，怎麼就這麼糟蹋了自個兒啊……」說吧，便大哭起來。

楊惜君到底是姑娘家，經此一事，自己的清白是早已毀了，這將會成為她下半生永遠的污點，有誰會願意娶一個被不止一個男人看光了身子的女人！

她所有的驕傲在這一刻崩潰，忍不住也嗚咽起來。

楊夫人是真箇心疼，半輩子就養了這麼一個女兒，是她跟丈夫的心尖子、眼珠子，就指望著她能嫁個好人家，給家族帶來榮耀。沒曾想為了族裡的虧空，要算計著將女兒送給一商賈之家做平妻倒也罷了，如今竟然連清白都毀了，這豈不是竹籃打水一場空，這十幾年的心血都付諸流水了。

前途灰暗，母女兩個都傷心不能自抑，連金秀玉進來都沒有察覺到。

「楊夫人、楊小姐，事到如今，哭也是無濟於事，倒不如咱們大家商量商量，如何善後才好。」

楊夫人哭聲一止，轉過頭來，紅著眼睛道：「還有什麼商量的，李勳姦污了我女兒，就是毀了她後半輩子，殺頭都不足以償還！」

金秀玉倒是被她嚇了一跳，因這位夫人從來都是端莊賢淑的，頭一次表現出這樣的歇斯底里，不過轉念一想，不是一家人不進一家門，能養出楊惜君這樣的女兒，楊夫人的表裡不一也不是稀奇的事了。

當下，她便沈了臉。「楊夫人這話就武斷了，到底是姦污還是苟合，只怕還說不清呢。」

她話音剛落，楊惜君便厲聲叫起來。「妳這話什麼意思？我堂堂知府千金，難道會看上一個聲名狼藉的紈袴子?!分明是妳栽贓陷害，使了下三濫的伎倆將我迷暈，然後乘機讓李勳來壞我清白，好一個奸猾狠毒的惡婦！」

金秀玉立時豎起了雙眉，幾欲破口大罵，幾乎是咬著牙才生生忍了下來，冷笑道：「既然如此，咱們打開天窗說亮話，楊小姐與李勳到底是怎麼一回事，不只是我，我們李家的丫鬟家丁都親眼所見，咱們不妨到外頭去，三刀六面說清楚，省得到時候一盆髒水潑下來，壞了我李家的名聲！」

說完這些話，立時便拂袖而去。

她是真恨上了楊惜君和李勳，這回是她運氣好，若不是弟弟及時出現相救，她只怕早已經被李勳污了身子，李家作為淮安望族，絕對不會容忍一個身子不乾淨的女人做當家主母，到時候她被休出李家，楊惜君鳩占鵲巢，住她的房子、花她的銀子、用她的男人、打她的孩子！

一想到這些，金秀玉只覺得一股怒火從脊梁骨竄上來，在後腦勺炸開，恨不得瞪出他二人的心來看一看，是不是黑了顏色。

所有目睹這件事情的有關人等都沒有離開小樓半步，就連李勳和楊惜君行苟合之事的屋子，也都完完整整保留著凌亂的模樣。

而現在，所有人都聚集在這棟小樓的待客廳裡，並且不僅僅是李承之、金秀玉、真兒、春雲、花兒，加上那兩個家丁，他們還請來了李老夫人和楊知府，當然還有上官老太太和鐸大奶奶。

當楊夫人和楊惜君攜手走進廳中時，見到這滿滿當當一屋子人，委實有些驚嚇。楊惜君立時便低下頭去，恨不得地上有個洞能讓她鑽進去。

而當她看到跪在地上的李勳時，那利劍一般的目光，更恨不得能在他身上瞪下肉來。

李勳這會兒還懵懂著呢，他只知道當時在明志院上房，見到那小乞丐，一個手刀就將他打暈了，卻不知自己是怎麼到了花園小樓裡，又怎麼脫光了衣裳同楊惜君交纏在一起，而且還被人捉姦在床。

但無論如何，原本在他們算計之中的金秀玉好端端地站在眼前，而自己，卻出了這樣的醜事，一定是對方早一步察覺到他們的計畫，使了個圈套，反而將他們套了進去。

楊夫人和楊惜君進來以後，自然是往楊知府身邊走去，李家的丫鬟們自備了兩張椅子，給母女二人坐了。

這裡最大的當事人，一個是楊知府，一個就是李老夫人，但兩人都僵硬著臉色，看起來像是此前便已經動過口舌。

老太太先開了口：「知府大人，如今當事人都已到齊，到底是怎麼一回事，一問便知。」

楊知府哼了一聲，冷冷道：「本官自然要問個清楚。只是我女兒乃是未出嫁的黃花閨女，名聲大如天，此事不宜張揚，屋中這許多閒雜人等，還是迴避得好。」

李承之忙開口道：「大人此話不妥，屋中眾人，或是當事人長輩，或是親眼目睹此事的證人，都與此事大有關聯。大人所說的閒雜人等，不知指的是哪一位？」

楊知府被噎了一句，很是惱火，但偏偏對方說的在理，只好強自忍了，轉臉看著自己女兒道：「君兒，妳來說，李勳是如何污辱了妳？」

他這話音一落，老太太、上官老太太、李承之，還有金秀玉都皺起了眉頭。用「污辱」二字，分明就已經將這件事情定調為李勳的犯罪，將楊惜君定調為受害人，大大地不公平。不過剛才李承之已經頂撞了一回，對方到底是知府大人，淮安城中他最大，真的惹怒了，也是麻煩，是以雖然眾人察覺到他的偏頗，也只有忍了。

楊惜君早已想好了對策，見自家父親問話，先是正色道：「父親大人錯了，此事雖然尚未明朗，但女兒如今仍是完璧之身。」

前面楊夫人一昏倒，李承之和金秀玉一面將人送去休息，一面便請了楊知府、老太太，和四房的上官老太太和鐸大奶奶來，只說當眾發現了李勳和楊惜君在苟合，並沒有說到底有沒有成事。因楊知府關心則亂，直接便認為李勳是破了楊惜君的身子，沒想到一問之下，女兒竟先澄清了這件事情。

見父親驚訝，楊惜君立刻轉頭對楊夫人叫了一聲母親。

楊夫人立刻點頭道：「不錯，既然李大少爺說這屋子裡的都是當事人，那麼當著大家的面，我便得澄清，我女兒惜君仍然是清清白白的女兒身，若是有人胡言亂語，有一絲一毫壞了我女兒的名聲，哼，咱們家可是開衙門的，到時候少不得要追查造謠之人，依律嚴懲！」

眾人本來也以為事情到了最嚴重的地步，沒想到原來李勳並未破了楊惜君的身子，各人臉上倒都有些異色。

藉著站在後面比較隱蔽，真兒偷偷地捏了捏春雲的手臂，就聽春雲嘀咕道：「完璧又如何，楊小姐的身子可是被不止一個男人看見，難道還稱得上清白嗎！」

她這聲音不大不小，正好讓人人都聽見了。

楊惜君登時脹紫了臉，楊夫人也是臉現恨色，而李家之人則都板起臉來。

楊知府原本因女兒還是完璧而興起的一絲寬慰也立刻煙消雲散。是啊，完璧又如何，這麼多男人都看過了身子，跟失身又有什麼差別，這女兒，終歸是不清白了啊。

楊知府的心頓時就沈了下去。

楊惜君最瞭解自己的父親，一見他眉眼之間細微的變化，就知道他已然是失望了。她身為女子，當然知道自己的身子無論如何是稱不上清白了，但哭也哭了，恨也恨了，又能如何，眼下為自己爭取最大的補償才是當務之急。

李家既然敢壞了她的名聲，就必須要承擔他們造成的後果。

因此，她立時便抽抽搭搭起來，哭道：「惜君原本跟隨少奶奶到明志院中更衣，因少奶奶要餵養小公子，便讓惜君先行一步。府中道路縱橫交錯，惜君不熟悉路徑，又不見一個下人，走至花園便迷了路，突然一陣香氣飄過，便不省人事，竟不知天地變色。待惜君一醒來，便見李大少爺闖入房中，將惜君身子均看遍，惜君即便仍是完璧之身，也再難見人，還不如一死明志！」

說著，她便立起身子要往旁邊的牆上撞去。

綠肥紅瘦兩個丫鬟立刻攔住了她，楊惜君柔弱無力，哪裡掙得過她二人，尋思不愁，越發地悲傷悔恨。

楊夫人跟自己女兒心意相通，一聽她說的話就猜到了她的用意，故而怒道：「我女兒素來循規蹈矩，最是端正不過，分明是有人用迷香將她迷暈了要害她，既然李大少爺看了我女兒的身子，少不得請李大少爺給個說法。」

李承之面無表情。

老太太也面無表情，卻拿眼角瞥了一下金秀玉。

金秀玉吃驚道：「楊夫人說的這是哪裡話？我與相公先後接到下人稟報，說是小樓之中有苟且之事，原以為是下人混帳，沒想到卻是楊小姐與李勳。若不是楊小姐在屋中驚叫，我相公又怎會救人心切闖進房去！就算我相公看了她的身子，犯下錯事的也是李勳，楊夫人不問李勳負責，怎的倒賴起我相公來！」

楊夫人立時怒火衝天。「怎麼？難道你們占了便宜，還不想負責？」

金秀玉尚未開口，那邊一直沒吭聲的鐸大奶奶忽然跳了起來。「這是楊家與我們家的干係，同大房無關！」

楊夫人的臉頓時脹成了豬肝色，耷拉著嘴角喝道：「誰與你們家有干係?!」

鐸大奶奶突然開口說了一句話，被楊夫人狠狠吐槽了一句，臉上卻全然沒有怒色，這會兒她腦子裡的小算盤正噼哩啪啦響呢。

本來出了這麼一檔子事兒，自己兒子壞了知府千金的清白，原想著這回算是把個大老爺給得罪了，還不知怎麼遭殃呢。然而，這話越說越明，她見楊家像是要息事寧人的模樣，沒急著押了李勳去闖去打去殺，倒急著要人對楊惜君負責，這就由不得她不動腦筋了。

沒錯，李承之是看了楊惜君的身子，可真正睡了楊惜君的，那是自己的兒子李勳。這該負責、該娶人家的，應該是李勳才對。

甭管是怎麼出的事，若結果是李勳娶了楊惜君，兜兜轉轉還是美事一件，她四房可就攀上楊知府這高枝了。既然結了親家，還能有隔夜仇不成，壞事也變成好事了。有知府做親家，還用得著怕大房？李勳在族裡的生意上不是更有助益？有誰還敢對四房大聲說話？

她越想越美，反而覺得這事出得好，合該她四房出風頭了，尤其金秀玉一副不肯讓李承之納新人進門的模樣，她哪裡還能坐得住，自然要高聲叫起來，好提醒楊夫人，這當事人可是她兒子李勳，而不是李承之。

因此，雖然楊夫人不喜愛，她也依舊笑咪咪道：「夫人這是什麼話，我們勳哥兒雖然少不更事，但也是有擔當的男子漢，楊小姐既已與我們勳哥兒成就好事，我們自然應該負責。知府大人和夫人儘管放心，我們一定三媒六娉，迎娶楊小姐做正房奶奶，絕不會委屈了她。」

楊夫人正色道：「看了我們惜君身子的可是李大少爺。」

鐸大奶奶涎著臉道：「可跟楊小姐躺一張床上的，不是我們勳哥兒嗎？承哥兒看到那也是虛的，這才是實的呢。」

她這話粗鄙不堪，楊夫人頓時脹著臉說不出話來，楊知府「咳咳」咳嗽得那叫一個猛烈。

金秀玉差點都笑出來。她也是今兒才發現，楊夫人也是個棒槌，跟鐸大奶奶是同個智商水準的，可見四房和楊家那叫一個門當戶對。

老太太和李承之不是不想笑，只是這場合要是笑了，楊家人的面子就別想再掛在臉上了，因此連個嘴角都沒勾，一本正經得跟老僧入定似的。

鐸大奶奶說歸說，眼睛倒是偷瞄著自家婆婆上官老太太。她也知道自個兒腦子不大好使，總是辦錯事情，在外頭潑辣，在家裡可是都聽婆婆管教的。婆婆比她聰明，這道理她一直都知道。

上官老太太沒說話，只拿著一杯茶往嘴邊遞。

沒說話就是默認，婆媳倆都是早早沒了丈夫的，相依為命也多年了，雖不敢說心有靈犀，但一看眼神動作，也都能推斷出對方的想法。鐸大奶奶一看自家婆婆什麼也沒說，就知道這是默許她的行為了。

而李勳呢，自從自家老娘說了要他負責娶楊惜君的時候，腦子裡就浮現出楊惜君那白花花的身子。

那羊脂白玉一般的肌膚，那細細的腰、圓潤的臀、修長的腿，加上那張花一般的臉蛋，就是北市的當紅花魁也比不上她一根手指頭。這會子他就覺得自個兒是豬油蒙了心，金秀玉一個已經生育的婦人，哪裡比得上楊惜君這位千嬌百媚的黃花大閨女？

若能娶楊惜君為妻，這麼個嬌妻放在房裡，那還不天天都樂得跟過年似的？況且到時候他就是知府的女婿，哎喲，就是李承之這家主也還得敬著他呢，往後他在族裡的差事和地位，還不芝麻開花節節高！

他越想越美，一會兒偷偷看楊惜君，一會兒又巴巴地望著自家老娘，就盼著她趕緊把楊家拿下。

楊惜君正抽抽搭搭呢，冷不防這風頭就轉了向，怎麼把她跟李勳扯到一起了呢？於是也顧不上哭了，趕緊說道：「惜君乃是完璧之身，與李勳全無干係，卻實實被大少爺看了身子。大少爺堂堂男兒，難道還要將責任推到別人身上不成？」

楊夫人也冷笑道：「你們莫要糊弄人，這淮安城裡，誰不知道這位李勳少爺的名聲，除了眠花問柳、鬥雞走狗，哪裡做過一件正經事？他要娶我們惜君，真是癩蛤蟆想吃天鵝肉！」

李勳登時脹紅了臉，上官老太太和鐸大奶奶臉上也難看起來。

金秀玉卻是知道楊家打算的，忙做出個義憤填膺的樣子，說道：「夫人哪裡聽來的謠言！我們李氏家族家風嚴謹，族裡的子弟個個都是循規蹈矩的好男兒，那些個道聽塗說、以訛傳訛的話，都是誣衊！勳哥兒如今可在族裡當著差呢，打理著一品樓，生意那叫一個紅火，誰不讚一聲有本事！」

她這話說出來，上官老太太、鐸大奶奶還有李勳都驚訝不已。這大房，上到老太太，下到李越之、李婉婷，可都不喜愛四房，怎麼這會兒這承哥兒媳婦倒為李勳說起好話來？

楊夫人卻不以為然，撇嘴道：「區區一家酒樓罷了，顯得出什麼本事！」

「夫人莫要小瞧了這一品樓。」金秀玉擺手道。「這酒樓地處平安大街和廣彙大街交會處，南來北往商旅眾多，日日都是客似雲來，乃是我們族裡的大宗生意。族裡各房都有生意上的分紅，四房人丁單薄，四老太爺、四老爺當年創下的分成，如今都算在勳哥兒身上，光是每年的紅利，勳哥兒就得給四房添幾十萬兩銀子的進項。況且四房只他一個男丁，楊小姐嫁過去，那就是堂堂正正的當家奶奶，四老太太和鐸大奶奶又是和氣人，斷不會與她為難，豈不是再好不過的親事？」

金秀玉知道楊家是衝著李家的錢來的，自然要故意往銀子上頭說，好叫他們曉得李家不是只有李承之有錢，李勳的錢可也不少呢。

她這話算是說到楊家的癢處了，楊知府和楊夫人忍不住對視了一眼，突然間意識到，沒錯啊，李家稱為淮安首富，但李家的男人又不是只有李承之一個，有錢的也不是只有大房。

楊夫人抬眼看了一下李勳，這才發現這年輕人長得倒是一副好皮囊。

李勳本來長得就不差，只不過平日油頭粉面了一些，這會兒因出了事，哪裡有打扮的功夫和心情，通身樸素得很，反而襯得人就正經了些。

此時沒人說話，屋子裡出現了奇怪的安靜，一直沒說話的老太太，突然間開口出了聲。「豆兒，妳小叔和小姑呢？」

金秀玉一時沒轉過彎，只順著她答道：「他們不知道這事兒，還在前頭吃酒席呢。」

老太太點了點頭，沒說別的，又閉上嘴了。

楊夫人卻聽出重大的訊息來了，李承之還有個弟弟呢，將來可是要分家產的，她這會子是正正經經開始對比起李家大房和四房的條件來了。

大房這邊，李承之已經有了嫡妻，而且還剛給他生了一個兒子，正房地位牢固，楊惜君就是嫁進來，最多也只能是個平妻；而看李家的架勢，最可能的是平妻都不肯認，怕是只會給個姨娘。況且李承之還有個弟弟李越之，可不小了，十一歲了，據說已經開始在族裡的生意上當差了，將來可是實打實要分家產的。他們想把女兒嫁進李家，本來就是為了錢，可是也不能太委屈了女兒，好歹也是知府千金呢。

四房就不同了，李勳是獨子，眼下連個通房都沒有，楊惜君嫁進去，正是當家主母，財產大權都握在手裡。這跟大房可就完全不一樣了，她既然拿住了四房的當家權，給娘家貼補點銀子，那不是輕而易舉的事？況且除了一個祖奶奶、一個婆婆，家裡頭再沒有別人，沒妯娌、沒小姑子，更沒有會分家產的叔伯兄弟，這豈不比大房好上一萬倍？

金秀玉見楊夫人眼珠子骨碌亂轉，就知道對方肯定是動心了，趁熱打鐵，她忙對李勳說道：「勳哥兒，你可是男子漢大丈夫，楊小姐的身子你是抱也抱了、看也看了，就該負起責任來，還不快些給楊小姐賠禮請罪？」

李勳暗暗咬牙，這叫什麼事兒，他要占的分明是金秀玉的身子，莫名其妙變成了楊惜君，雖然結果有可能是他佔便宜，但是這過程分明是被人給算計了。

只是眼下可沒這工夫計較，他也算是怕了金秀玉了。這麼個嬌滴滴的小娘子，他巴望了大半年，連個手都沒碰到，虧倒是吃了不少，又是被打斷腿，又是被推落水，而害他掉茅坑這事兒更是奇恥大辱。就因為記恨這件事，他才一時發狠，想動用非常手段，非得到她的身子不可。

跟楊惜君搭上線那也是意外，他也沒曾想這知府千金居然知道他的心思，還要跟他結成同盟。不過楊惜君也跟他明說了，她是衝著李承之去的，與他正好合作。這女子一張嘴好能說，三言兩語就把他撩撥起來，還真就聽了她的毒計。

沒想到這回依然沒成事，還被陷害，把污水潑到了自己身上。

哼，若不是楊惜君這女人蠢，怎麼會被金秀玉識破了計謀，反而把自己給套了進去？

不知不覺，他的心思就又從金秀玉身上轉移到了楊惜君身上。

楊惜君這會子是怎麼想怎麼不舒服，李勳那目光直勾勾地盯在她身上。她也在想，四房的條件似乎也不差，李勳跟李承之比，似乎更好掌控。只是她不甘心，明明是她要算計別人，結果卻反被算計了，這種逆轉太讓她受挫，有被愚弄的感覺。

尤其李勳雖然長得不錯，卻遠不及李承之俊朗瀟灑，她原先的確是看上李家的財產，但自從見過李承之，他本人也激起了她的佔有慾。

因此她這時候也非常矛盾，一方面覺得四房的確比大房更容易掌控，楊家若想要銀子，嫁進四房是最好的選擇；但是一方面，她又捨不得李承之這個男人。

於是，在權衡糾結之下，她的目光就移到了李承之臉上，眼睛裡也出現了楚楚動人的淚光。

然而，就在她看過去的同時，李承之轉過臉去，眼睛看著的方向，正是金秀玉；而金秀玉察覺到他的目光，也回眸對視，並且露出了一個竊笑。

這竊笑落在楊惜君眼裡成了得意的炫耀，是示威和挑釁，頓時一陣氣血翻湧衝上腦門，楊惜君的嘴裡不受控制地迸出三個字來——「我不嫁！」

金秀玉一愣。「楊小姐不嫁哪個？」

楊惜君惡狠狠瞪著她道：「看了我身子的分明是大少爺，大少爺難道就這樣撇清了不成？」

十七、八道天雷劈在了金秀玉頭上，這會兒若是有形，只怕她頭上都能冒出煙來。

楊知府聽不下去了，臉色一沉，喝斥道：「住嘴！婚姻大事，全憑父母之命、媒妁之言！一切自有我與妳母親作主，妳只管在一旁聽著。」

楊惜君想說話，被楊夫人一把抓住手臂狠狠捏了一下。

這時候，老神在在的老太太又開口了。「知府大人，可否聽老婆子說一句話？」

老太太是有誥命在身的人，楊知府也不敢隨便輕忽，因此點頭道：「老太太請說。」

「今日之事，錯不在楊小姐，是我李家教導子弟不嚴，以至於壞了楊小姐的清白。但李勳雖行事糊塗，卻不是沒有擔當的人，既然四房有意迎娶楊小姐做正房嫡媳，也是給楊小姐做了最好的交代，知府大人若是瞧著這親事能成，老婆子便與你們兩家做個媒證，咱們化戾氣為祥和。若是知府大人不願與四房結親，那麼李勳這個混帳，您只管五花大綁拉出府去，任你遊街示眾、或打或殺，只依律法治罪便是。就是我府裡頭這些曉事的下人，你若是怕傳出隻言片語壞了楊小姐的名聲，也只管叫衙役來拖去，任由處置。」

老太太這話說得義正辭嚴，楊知府卻大大地皺起眉頭來。

對方這話聽起來是任君擇選，但話裡的意思卻大大地有機鋒。前面還好，若能結親，便是大事化小小事化了，醜事變喜事。到了後面，說什麼拖了人去，只管依律治罪，若是真箇治了李家人的罪，只怕全淮安城都知道，他楊知府的女兒被李家子弟污了清白，這女兒將來還能有何用處？誰還能娶她？

老太太這分明是在威脅，他堂堂知府，竟然被一個平民老婦威脅，偏偏他不敢真的反駁。

沒錯，他是知府大人，李家就算在淮安地界上再有威望，也不過是一介平民，他真要壓他們，不是不可以，可是李家這個平民望族身後是什麼？是長寧王，是皇帝欽賜的「天下第一商」。

在年初的權力角逐中，三皇子贏得最終勝利，成為大允朝的新君，這其中，長寧王是最大的功臣，如今是一人之下萬人之上。而凡在京城裡待過的大小官員又有誰不知道，淮安李家這塊匾額，正是長寧王向皇帝請賜來的，可見長寧王對李家的寵信。

況且還有一說，長寧王府的小世子楊麒君，可是與李家的三小姐李婉婷相厚，下面人人都猜測，李家只怕要出一位平民王妃。

所以，李家看著只是財大氣粗的平民，其實背後卻有座大靠山。

楊知府不過是小小從四品，在京城屁都不是，到了淮安也不見得就是個大人物了。可別忘了，淮安官場是被長寧王一摞到底換了個乾淨，各層新官可都是他提拔上來的，況且還有南市的軍營，可都是長寧王的勢力，跟李家和李承之的交情也不淺。

他若是動一動李家，誰知道南市會有什麼反應？

尤其他楊家如今是個什麼境況？再不籌錢，家族就要敗落了，他這知府的官帽分明就是別在褲腰帶上，巴望著謀了李家的錢去救命呢。

因此他雖然對李老太太十分不滿，卻也只敢表面上作出生氣的模樣，實際上可什麼也不敢做。這會兒他才覺得，自己這官，當得也夠憋屈的。

「老太太倒是好意，只是堂堂知府千金受了這樣的奇恥大辱，若是沒人給出個交代，豈不是連本官都要叫人恥笑無能？」

這時候，從開始到現在一直都沒說過話的上官老太太突然給媳婦鐸大奶奶遞了個眼色。

鐸大奶奶這下的反應有夠快的，立刻便高聲道：「我兒願重金下聘，迎娶楊小姐為正房嫡妻，這豈不是最好的交代？」

知府大人沒做聲。

鐸大奶奶立時便踢了地上的李勳一腳。李勳原本還在盯著楊惜君看，這會兒被母親一踢，也反應過來了，立刻恭恭敬敬伏地道：「小人願求娶楊小姐為正妻！」

知府大人還是沒做聲。

楊惜君急了，她深知自家父親的為人，不說話那不是不同意，而是默許了。她立刻轉身握住了楊夫人的手。

楊夫人與她是母女心意相連，當然知道她不願意嫁給李勳，但為了家族著想，嫁給李勳反而是更好的選擇。因此，便沒有理會女兒哀求的神情，反而對著李勳說道：「事到如今還有什麼辦法？你們李家必須三媒六聘，風風光光迎娶我女兒過門才是。」

鐸大奶奶大喜，連著李勳也是大喜過望，楊惜君卻傻了眼。

李家四房欣喜，楊夫人卻又冷冷哼了一聲道：「你們也別得意，我女兒原是受辱才不得不下嫁，但卻也沒有這麼容易，我這裡還有三個條件，若是你們能做到，這門親事才算能成。」

「什麼條件？」鐸大奶奶立時問道。

「一，李勳既娶了我女兒，便不可再納妾。」

這第一個條件，鐸大奶奶便有些為難，四房人丁單薄，李勳是獨苗，若是楊惜君好生養倒也罷了，若是子嗣艱難，又或者生不出兒子，四房的香火便成了大問題。不過她只是轉念一想，就覺得楊夫人這話有漏洞可鑽，不納妾容易，通房可算不得妾。因此，她一口便應承下來。

眼。

楊夫人又提出第二個條件。「二，李家須以萬兩黃金下訂。」

這條件一提，鐸大奶奶才剛剛張大了嘴，楊知府同時也是眉頭一跳，狠狠地瞪了楊夫人一眼。

萬兩黃金，當李家藏了座金山呢，真是成事不足敗事有餘！

果然鐸大奶奶驚訝過後，一張臉便皺成了包子。

沒錯，若是跟外人比，李家四房的確有錢，可是也不是真的跟金秀玉說的那樣，每年能有幾十萬兩的進項。這萬兩黃金，按照大允朝的金銀比例換算，那可是十萬兩白銀。李家四房一年上下的用度加起來也不到一萬兩，十萬兩白銀，那可真稱得上鉅款了。

因此，鐸大奶奶便為難了，就算楊惜君是知府千金，也值不上十萬聘金吧，她是鑲金了，還是鍍銀了？

楊夫人看出她的猶豫，便冷冷道：「怎麼？我女兒莫非值不得這聘禮？」

鐸大奶奶十分為難，扭臉看著上官老太太，那意思是想婆母拿個主意。

上官老太太也坐不住了，放下了手裡早就涼掉的茶，做出一個愁容，喏喏道：「知府千金身嬌肉貴，我李家合該重金聘娶才是，只是萬兩黃金不是小數目，一時怕是籌措不起，這下訂日期，就得遲些了。」

楊夫人問道：「遲多長時候？」

上官老太太想了想，囁嚅道：「怕得一年半載的才成。」

楊夫人差點沒一口氣憋過去。

一年半載？那楊家估計早就灰飛煙滅了。

她原本提出萬兩黃金的聘禮，就是因為聽了金秀玉說的每年有幾十萬兩的紅利進項，這才一時貪心獅子大開口，楊家如今的境況，委實是等不得了。

可是話已經說出口，此時騎虎難下，難道還要改口再說個小點的數額不成？這又不是大街上買菜，還帶討價還價的。

她心裡懊悔不已，便忍不住望著丈夫求救，楊知府一邊在心裡暗罵，一邊只得收拾殘局。

「惜君乃是我夫婦的掌上明珠，就是百萬黃金也換不走我這眼珠子。內人此言不過是試探你們李家求親之誠意，此刻一見，哼哼……」

他哼哼著，便沒有往下說，顯然是覺得李家四房誠意不夠。

上官老太太暗罵一聲老狐狸，她可不是李家大房，又有誥命又有皇帝御賜匾額的，對著知府大人只能伏低做小，因此便只能諂笑道：「大人說的是，楊小姐是大人的掌上明珠，漫說萬兩黃金，就是百萬黃金也是求不來的。我們婆媳婦道人家，見識淺薄，叫大人和夫人見笑了。」

楊知府一句話給楊夫人解了圍，她心裡一鬆，立刻又端起姿態來了。「方才不過是試探罷了，我們楊家可不是貪財圖利之人，聘金自然按本地規矩來就是。」

上官老太太立刻唯唯諾諾應了，鐸大奶奶頓時也鬆了口氣。

聘金一事，給金秀玉等人看了個烏龍笑話，楊夫人又提出了第三個條件，楊惜君進門以後，必須獲得內宅當家權力。

這個鐸大奶奶倒是無所謂，本來現在四房內宅一切事務都是她婆婆上官老太太說了算，她是個笨的，並不曾掌權。而上官老太太倒不是不在意，而是沒必要在這時候爭這個，等進了門，當不當家還不是她說了算？因此這個條件便很痛快地答應了下來。

楊家這邊心裡頭便舒服了許多，聘金若是撈不到一筆狠的，便指望女兒進門以後，利用當家之權往娘家貼補些銀子了。

楊惜君眼見事情已經是板上釘釘，楊夫人一直狠狠捏著她，不讓她說話，這會兒反正說也晚了，她到底是楊家女兒，知道自己家裡眼下是個什麼境況，就是再捨不得李承之，也只有罷了。

因此這事兒的發展與結果，就跟金秀玉預先期待的一樣，楊家和李家四房結了親家，皆大歡喜。

外頭的賓客早已經散去，楊家商議完下訂之時，也告辭離去；四房自然也不必再待著，也便套了馬車去了。

曲終人散，老太太也折騰了一天，扶著青玉、秀秀的手回長壽園去，金秀玉和李承之也回了明志院。

第三十九章　如浮雲過隙

回到了明志院，奶娘早帶著海兒在裡頭候著，到底海兒年幼，受了那迷香，整個下午都是懨懨的，好容易這會兒才精神了些。金秀玉將兒子抱在懷裡，摸著他的小臉，很是心疼。

花兒掀了簾子進來，稟道：「大少爺、少奶奶，二少爺、三小姐和金少爺來了。」

李承之說一聲請，金秀玉將兒子交給了奶娘。

簾子一掀，李婉婷一如既往地走在最前面，今兒滿月禮，她也打扮得很是亮眼，倒有個大家閨秀的模樣兒了。

後面李越之和金沐生並排走進來。

方才三家議事，金沐生並不在，一是場合不對，二是一身乞丐裝扮也不便出面，因此金秀玉便叫人帶他去李越之院子裡頭更衣梳洗。

此時兩人挨著肩膀進門，倒像是兩兄弟一般，都用髮帶紮了髮髻，後髮披肩，身上是同一個款式的長衫，一個玉色，一個寶藍色。金沐生原本比李越之小兩歲，但大約在京城裡勤練武藝的緣故，個頭竄得快，倒跟李越之一般兒高了。

這兩人，李越之如今跟著李承之學做生意，金沐生呢在京城也開拓了見識，都比同齡孩子少了些稚氣，一個、兩個都透著機靈與活力。

金秀玉用眼一掃，心裡頭便透著歡喜。

「相公，你看他們倆，倒真似一對兄弟呢！」
李承之笑了笑，這兩個弟弟，他瞧著也十分喜歡，很有些少年才俊的雛形。
李婉婷嘟著嘴，膩到金秀玉身上道：「金沐生一回來，嫂子就瞧不上阿喜了。」
金秀玉捏了捏她的臉蛋。「沐生去了京城以後，妳不是也常在我跟前唸叨，沒人替妳捉知了了嗎？怎麼，他回來了，妳倒不高興了？」
李婉婷挑了挑眉。
李承之對金沐生問道：「這次回來可還要走？」
金沐生點頭道：「住個十天半月，便得回京城去。」
「怎嗎？還要走？那你回來做啥？」金秀玉有些吃驚，也隱隱有絲生氣。
李承之倒是知道一些原因的，不過還是得由金沐生來說。
原來，近日朝中商議著一件大事，便是邊疆受西夷侵犯騷擾，新君急著樹立威望，欲行雷霆手段對西夷用兵。朝中爭議了半個月，長寧王力排眾議，支持了新君的決定。
此次出兵，老將軍爾盛是三軍統帥，爾辰東做了先鋒，金沐生也要隨軍出征。
金秀玉聽到最後，差點忍不住跳起來。「什麼?!你要去打仗？」
他才九歲！
金沐生早料到她會有這個反應，忙說道：「只是隨軍罷了，師傅並不准我上戰場。」
金秀玉大力搖頭。「不成不成！你一個孩子，上什麼戰場？還是老老實實在家待著吧。」
李承之也認為金沐生年齡太小了，九歲的孩子上戰場，開玩笑，這跟找死有什麼區別？但是接下來金沐生解釋了，這是爾盛將軍的意思。

他在京城的時候極合爾盛老將軍的緣，老將軍一直覺得這孩子的根骨比自己的兒子爾辰東還要好，因此教他比當年教爾辰東還要盡心。

這次出征，雖說沐生年齡小了些，老將軍也想帶他去見識見識，不過戰場當然是不上的，也就是隨軍罷了。他是想培養出個少年將才來的。

既說是爾盛老將軍的意思，李承之便沒有再說什麼，前朝不是還有羅通十二歲掃北嗎？爾盛和爾辰東父子怎麼說也是有分寸的人，不會拿金沐生的性命開玩笑的。不過畢竟是金沐生第一次上戰場，爾將軍讓他回家跟家人交代一聲，所以金沐生才抽出時間回來一趟。

金秀玉勸不動弟弟，只好嘆氣道：「今兒天晚了，先在這邊歇了吧，明日隨我回家去見爹娘。」

金沐生應了，便說已經與李越之商量好，今晚就在他院子裡安置。

幾人說了些閒話，大廚房便來問晚飯擺在哪裡，金秀玉先問了老太太那邊，真兒回說老太太今兒累著了，晚飯便不與大家一起用。

「既這樣，老太太那份便送去長壽園；咱們便在明志院裡頭用吧，都不是外人，索性便不必繁瑣了。」金秀玉吩咐完，大廚房的人便自去準備。

這飯才剛剛擺上，眾人的屁股還沒坐穩，外頭就有人來稟事了。

「什麼事兒，不等晚飯罷了再說？」金秀玉皺了眉。

稟事的丫頭為難道：「是家廟莊子裡的管事林三娘，說是柳姑娘出事兒了。」

金秀玉吃了一驚，自從清明日見過之後，柳弱雲可是一直消停著，今日不知又出什麼么蛾子。她吩咐丫頭，請林三娘進來。

林三娘掀簾子進門，臉上頗有愧色，一見金秀玉便跪下了。

「奴婢辦事不力，自請少奶奶責罰。」

金秀玉蹙眉。「該打該罰，也先把事兒說了。」

林三娘頂著一臉的慚愧，將事情說了。事兒不複雜，就是柳弱雲灑掃家廟期間，是不許與外人接觸，也不許私自離莊的，但就在今日早上，柳弱雲原先的丫鬟蓮芯給林三娘遞了銀子，託請見柳弱雲一面。

家規雖說是家規，到底也無人監督，林三娘拿了人家的手軟，想著就見一面說幾句話，兩個女人又能整出什麼事兒來，便許了她們一刻鐘。

蓮芯果然只說了幾句話，不到一刻鐘便離去了，林三娘瞧著柳弱雲並無異常，便沒放在心上，但哪曉得到了下午，人就不見了。林三娘召集了人手將莊子內外家廟附近搜了個遍也沒找著人，這才急了起來。

這人沒了，自然是她看守不力。她是知道的，大少奶奶不止一次囑咐過，柳弱雲始終有些不對，必須嚴加看守，如今人丟了，她自知闖了大禍，沒法子，立刻套了馬車回城來請罪了。

金秀玉聽完，果然大大皺眉。這柳弱雲還真是沒有消停的時候，清明那天跟她說了那麼多話，居然還會出么蛾子。

李承之想了想，問林三娘道：「可有去柳家問過？」

林三娘一愣，搖頭說不曾問過柳家。柳家的柳夫人不喜愛柳弱雲，是李家人都知道的事情，況且柳弱雲到李家做妾，本來就等於跟柳家斷絕了關係，就算她出了事，也沒見柳夫人來問過一聲。林三娘一直認為柳弱雲同柳家沒什麼接觸，也就沒想到要去問柳家。

金秀玉也是跟她一般的想法，但是既然李承之這麼問，想必事出有因，莫非柳弱雲私逃跟柳家有關？

「柳家出了什麼事嗎？」

李承之道：「如今還說不準，妳也知道，我剛走的這趟海運，柳家也是有分的，但他們是託了京裡一位大人物才搭上線。這出了一趟海，盈利的確可以百倍計，照常理，柳家原可以分得一成，雖是一成，也是龐大的數額。」

金秀玉聽了，倒是點頭，卻不明白這跟眼前這件事有什麼干係。

「柳家原也是想趁此機會博一筆，坐商變行商，只是眼下事情卻有了變故，只怕要賠了夫人又折兵。」

金秀玉不明白李承之的意思，正想問，簾子一掀，花兒進門來。

「大少爺、少奶奶，那柳家的柳夫人哭上門來了。」

金秀玉和李承之面面相覷，這真是說曹操，曹操到，這飯看來是吃不成了。

李越之、李婉婷和金沐生從來不摻和這些事情，金秀玉便吩咐大廚房將晚膳移到花廳去，先伺候他們伫用；她跟李承之只能見完柳夫人再用飯了。

下人們只得又一通忙亂，將屋子裡收拾了，李越之、李婉婷和金沐生也告辭離去，金秀玉這才吩咐將柳夫人請進來。

小丫頭才把簾子一掀，那柳夫人一進門，把金秀玉和李承之都嚇了一跳。

只見她披頭散髮，臉上涕淚縱橫，彷彿剛被人打劫了一般，而一見金秀玉跟李承之的面，連禮也沒見，便大嚎一聲——「李大少爺，為小婦人作主啊！」

柳家的確是遇到天大的難關了。

當初柳夫人為了擴大家裡的生意，攀上了京裡某位大人物的高枝，從而在海運上占了幾成股份。柳弱雲也正是為了籌措資金，才鋌而走險，貪墨虧空了李家的銀子，那時候是跟柳夫人立下字據，海運盈利之後有她的分成。

但是眼下，海運的確是成功了，利潤可以百倍計。但是柳家卻一分錢都沒拿到，至於為什麼，很簡單，四個字：與虎謀皮。

京裡那位大人物可不是善男信女，當初柳家攀上他的手段原本就不光彩，雖是表面上達成了合作關係，內裡卻已經把柳家記恨上了。

鑒於柳夫人當年逼迫柳弱雲的手段，還有柳弱雲嫁進李家的方式，金秀玉相信，柳家在做人做事上面，的確是經常劍走偏鋒不擇手段的。

柳家幾乎是投入了所有的資金才做成這趟海運生意，如今京裡的大人物扣著他們的紅利不給，柳家因資金不足，生意周轉上便出現了問題，有好幾處的大頭生意已經被人盯上，打算低價買下。而柳夫人在多方打探之下才曉得，這些人就是得了那位大人物的授意，正是刻意針對柳家而來。

如今，柳家已經被逼到了絕路，眼看著萬貫家財就要落入他人之手了，柳夫人失道寡助，生意場上竟找不到一個能夠伸出援手的朋友，思來想去，最後只好求助於李家。

「怎麼說柳家與李家也算是姻親，大少爺財大勢大，若是能夠助我柳家度過難關，小婦人來世做牛做馬報答您！」

金秀玉聽著只想冷笑，柳家與李家算什麼姻親，柳弱雲不過是個侍妾，連個姨娘都沒撈上呢，那就跟柳家賣給李家的一件東西一般，既然進了李家的門，便與柳家再無瓜葛了。柳夫人拿這個套交情，看來的確是走投無路了。

李承之道：「柳夫人，不是我不肯幫妳，若只是銀錢上的事情倒還好說，但此事牽扯到京裡的大人物，卻不是李家一介平民能夠抗衡的。」

柳夫人正拿著帕子擦眼淚，聞言猛抬頭道：「大少爺不是與長寧王交好嗎，您在長寧王跟前說句好話，長寧王若能出手相助，還有什麼人敢駁他的面子？」

她話音一落，金秀玉便沈了臉色。「夫人，這話說得過了。李家不過是聽從長寧王差遣，做了些許小事罷了，哪裡敢說跟長寧王有交情！」

李承之也皺了眉。柳夫人真是太異想天開了，難道李家要為了一個侍妾家裡的生意驚動長寧王不成！何況，他是知道的，與柳家為難的那位大人物，乃是長寧王的政友，正是有他們二人的存在，新君的許多政令與改革才能實行，長寧王斷不會為了這麼一件小事而破壞了與那位大人物的交情。

況且話又說回來，李家憑什麼要幫助柳家呢？柳弱雲在李家犯了大過錯，而且已經有人要買她去做填房，如今只不過是等著灑掃家廟的懲罰完畢，到時候一紙契約，便不是李家的人了，從此再無瓜葛。

柳夫人見李承之和金秀玉都不像肯幫忙的樣子，一句肯定的答覆都沒有，立時就跟澆了一盆冷水似的，透心涼。

實在是柳家窮途末路，否則以她這麼要強好勝的性子，怎麼肯這樣委屈求人？

「大少爺不看僧面看佛面，看在我們家弱雲分上，求您伸伸手拉我們柳家一把，小婦人感激不盡。」

李承之原本的確是不願牽扯上柳家的事情，但此時卻心頭一動，柳家在京城有一處珠寶生意倒是十分不錯，正是李家的弱項。他倒想著，或許能藉此機會將珠寶生意拿下，這麼一思量，便有些意動了。

「柳夫人，這事兒就算李家幫忙，也需從長計議，不如這般，待我修書一封，向長寧王試探一番，若是長寧王有意幫手，那李家念在往日交情上，也願出資援助柳家；但若是長寧王不便插手，那李家也只有愛莫能助了。」

柳夫人頓時大喜過望，立刻感激涕零起來。

李承之和金秀玉對柳家一向沒有好感，見她這副模樣，又是可憐，又是可嘆。

吩咐下人們送柳夫人出去，金秀玉轉頭問起李承之來。「這柳家的事，當真要麻煩長寧王嗎？」

李承之笑了笑，搖頭道：「長寧王是絕不會插手的。」

「那你怎麼……」

「若我不搬出長寧王的名號，柳夫人便不肯安心，她若是真箇不要臉面求起我們來，豈不是顯得李家冷血無情。」

「那你為何又要相幫？」

李承之摸了摸她的頭髮，微笑道：「妳呀，還是就在家裡伺候老太太，管教阿平、阿喜跟海兒吧，這些事情，自有我去處理。」

金秀玉沒好氣地翻個白眼，索性也不想問了。真兒走上來，輕聲問道：「大少爺、少奶奶，可要傳飯？」

「嗯，傳吧，我這肚子裡早就唱起空城計了。」

真兒應了一聲，掀了簾子正要叫人，差點就被迎面而來的花兒撞一個大跟頭。

「哎喲，我的姑奶奶，妳這是屁股後頭著火了還是怎麼著？」

花兒急道：「出事兒了！」

她也不搭理真兒，掀了簾子便進屋，一迭聲道：「大少爺、少奶奶，柳姑娘跟柳夫人在大門口打起來了！」

金秀玉大吃一驚。「妳是說柳姑娘？」

「是，奴婢一路送柳夫人出去，剛到大門口，就見柳姑娘瘋虎一樣撲上來，抓了柳夫人的頭髮便打，如今兩人正在門口扭著呢。」

金秀玉大怒。「門房是吃什麼的！怎麼由著外人在咱們家門口廝打，這傳出去像什麼話！」

花兒皺著一張臉，道：「門房的家丁也想拉架，無奈柳夫人跟柳姑娘都跟瘋了一般，喊打喊殺的，那叫一個駭人，奴婢都不敢近前，只好來稟報大少爺、少奶奶了。」

李承之長身一起，道：「還等什麼，快去前頭看看！」

他帶頭便往外頭走，金秀玉也立刻起身跟上。

真兒跺了一下腳道：「這叫什麼事兒！今兒的晚飯是吃不成了！」說吧，便也小跑著跟上去。

春雲路過花兒身邊，無奈搖頭嘆了一句——「每回妳一進門，總有事兒要發生。」

花兒一愣，這豈不是說她是掃把星？這也不能怪她呀，這外頭稟事的都是經過她報進上房，這惹事兒的又不是她。不過眼下不是拌嘴的時間，她聽出春雲只是不滿，倒不是針對她，便也沒多說，拉了對方的手跟上了腳步。

一行人匆匆忙忙趕到大門口，果然見一群人圍得密不透風。

「大少爺來了！少奶奶來了！」有人喊了一聲，大家立刻讓開了一條道路。

李承之和金秀玉等人進了人群，果然被眼前的情景嚇了一跳，只見兩個人在地上滾作一團，滿身的衣裳凌亂不堪，俱都披頭散髮。兩人伸出尖尖的指甲，都往對方臉上抓，狀如厲鬼。

「我殺了妳！我殺了妳！」

「賤人！賤人！」

完全分不清楚誰是誰。

李承之轉頭掃了一圈，見人群中有三、四個家丁和僕婦，或臉上有傷痕，或頭髮散亂，或衣裳不整，看來已經拉過架了，只是沒拉成功，自己反而被弄傷了。

幸而還有聰明的知道把大門給關上，不然這樣的場面叫外人看見了，李家就成了大笑話。

李承之怒喝一聲：「愣著做什麼？還不快將人拉開！」

圍觀的下人們都心驚肉跳，立刻有四個孔武有力的家丁上前，兩人對付一個，扭住手臂、抱住腿腳，使了蠻力，才好不容易將人分開了。

好傢伙，女人發起瘋來也真是可怕，這會兒大家總算瞧清楚哪個是柳夫人，哪個是柳弱雲了。柳夫人臉上數道血痕，皮破血流；柳弱雲下巴上一塊大大的烏青，脖子上也有兩道長長血痕，真是觸目驚心，金秀玉下意識地用手掩住了嘴。

就算被人分開架住，柳弱雲也仍然歇斯底里地喊著：「惡婦，惡婦，我要殺了妳！」

柳夫人渾身發抖，嘴裡不住地唸著：「瘋子！瘋子！」

金秀玉眼瞧著兩人神智都不清楚，尤其柳弱雲，真的跟瘋了一樣。她上前兩步，抬手一揮，「啪」一個耳光響亮。

這一巴掌打得真叫一個給力，柳弱雲的臉頓時就紅了一大片，但是神智倒似乎是被打醒了，愣愣地瞪著眼前的人。

「打得好！這個瘋子就該打！」柳夫人突然痛快地叫喊起來。

金秀玉回頭狠狠瞪著她。「住嘴！」

她往後退了一步，以便能同時看到柳夫人和柳弱雲，眼睛則環視著圍觀眾人，沈聲道：「究竟是怎麼一回事？」

大多數人都是半路聽見門口的動靜跑來圍觀的，只有門房才看清了事情的全部過程，此時便站出來說了。

其實就跟花兒說的差不多，因柳夫人來得急，馬車沒進李家，就在大門口擱著，因此她是從大門出來的。剛走到門口，柳弱雲不知道從哪裡冒出來，一頭便撲過來抓住柳夫人的頭髮，同時一隻手在她臉上一抓，登時便是數道血槽。

柳夫人也是懵了，臉上一見血，劇痛之下也激烈地反抗起來。結果兩個人沒頭沒腦就打作一團，李家的門房和下人們完全不知道是為著什麼，中間也有人上去拉架，但沒想到兩個女人都發了瘋，拉架沒拉成，反倒自己受了傷。

門房在說的時候，所有人都靜靜聽著，都是被這兩個女人給嚇到了，這哪裡是打架，分明是要吃人的模樣。

這門房很有說故事的天分，說起來活靈活現，讓聽的人彷彿都能看見當時的情景。

在這個過程中，柳弱雲一直安安靜靜，垂著腦袋，頭髮都披散在臉上，以至於沒人能看見她的表情。而扭住她的家丁因她並不反抗，還以為她恢復了理智，手上的力量不自覺就放鬆了一些。

而就在門房說完的一剎那，柳弱雲突然身子一扭，跟泥鰍一樣從家丁的手下滑開，抓住地上的一根簪子朝柳夫人撲去。

這一下變故，猶如電光石火。金秀玉還來不及尖叫，就見柳弱雲將簪子刺進柳夫人的脖子裡，血光四濺。

眾人都跟傻了一般，明明眼睜睜看見柳弱雲將簪子刺進了柳夫人的脖子，身子卻都像被黏在地上，連手指頭都動不了。只有李承之，衝上去一把推開了柳弱雲，抱住了柳夫人的身子。

那簪子刺進去足有一寸，也不知柳弱雲這樣一介弱女子從哪裡來這樣大的力氣？

李承之抱住了柳夫人，卻不敢去拔那簪子，柳夫人張大了嘴，嗬嗬地發聲，瞳孔卻開始漸漸放大，眼見是活不成了。

柳弱雲已經被家丁重新扭住，先是冷笑著，繼而變成大笑，越笑越淒厲，表情已經完全扭曲了。

金秀玉用手緊緊捂著嘴，渾身僵硬，全靠真兒和春雲扶著她。

他們都是普通人，哪裡瞧見過就在眼前殺人的景象，這一下衝擊，將所有人都驚呆了。

柳弱雲笑得瘋狂，就連旁邊扭著她的家丁都心裡發毛，看著她的眼神都是驚恐的。她突然一轉頭，對左邊的家丁一笑，因著方才被金秀玉打了一巴掌，牙齒嗑到肉，嘴裡出了血，這一笑，森森的牙齒縫裡有絲絲血跡。

那家丁嚇得大叫一聲，手上一鬆。

柳弱雲立刻舉起了簪子，轉身向右邊家丁的臉上戳去，這家丁也大驚，上半身往後仰，抓著她的手便放鬆了。

柳弱雲得了自由，向家丁撲去的姿勢卻沒有變，那家丁驚恐之下往後跳，但實際上，柳弱雲並不是真的向他撲去，而是他身後的柱子。

家丁往旁邊一閃，柳弱雲便一頭撞在那柱子上，只聽「砰！」一聲，旁邊站最近的丫鬟臉上一熱，數滴血跡灑在臉上，頓時大叫一聲，暈了過去。

金秀玉再也經受不住，眼前一黑，身子便軟軟地滑了下去。

醒來時，只覺屋子裡靜悄悄。金秀玉睜著兩隻眼睛，望著頭頂的帳子，眼神發散，腦子裡一片空白。

真兒輕輕掀開了簾子，柔聲道：「少奶奶醒了？」

金秀玉轉過頭，慢慢眼神才恢復了焦距，一開口，聲音有些嘶啞。

「人呢？」

真兒跟著她這麼久，知道她問的是柳夫人和柳弱雲，臉色便有些暗淡，搖了搖頭，輕輕道：「大少爺請了大夫來看，眼下還不清楚。」

金秀玉點點頭，待要起身，卻手腳發軟，一點力氣都用不上。真兒扶了她起來，替她披了外衣、穿了鞋子。

春雲端了一盞參茶進來，給金秀玉喝了，嗓子便好了些，身上似乎也恢復了幾分力氣。

她愣神想了想，問道：「海兒呢？」

「奶娘抱去廂房睡了。」

金秀玉點點頭。

「大少爺呢？」

「正陪著大夫看柳夫人和柳姑娘的情形。」

金秀玉遂又點點頭。

真兒和春雲對視一眼，輕聲道：「少奶奶要不要用些飯菜？」

金秀玉先是搖頭，但想了想，又點頭道：「別的不要，吃點粥吧。」

「哎。」春雲應了。

其實大廚房早就備好了晚飯，一直在籠屜上溫著，出了這樣的事，真兒和春雲也料到主子們可能會失了胃口，因此方才吩咐了大廚房另外做了粥和幾樣清淡的小菜。

真兒扶著金秀玉在外室坐了，春雲很快便將粥和小菜都擺了上來，小心翼翼地盛了一碗，放到金秀玉面前。

金秀玉看了看那碗，拿了湯匙起來，剛舀了一勺，花兒就掀簾子進來了。

花兒灰著臉，蹲了一下身子，輕聲道：「柳夫人和柳姑娘，都沒了。」

金秀玉手上的湯匙滑落下來，在桌沿磕了一下，掉在地上，哐啷一聲脆響，斷成了兩截。

春雲扶著額頭，嘆道：「果然妳一來，說的總不是好事。」

真兒默默無言，蹲下身子小心翼翼撿了湯匙的碎瓷片，拿帕子包了，交給小丫頭去扔掉。

「少奶奶，這飯還要用嗎？」

金秀玉用手撐著額頭，另一隻手微微擺了擺。真兒張了張嘴想勸，但終究是沒開口，還是叫小丫頭們撤了桌子。

這時候，簾子一動，李承之走了進來，叫了一聲：「豆兒。」

金秀玉抬起頭仰望著他。「人，真的沒了？」

「嗯，大夫來的時候人就已經沒氣了，如今都已經去了。」

金秀玉努力閉了一下眼睛，李承之走過去將她抱在懷裡，輕輕地拍著她的背。

「蓮芯來了，妳要不要見見？」

金秀玉睜開眼睛，點點頭。李承之便放開了手，在她旁邊坐了下來。

小丫頭打起簾子，蓮芯走了進來，一身藕灰色的衣裳，襯得人沈沈的，毫無生氣。

「見過大少爺、大少奶奶。」

她如今不是李家的下人，不必行大禮，只福了一福便可。

金秀玉看著她，嗓子有些發緊，抿了抿嘴，開口道：「蓮芯，妳家小姐，為什麼成了這樣？」

蓮芯臉色發灰，抿了抿嘴，說道：「人死如燈滅，如今說這個，原本沒意思了，只是既然少奶奶問，我便說與少奶奶知道。清明那天少奶奶是見過我家小姐的，她這輩子就是給那女人毀了，家產被占了，女兒家最寶貴的清白沒了，雖然嫁入李家，卻無半點名分。李家又有那麼一條家規，妾不可生子。小姐這輩子，雖還不到二十歲，卻已經是沒指望了。她唯一心心念念的，就是夫人當年的陪嫁產業，不願落到那女人手裡。

「那天，那女人說柳家攀上了京裡的大人物，若是做成這筆海運生意，柳家便能坐商變行商，從此財源廣進。若說是為了錢財，錢財不是我家小姐的；但這卻是個介入柳家生意的好機會，錯過了這個機會，便更加不可能收回夫人留下的產業。因此小姐才想方設法籌錢，當時與那女人定下了文書，小姐拿五萬兩算參一股，將來要在柳家生意上分紅。原想著，就算被罰灑掃家廟，就算被李家賣給別人做填房，那也能更加自由，將來收回柳家產業，小姐還能做個依傍。

「可沒想到那女人蠢笨如豬，竟與虎謀皮，如今被人家吞吃得連骨頭渣都不剩。小姐唯一的指望也沒了，她怎麼能不發瘋？怎麼能不絕望？那女人，最是該死的！可是我家小姐，從今後活著跟死了已無區別了……」她說到這裡，便動情地哭起來。

金秀玉和李承之怔忡了半天，雙雙嘆了口氣。

「罷了，如今人已經去了，如浮雲過隙，一切都成空。那米鋪方老爺，想必也不會買一具屍體進門；若在李家，她連入土為安的資格都沒有，妳若是還念著主僕舊情，便將她領了去吧。」

蓮芯激動地跪下磕了個頭。「謝少奶奶！」

金秀玉搖搖頭，覺得心神疲憊，一句話也不想說。

柳夫人的屍體自然有柳家人領回去，而柳弱雲，金秀玉象徵性地收了蓮芯幾兩銀子，算是讓她贖了自有身去。

柳弱雲曾經給李家帶來的禍患和遺恨，隨著她的逝去，也像風一般飄散了。

人死如燈滅，什麼都是浮雲。

十天之後，金沐生要回京城了，李承之和金秀玉夫妻，還有李越之和金老六送他到了城門口。

金林氏沒來，氣病了，這十天裡，先高興了九天，等到最後一天知道兒子要去打仗，還是只有九歲的毛孩子上戰場，她就開始不依了，但嚎了半天，哭了半天，沒用！金沐生鐵了心要去。兒大不由娘，金老六這做老子的都沒聲兒了，金林氏再折騰也沒法子，最後給氣病了，見都不想見他，其實倒也不是不想來，實在是手軟腳軟頭痛牙痛，起不來了。於是，送行的隊伍裡面，就少了她這位慈母。

眼看著金沐生騎馬去得遠了，李越之跟他要好，堅持跟在旁邊送他一程。金老六也灑了兩滴老淚，沒說什麼，轉頭就回城去了。只剩下李承之和金秀玉還在城門口杵著。

金秀玉以為自家夫妻也是要回城的，便徑直上了馬車。李承之上來的時候，就見她咬著手指頭在沈思。

「又琢磨什麼呢？」

金秀玉一驚。「你不是騎馬嗎，怎的上車來了？」

李承之沒回答，又問一遍她在琢磨什麼。

她揉了揉額角道：「想我弟弟沐生，想長寧王府的小世子，還想阿喜。」

李承之失笑，在她鼻梁上一刮，道：「妳就少操些心吧，他們才多大，不論什麼，都得幾年後才能談。」

金秀玉不以為然地瞥了他一眼，她可不這麼覺得，這三個人除了李婉婷還沒心沒肺的，小世子和沐生哪裡像個小孩子了。

李承之卻不容她繼續想了，直接牽了她的手把她拉出馬車。

「做什麼？」

金秀玉剛問了一句，就覺得身子騰空而起，才來得及發出一聲短促的驚叫，兩條腿就跨坐在馬背上。

虧得她今兒穿的是高腰百褶羅裙，腿能跨得開，由白入綠的裙襬就跟花一樣綻放。

李承之一躍，坐在她背後，兩隻胳膊一環，就將她抱在了懷裡。

「妳不是總念著沒機會去跑馬，今兒天氣好，正好去跑一跑！」

李承之一笑，就像春風拂過大地，瞬間燦爛起來。

金秀玉吃驚道：「海兒還等著我呢！」

「有奶娘在，妳擔什麼心。」

李承之用手在馬屁股上一拍，馬兒便得得得得走起來，他兩腿一夾，馬兒得了信號，越走越快，漸漸便跑了起來，一路出了城門直往城外奔去。

「海兒該餓了……奶奶還等著咱們吃飯呢……還有阿喜……」

「我的大少奶奶，妳就消停些吧，偷得浮生半日閒……」

清風過處，他們的對話都像花瓣一樣散落在風裡。放眼望去，是一大片一大片的青草地，遠遠一直延伸到碧螺山腳下。

風裡，帶著青草香和花香。

頭頂上白雲朵朵，陽光萬丈。

——全書完

國家圖書館出版品預行編目資料

小宅門 / 陶蘇著. --
初版. -- 臺北市 : 狗屋, 民101.11-民101.12
冊 ; 公分. --（文創風）
ISBN 978-986-240-941-1（中冊 : 平裝）

857.7　　101020512

著作者　陶蘇
編輯　李佩倫
校對　黃亭蓁　周貝桂
發行所　狗屋出版社有限公司
地址　台北市104中山區龍江路71巷15號1樓
電話　02-2776-5889～0
發行字號　局版台業字845號
法律顧問　蕭雄淋律師
總經銷　知遠文化事業有限公司
電話　02-2664-8800
初版　101年12月
國際書碼　ISBN-13　978-986-240-941-1

原著書名：《小宅門》，由起点中文网（www.cmfu.com）授權出版。

定價250元
狗屋劃撥帳號：19001626
網址：love.doghouse.com.tw　E-mail：love@doghouse.com.tw